《山西抗日根据地红色文化经典文献大系》
编纂委员会　编

# 山西抗日根据地红色新闻经典文献

## 晋冀鲁豫根据地卷（六）

张汉静　主编

# 山西抗日根据地红色新闻经典文献

## 晋冀鲁豫根据地卷（六）

李　俊　编撰

一九四二

YI JIU SI ER

《新华日报》华北版

一九四二

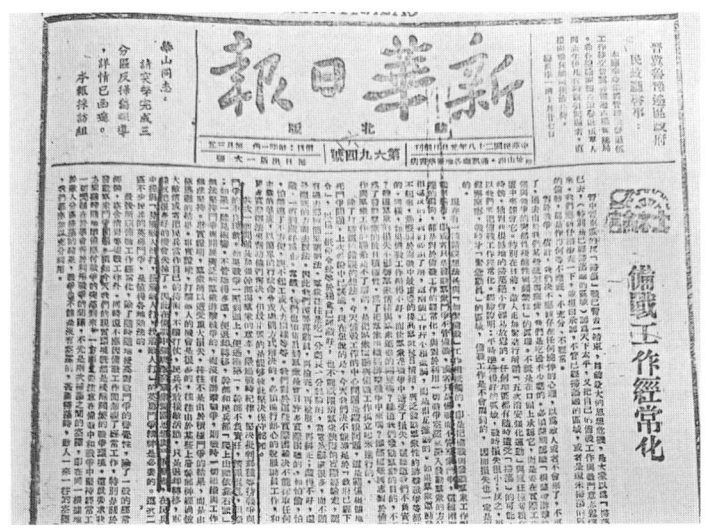

# 战备工作经常化

看中晋东区的反"扫荡"战已暂告一结束,目前最大的思想危机,是大家以为"扫荡"已去,(特别是已经"扫荡"过的区域)认为天下太平,又把自己的备战工作与战斗意志松懈起来。我们应该仔细检查一下,并坦白承认,不管已经"扫荡"过的区域,或者是还未"扫荡"的区域的备战,都是作得何等不澈底、不充分、不经常。

对于战争的估计,我们决不应该存在任何侥幸的心理,以为敌人或者不会来了,不再来了,过去由于我们某些疏忽与麻痹,我们是吃过不少亏的。必须深刻认识"根据地游击性增强与战争的突然性残酷性与频繁性"的真理。不只是在口头上承认它,而是要在实际工作布置中来体会它。

特别在目前，敌人正加紧进行所谓"五次治安强化运动"与疯狂掠夺粮食的时候。他对我根据地的"扫荡"绝不会轻易放松的。任何地区都有随时遭受"扫荡"的可能。所以我们要把备战工作经常化。经验证明：平时准备得好的区域，战时损失很小；反之，平时松懈麻痹，战时才"紧急动员"的区域，备战工作是不会周到的，因而损失也一定是很大的。

现在有一种错误想法是与"加紧备战"工作相抵触的，即是把备战与发动群众工作对立起来进行，即或者只是发动群众斗争不管备战，或者只是备战而不管群众斗争，这种两个极端的偏向，都是对于备战工作的经常化，与对于利用一切战争空隙来深入发动群众的方针是相违反的，我们必须了解，这两个工作并不相抵触，而是相互推动的。如果群众运动发动不起来，那么关于备战中最重要的提高群众抗日情绪，广泛发动群众性的游击战争等都是空的，同样，如果备战工作做得不好，而使群众在战争中遭受了损失，这难道我们不负责任吗？难道群众的损失不影响群众情绪与群众运动的开展吗？难道我们发动群众的目的，不正是为了发动群众的抗日积极性，为了把群众组织到游击战争中来吗？显然这些同志对于备战工作与群众工作的联系是不了解的，是把群众运动与备战工作孤立起来进行的。

除了打破这种错误的想法，今天备战工作的中心问题是藏粮问题，这是关系根据地的生死斗争问题。上次讨论中已谈过，现在想说的是，今天我们决不能满足于"政府已经下了命令"，以为一纸命令就等于粮食已经藏好；也不能只跟着群众狭隘的实际经验走，认为只有过去那种简单旧办法，群众往往是吃一分亏长一分经验的，常常是顾虑很多，而不愿意从最澈底的方面去设法。因此我们还要再动员，再检查，再说服，再纠正；藏得不好，还要再藏，一直到藏好为止。当然，我们也须估计到群众是会有许多实际困难的，如怕偷，怕坏了，怕离远了不方便，误不起工或人力困难等等。我们对于这些实际困难决不能采取任何官僚主义的态度，以简单的行政命令或处罚方式解决的，必须进行耐心的说服动员工作，和想出更多实际办法来帮助他们解决，但最主要的是能够彼此坚决保守秘密。

其次一个问题是加强干部与群众的意志，严肃战时纪律，坚决批判那种等待战争与逃避斗争的不良现象。如果战争一压到头上，便逃难第一，干部不负责任，情报混乱，组织解体；如果一听见炮响，不管离得多远，便退却转移，干部和民兵都"爬上山头依靠石头"，是无法坚持斗争与开展广泛的群众游击战争的，而没有游击战争，则战时一切组织与工作都将无法坚持。事实证明，群众所以遭受重大损失，往往不是由于积极斗争的结果，而是由于消极逃避的结果。事实证明，打击敌人的机会是很多的，往往由于某些上层干部神经过敏，夸大敌情或者把民兵当作自己的侍卫，不让打仗，民兵不敢接敌活动，只是退却转移，东藏西躲就把很多好的机会失掉了。因此在备战中强调激发群众爱国思想与斗争意志，在民兵教育中提倡"见着敌人就打，扭着敌人打，找着敌人打"的英勇斗争精神是必要的。这次二三分区不少民兵的英勇斗争，是值得各地效法的。

最后所谓备战工作经常化，除了随时随地提高对敌斗争的警觉性，除了一般的经常注意轻骑，空舍清野等作战工作外，同时还不应因备战工作而忽视了经常工作，特别是关于继续发动群众斗争问题。须知今天我们的现实环境既然是残酷频繁的战争环境，这就要求我们一方面随时随地准备应付战争的突然到来，一方面要注意在备战中和战争中坚持经常工作。一切问题在于学会善于利用战争的间隙，不光是两次"扫荡"之间的空隙，即在同一根据地，由于敌人分区"扫荡"的结果，战争也不能是没有空隙的，甚至"扫荡"时，敌人一来一往的空隙时间，我们都应加以充分利用。

（原载一九四二年十一月十四日《新华日报》华北版第一版社论）

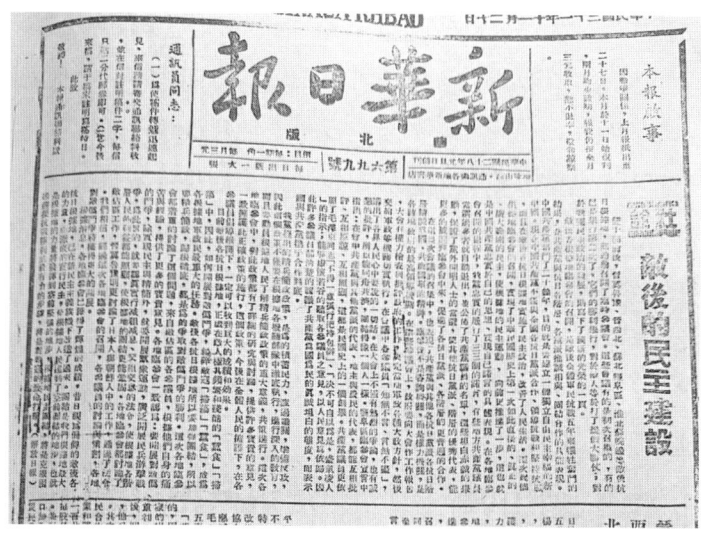

# 敌后的民主建设

双十节前后，晋冀鲁豫、晋西北、苏北盐阜区、淮北苏皖边等敌后抗日根据地，都纷纷召开了临时参议会。这些会议有的是初次召集的，有的已是举行第二次了，它们的胜利举行，对于敌人等于打了几个大胜仗；对于我国民主政治的发展，则写下了簇新的光荣的一页。

敌后各根据地临参会的召开，是敌后全体军民抗战五年来牺牲奋斗的结果，是共产党与抗日各阶层、各党派推诚相与、团结合作的具体表现。中国共产党奋斗了二十余年，目的就是要建立一个独立自由民主幸福的新中国。现在中国共产党不仅与全国各抗日党派合作、领导抗战和坚持抗战，而且在敌后各抗日根据地实施了民主政治，改善了人民生活。这次几个根据地临参会的召开，实现了中华民国历史上第一次如此直接的、真正的、广大范围的民主，使根据地的民主运动，向前更推进了一步，这也就是中国共产党忠实于自己的思想、实现自己诺言的具体表现。在各地临参会召开的过程中，我党忠实的履行了三三制的诺言，有些地方共产党议员当选过多者就自动退出，并公布了共产党议员的名单，这些坦白赤诚的举动，保证了党外开明人士的当选，使其他抗日党派、阶层的优秀代表，能更多的被选到临参会中来，促进了各抗日党派、各阶层的更普遍的合作。

在这几次会议的召集中，也表现了共产党与其他各抗日党派各抗日阶层精诚为国、共商国事的精神。临参会不是咨询机关，而是权力机关，是各该地政府的最高领导机关。在这些参议会上，政府要向大会作工作报告，大会有权力检查与批评政府的工作，决定当地军政各种大政方针，然后交给军政等机关切实执行。在会议中各参议员"知无不言、言无不尽"，讲出了各界人民心中要说的一切话。在大会上不仅有热烈的争论，也有诚恳的批评，所以能同舟共济，团结得像一个人一样。盐阜区临参会宣言中指出：在会中共产党与其他党派的代表、地主与农民的代表，都能互相批评、互相原谅、互相照顾，这都是民国史上的一个创举。共产党议员更依照了毛泽东同志"不得一意孤行把持包办"、"决不可自以为是，盛气凌人"的指示；能够虚怀若谷的听取各参议员之意见，以人民意见为依归。因此许多参议员都清楚的认识了共产党为国为民的真诚坦白的态度，而表示愿与共产党携手合作到底。

我党提出的精兵简政政策，是为的积蓄民力，渡过难关，准备反攻，因此这个政策不仅要在根据地各机关部队中澈底执行，进行深入的教育，而且要动员根据地人民了解精兵简政政策的重大意义，共策进行。这次各地临参会中，对此政策都有了详细的研究与讨论，提供许多宝贵的意见，一致拥护此正确政策的施行，这个政策，今后在全体人民的拥护下，在各参议员倡导维护下，一定可以收到巨大的成绩和效果。

目前敌后各抗日根据地，正处在敌人极其频繁和残酷的"蚕食""扫荡"中，因此，如何开展对敌伪斗争，粉碎敌寇"扫荡""蚕食"，成为各根据地军政民最重大的任务。敌后各抗日根据地所以要加强团结，所以要精兵简政，归根结底，都是为的争取对敌伪斗争的胜利。这次各地临参会都着重的讨论了这个问题，为自敌占区的各参议员，根据他们自身的痛苦与经验，提供了更多的宝贵意见。各地临参会一致认为：要开展对敌伪的斗争，除实现民主与精简外，就要开展群众运动，广泛开展民兵游击战争，为此目的，就要认真实行减租减息、交租交息的法令，使根据地各阶层人民的利益都能照顾，使根据地的团结更能巩固。各地临参会都讨论了敌占区工作，晋冀鲁豫则更讨论了日本人与朝鲜人中的工作，通过了法令。我们相信，经过这次各地临参会的召开，各参议员的讨论与策划，各地对敌伪斗争将获得更大的开展。

根据消息，各地临参会已获得了辉煌的成绩，昔日视为偏僻的敌后各抗日根据地，已在新民主主义旗帜下改造了过来。团结是我们根据地最大的力量，而澈底的实行民主，使根据地人民达到了空前团结的地步，也就是根据地的力量将发挥到空前坚强的地步，根据地民主团结，将是克服困难迎接抗战胜利的最有力的步骤，将是对敌寇的致命打击。（《解放日报》）

（原载一九四二年十一月二十日《新华日报》华北版第一版社论）

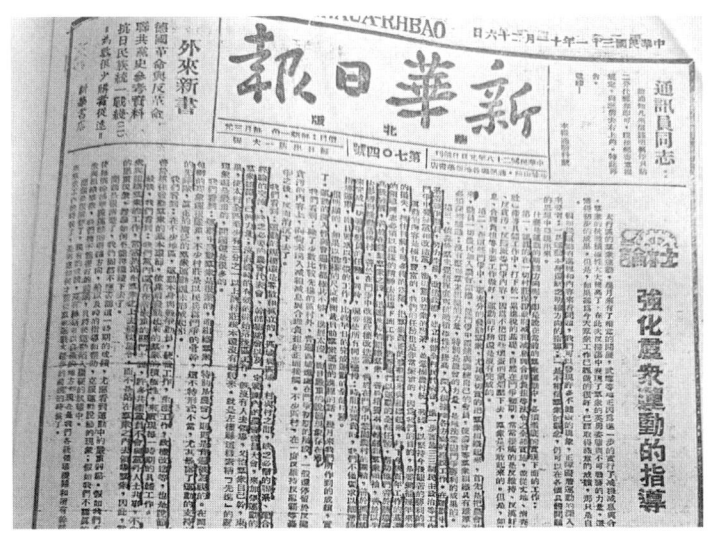

# 强化群众运动的指导

　　太行区的群众运动，几月来有了相当的开展，武乡等地正因为进一步的实行了减租减息与合理负担的法令，群众的抗战积极性大大提高了，在此次反"扫荡"中表现了群众的英勇姿态与不可战胜的力量，这证明运动已经获得初步的成果。但是，如果认为今天群众工作已经做的很好，已经取得满意的成绩，那只是自欺欺人的想法。

　　假如从运动的进程和内容来看问题，我们可以发现许多不健康的现象，正障碍着运动的深入与开展。其最主要者：一是运动本身还缺乏明确方向的指导；一是不相信群众的观念，仍可以在各个具体问题上和不少干部的思想中发现出来。

什么是运动的明确方向呢？即是说在当前的群众运动中，必须澈底的实现下面的工作：

第一，认真的在一切村庄保证政府减租减息与合理负担等法令之全部实施，并从丈地、清查黑地、清理"社"产等具体工作中，打下统一累进税的基础。自然在斗争初期，常常接触的是反维持、反汉奸特务、反恶霸、反贪污、反摊派等斗争内容，因为不把这些坏蛋的气焰压下去，群众是不敢起来的。但是，如果不把减租减息、合理负担等主要工作做好，运动的任务还是没有完成的。

第二，在这些斗争中，要充分的发动群众，尤其要切实的把群众组织起来，首先是把农会壮大与健全起来，动员一切农民加入农会组织，从斗争中锻炼与训练自己的会员，使农会等群众组织具有雄厚的群众基础。必须深刻认识：没有坚强群众组织的力量，特别是农会的力量，是无法巩固斗争胜利的成果的。

第三，依靠群众觉悟程度与抗战积极性的提高，深入根据地各方面的建设工作。在运动中，就应密切联系着战争动员，努力生产，改造政权，建立和健全村民代表会，进一步实施三三制民主政治等工作。同时应在斗争中发展党和改造党，密切党与群众的联系，并巩固农村统一战线，以坚持今后艰苦的胜利的斗争。

运动的内容是极其丰富的，我们的任务也是非常繁重的，因为我们的目的，是要弥补几年来忽视群众工作的损失，抓住目前不可多得的空隙，把群众真正的发动起来与组织起来，打下今后百年工作的基础。我们各级的领导同志必须以这样的精神去指导下面工作，告诉他们以运动的全部任务，帮助他们善于诱导运动由低级向高级发展，善于在发动群众之后，迅速及时的组织群众，善于培养本地干部和群众领袖，善于以先进村的模范去影响与推动落后村，善于在斗争中改造政权改造党，善于在斗争中巩固农村的团结，善于抓住群众的积极性来完成一切战争动员的任务。同时，还要使所有同志懂得：时间是宝贵的，我们不仅要求以细密谨慎的态度来指导运动，而且要求以紧张的工作，比较早日的完成运动的全部任务。

很明显的，如果以这样的尺度来衡量目前群众运动的进程的话，几月来我们所作到的成绩，实在是太渺小了。运动的深入性与普遍性都极其不够，进展太慢，而且严重的脱节现象存在着。

我们看到：除了少数比较先进的区村外，普遍区域还处在斗争初期的阶段，一般还停留于反摊派反恶霸反贪污的内容上，而尚未进入减租减息与合理负担的正面接触。不少区村，在一度反维持反恶霸等轰轰烈烈的斗争之后，反而消沉下去了。

我们看到：运动的规模还是零散和孤立的，区域与区域，村与村之间，缺乏必要的联系、配合、声援以及经验的交流，缺乏必要的农会代表会、干部联席会以及一定范围内的农会会员大会，来加强运动的影响，并使群众认识自己力量；没有适时的有效的开始落后区工作，既没有人去领导，又怕群众自己干，束手束脚的结果，使太行全区至少有三分之一以上的村庄根本还没有动起来。就是左权县这样素称"先进"的县份，不平衡现象还是严重的，问题还是很多的。

我们看到：运动中发动群众是很差的，而组织群众（特别是农会）则更是普遍被忽视的。在斗争中，干部包办的现象还很严重，不少村庄是以民兵为斗争的骨干，这不特形式不当，尤其暴露了运动的支持者仅是少数的先锋队，真正的广泛的群众运动还未形成起来。

我们看到：在不少地区，运动本身与战争动员，统战工作，生产工作，政权改造等，也是脱节的，一般不善于抓住发动群众的基本环节，依靠着发动起来的群众的积极性，来实现每一时期的具体工作。

最后，我们看到：我们党内还存在着严重的关门主义，许多共产党员不会与党外人士共事，不会做发动群众与组织群众的工作，常常是站在群众之上去发号施令，而不是站在群众之内去领导群众，因此，党脱离群众的严重现象,无论如何不能再继续下去了。

问题是很清楚了,我们固然不应否认这一时期的成绩,尤应看到运动中的严重弱点。假如我们不能进一步使每个干部明了运动的明确方向,给以及时的指导和帮助,克服运动脱节的现象;假如我们不认真的去发动群众与组织群众,我们将不能很好的前进,且将使运动陷入僵硬的状态中。

问题是很清楚了,现有的成绩,没有丝毫可以自满的地方,现在是我们各级领导机关和所有干部检查几月来群众工作的时候了,是考虑如何才能使群众运动大踏步的前进的时候了。

(原载一九四二年十一月二十六日《新华日报》华北版第一版社论)

# 认真的把群众发动起来与组织起来

一个真正的群众运动与群众斗争，它必须建筑在广大群众基础之上，自觉自动的参加到斗争与运动中来，形成种伟大群众力量，才真正配称为群众运动。否则只是建筑在少数干部与先进份子身上的所谓"群众运动"，那是害了贫血症的"运动"，决不是真正的群众运动。

今天我们实行减租减息与合理负担的法令，其目的是为着充分的把群众发动起来、组织起来，大大发挥他们的积极性，以利于团结和抗战。必须知道：当着群众还没有发动起来、组织起来以及还不相信自己有力量的时候，是不会使这些法令得到澈底实现的。几年来，我们不是曾经高唱过减租减息？也有许多干部曾经下乡忙过"减租减息"

工作吗？然而实际检查起来，我们究竟收到多大效果呢？即以武乡那样比较先进的地区而论，最近即曾发现了过去那种"明减暗不减"，或在减租减息后并未换约的事件，其他地区，也就可想而知了。难道这不是官办"群众运动"或者是干部包办"群众运动"的结果吗？难道不是群众还没有真正发动与组织起来的证明吗？

历史的教训虽然是惨痛的，然而竟会有人去重复，在近几月来的群众运动中，我们似乎看到大家下了决心，想把群众发动起来，的确也有少数地区开始办到了；但从运动的全局来看，我们便发现了广大群众并没有全动，严重的脱离群众的现象和不相信群众的观点，在各个具体问题上和许多干部的思想中，随时可以发现出来。

有一种人，不但自己不积极参加群众工作，反而站在旁边找寻群众斗争中的岔子，一味旁观，挑剔是非，一旦发现某些缺点，便加以夸大，不是叫"太左"，便是叫"违法"。不错，"左"的东西，"违法"的东西，是必须加以纠正的，好像某些地方采取罚款方式，作为斗争的重要手段；某些地方退租年限太长；某些地方遇事必斗，不是把斗争的火力向着那种顽抗政府法令、压迫人民的份子；某些地方采取打人的方式………都是一些不健康的现象，如不加以纠正，必将产生很坏的结果。但是，必须懂得；在这样广泛的运动中，错误是难免的，只要我们发现之后，及时而适当的加以纠正，那是没有什么可怕的。而且我们那些旁观的批评家，忘记了一件事实，就是他们把自己放在群众运动之外，他们对政府法令采取了消极的态度，他们才是真正的违法呀！

有些同志是诚心诚意想把群众工作做好的，他们确实是很努力的，可是在实际工作中，也常常暴露了他们或多或少的不相信群众的观点。他们喜欢采取包办的方式，总是感觉老百姓不行，村干部不行，把自己本领看的无限大，俨然像钦差大臣一样，不是站在群众之中去起发酵作用，而是站在群众之上去发号施令，实际上他们对于群众心理的了解是不够的，也不细心的去倾听群众的意见，常以主观的愿望当作群众的要求，在村里、在开会时，只看到他们在跳在叫，很少看到群众和村干部的活动。在这样所谓"领导者"的"领导"之下，群众积极性是不会发动起来的，群众领袖是培养不起来的，群众更不会相信自己是有力量的，问题也不会处理的很恰当的，因而工作基础也无法打定，即使目前群众得到若干利益，也不会有巩固的保障。

有些同志领导群众运动的方式是"把着干"，即是有干部去领导的村子才能干，没有干部去的村子就不能干。有些村子要求派人指导时，他们既没有人派去，又不让群众自己干，所以现在还有许多村子，根本没有开动，不平衡的现象仍极严重，运动的范围还很狭小，其原因就是这些同志恐怕群众干出乱子来。这些同志忘记了：把工作干错了的常常不是群众，而是干部领导不当和干部包办的结果。几年来，我们最大的错误，恰恰是阻碍了群众自觉性和积极性的发展。这些同志不了解：即使群众自己干左了或干错了，只要我们不惊慌失措，不泼冷水，而采取鼓励教育说服的方式，及时加以纠正，那又有什么可怕的呢？

有些同志在运动中，完全忽视群众组织，特别是农会的工作，农会组织没有得到应有的发展，大多数农民群众还没有组织到农会里来，一般农会在斗争中并未起其应有的核心作用。不少地方是以民兵为运动的□干，将农会与民兵关系倒置起来。即有作用的机会，也还多是一部份进步农民的组织，群众基础异常微小；所以今天的运动还停留在少数先进份子的圈子里，把大多数的群众还未直接发动与组织到运动中来。我们决不能看到一部份群众的活跃而心满意足，假如不把大多数群众掀动起来，组织到运动中去，那是不会有什么群众运动的。

最后，在运动中还澈底的暴露了许多共产党员不会与党外人共事，脱离群众，甚至与基本群众联系也是很差的，而在群众运动中锻炼党改造党的工作，尚未引起应有的注意。

所有这些不相信群众的观点和脱离群众的现象，已经成为发展和深入群众运动的障碍了。我们要求各级领导机关切实检查与克服这一当前运动的基本弱点，认真的发动群众、组织群众，耐烦的帮助本地干部，培养群众领袖，使运动在雄厚的群众基础上，继续发展，继续巩固。

（原载一九四二年十一月二十八日《新华日报》华北版第一版社论）

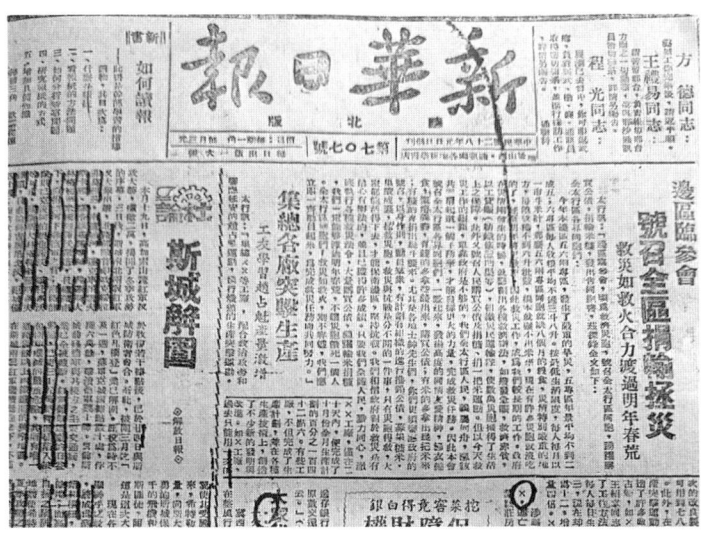

# 斯城解围

本月十九日，高加索山麓红军反攻大胜，歼敌二万，揭开了冬季攻势的序幕。三日后，斯城南北两翼红军又大举出击，北路部队首即攻克绥拉菲莫维兹，南渡顿河，连克车尼雪夫斯卡雅、苏洛维基诺等城，截断斯大林格勒至米尔列诸沃铁道，且继续南下，直拊顿河下游德军之背；南路部队则已克复阿伯根也诺沃、顿杜多沃等城市，截断斯大林格勒全罗斯多夫铁道，且直迫科吉尔尼戈沃，距城仅四十哩；而沿伏尔加河南下之红军，于收复若干据点后，已于廿四日与斯城防卫者会合。至此，被围三月之"红色凡尔登"业已解围。此役为时不及一周，苏军克城镇据点数十处，俘获六万余，击溃德军数十师。目前斯城前线德军与其后方之主要交通线，业已全被截断。红军钳击运动的日益紧缩，已使三十五万纳粹匪徒陷入被包围和歼灭的严重危险，其所有唯一通路仅余以上两铁道间的狭窄地区。在斯城两翼红军继续挺进之下，不仅将阻塞德军这一最后退路，且将在侧翼使其受严重之打击。过去三个月以来，希特勒匪徒会倾其全部欧洲的力量，向斯大林格勒发动攻势，然而英勇的斯城保卫者消灭了德国法西斯成千的飞机和坦克，埋葬了十万的法西斯匪徒，阻止了敌人最猛烈的进攻。这是这次大战中最英勇壮烈的一幕。

现在各地严冬且至，正是红军大显神手之最好时机，斯城的伟大胜利，将成为苏德战场战局完全改观之开始和枢纽，顿河流域将无德军立足之余地；而高加索山麓亦将为纳粹不能自拔之陷阱。战争之继续发展，无疑地将使希特勒、戈培尔辈大事吹嘘之夏季攻势之收获，全部化为乌有；而苏联今年冬季大攻势，无疑地将奠定苏联完全驱除德寇出境的基础。斯城解围之后，乃是苏德战争中新阶段——第四阶段，主动权转入苏联手中的阶段之序幕。

在全世界反法西斯战争的进程中，斯城大捷乃是在目前主要战场上战争的主动权转入同盟国手中的标志。北非攻势之展开，南太平洋日寇海军之遭遇重挫，已使同盟国在所有作战的地区和战场获得了主动，而斯城之伟大反攻胜利，则完成了战争主动权转入盟国手中最主要之一环。战争双方力量之消长上升下降曲线之变动，均将以此为转折点。自此而后，轴心匪徒将在防御中日趋衰弱，而同盟国之攻势，将日益坚强有力。因此，斯城之捷，不仅是苏德战争发展中之重要关键，亦是全世界反法西斯战争胜利历经的光荣路程。

斯大林说："红军必将光荣地完成他的任务的"。又说："敌人已经亲身体味到红军的抵抗能力了，它还要体味到红军粉碎打击的重量"。斯城红军已经由行动实现苏联领袖的训示。愿斯城健儿更加努力，愿同盟各国更加积极行动，使斯城之捷，成为同盟国反攻胜利之端始。

（原载一九四二年十一月三十日《新华日报》华北版第一版社论）

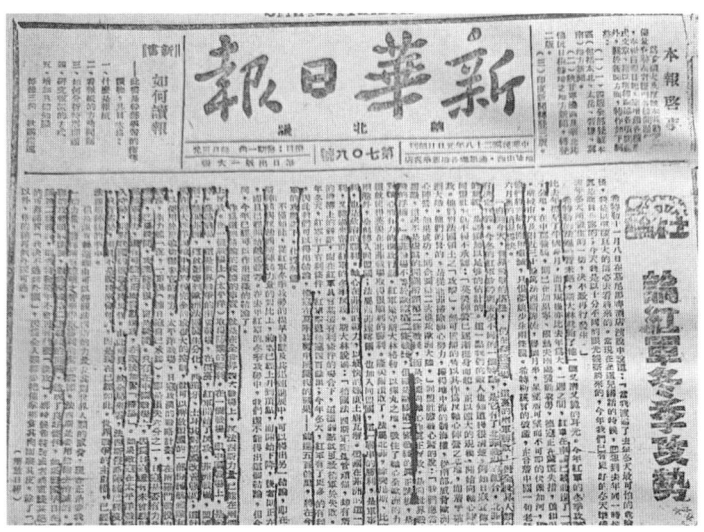

# 论红军冬季攻势

希特勒十一月八日在慕尼黑啤酒店演说中说道:"当我渡过了去年冬天最可怕的危险以后,我是以这样巨大的信心去看将来的。当现在在这儿讲话的时候,回想到去年同一时候,真是面目全露的;今天我是以十分不同的眼光观察将来的,今年我们已有更好的冬天准备,去年冬天所发生的一切,决不致再行发生。"

希特勒的法螺余音未绝,斯大林就给了他一个又清又脆的耳光。今年红军的冬季攻势,比去年提早了半个多月,而且规模亦比去年为大。一周之间,红军在南线已经前进了一百八十公里。在中部战线,则已在加里宁、尔热夫两处发动攻势,德寇正在惊慌失措,狼狈退却。斯城市内及附近三十余万法西斯匪徒，几个月来，呆望着可望而不可即的伏尔加河，现在他们将要被包围和歼灭，只恨爹娘少生两条腿。希特勒谎言的破产，正合着中国一句老话：六月里的债还得快。

一直到今天，世界战争的枢纽，仍在苏德战场。这里的两军胜败，对全世界人类命运有决定意义。今冬的红军攻势与去冬不同的一个特点，是它有了北菲战场的配合。北菲战场的意义，是必须加以足够的估计的。这一点我们的敌人也知道得很清楚，例如日寇宣传机关同盟社，就不得不承认："英美阵营已逐渐挺身而起，正以远大的规模，开始向轴心阵营反攻。他们对法国领土之'攻击'，无可置辩的将以其作为反轴心阵营之基地，而着手确保菲洲大陆。他们的目的，是从北菲扫除轴心势力，获得地中海的制海权，从南部威胁欧洲之轴心阵营，如果成功，则企图第二次进攻欧洲大陆。"同盟社胆战心惊的说："我们应当这样认识，这决不是虚伪的开辟所谓第二条战线，而是企图向轴心作真正反攻，是向世界战争决战的浮桥。"北菲战场不等于欧陆第二条战线，但确是欧陆第二条战线的真正跳板，是盟国对轴心的有力的进攻行动。红军坚守斯大林格勒，以弹丸之地，吸住了轴心全欧洲的力量，这就使得英美在北菲战场取得很顺利的胜利。隆美尔溃败了，法属北菲，除突尼斯、比塞大两港外，全部转入同盟国；法属西菲达喀尔，也加入同盟国，这一联串的胜利，是军事的胜利，也是政治的胜利。轴心在菲洲的势力，以最快的速度土崩瓦解。盟国在菲洲的这一个胜利，又转过来帮助红军的冬季反攻。斯大林说过："德国法西斯军队尽管顽强，却有着严重的机构上的弱点，而在红军具有某种有利条件的场合下，这种弱点就可致德军于失败。"去年冬天，红军有了有利条件，红军击退德寇四百余里；今年冬天，红军有了更多的有利条件，因此我们可以得出结论，德寇在夏季攻势中所获得的战果——前进五百余里，将在今冬红军的攻势之下，化为灰烬。

不仅如此，从红军冬季攻势的提早发动及其迅速进展中，可以得出另一结论，即在法西斯阵线与反法西斯阵线力量的对比上，前者已经上升到顶点，而开始下降，后者则正在上升，而且已经开始越过前者。在去年红军的冬季攻势中，我们还不能得出这个结论，但今年不同，今年已经可以作出这样的结论了。

作为这个结论的根据的事实，就是在全世界四大战场上，反法西斯力量已能在两个战场上反攻。在一个战场上（太平洋）取得防御的胜利。在一个战场，即中国战场上，是敌我相持。苏德战场，这是世界战争的主要战场，在这里，红军开始了反攻。菲洲战场，盟国已控制了整个菲洲，这就影响到欧洲法国发生分化，西班牙、土耳其对盟国改善态度；这就使盟国在南大西洋与地中海取得完全的或很大的控制，就可以解放盟国的一部份护航舰队和商船，以便用于更迫切需要它的地方。太平洋战场，日寇攻澳的战略计划，在所罗门战役中遭到破产，主力舰一沉，一重伤（据日寇自己承认），即是损失六分之一，日寇是否有力量再攻澳洲，已属疑问，攻澳能得逞，更是疑问，只有在中国战场上，因为日寇还有未曾动用的一部陆军主力，还有可能在正面发动进攻，在敌后加紧"扫荡"。如果敌寇在太平洋战场上转入守势，则对我国的进攻必将加强。由此可见，就全局来看，法西斯侵略阵线已经没有优势。只有劣势，而且不是说将来会如此，而是现在已经如此。世界战争的主动权，已经转到反法西斯阵线的手中。

但是没有丝毫理由可以轻视法西斯的力量及其对世界人类的威胁，现在正是要我们集中一切力量，发挥所有聪明才智来争取胜利的紧要关头。法西斯是要用枪炮去消灭的。今冬苏联的攻势顺利进展，对于欧陆第二条战线的开辟，造成了良好条件，如果盟国早日在欧陆开辟第二条战线，则希特勒明年不会再有什么"进攻"，那时候希特勒或者将实践其绝无仅有的可靠诺言"我决不逃到外国"。因为全人类都要把他拿来食其肉而寝其皮，除了"天国"以外，他的确再无外国可逃。（《解放日报》）

（原载一九四二年十二月一日《新华日报》华北版第一版社论）

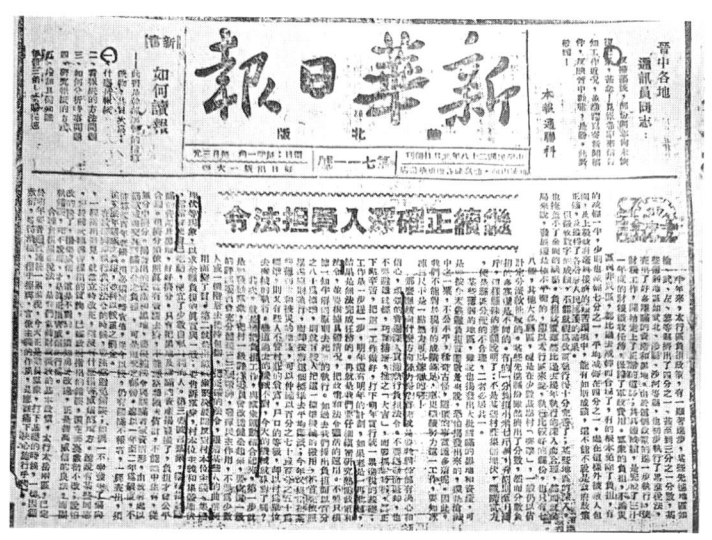

# 继续正确深入负担法令

半年来,太行区负担政策,有一显著进步,某些先进地区如榆、武、左、黎等县挤出了四分之一、甚至到三分之一分数,某些薄弱地区如武北、涉县、沙河等县,也初步执行了累进税法,查出了好多隐瞒的资产和黑地。由于这个政策的进一步执行,使财粮工作,开始走上了正常的道路;其具体成绩,是完成了三十一年度的财粮征收任务,保证了军政费用。群众的负担,不论灾区与非灾区,都比过去减轻而合理了,有的根本免除了负担,有的减轻一半,少则也减轻七分之一,平均减轻在四分之一。处在这样外被敌人包围,及上级政府毫无接济的艰苦环境中,能有如斯成绩,这不能不说是政府政策正确,及获得了各阶层人民拥护的结果。

但征收数字的成绩，不能就视为政策执行得十分完善了；某些地区的深入，也掩盖不了全面的缺点。负担政策虽然比过去几年执行的深入而合理，然而就全局来说，发展还是极不平衡的，即以太行区来说，执行比较好的县份，也只有七八个，其他大多县区，还是在少数基点村"突击"，一般仍以估计定分派款征收的。某些先进县份虽然挤出了分数，然而分数负担的多寡还是不同的。有的一分负担小米七斤多，有的则至十几斤，这样悬殊的差额说明了：不是某些村庄集体埋伏，隐瞒富力，便是县区分配的不合理，二者必居其一。

某些薄弱的地区，虽说也揭发出大批隐瞒的黑地和资产，可是要按今天逃避负担实际数量来说，恐怕揭发出来的，还是沧海中之一粟，不公不平，稀奇古怪，隐匿的事实还多着呢。因此，我们不能对于现有的成绩满足，应更继续努力这一工作，要知冰冻三尺不是一点热力可以熔化的啊！

那么应该向什么方向努力呢？首先就是要我们干部有决心和信心，顽强的普遍深入贯澈执行负担法令。不要遇难而退却，也不要避难就轻，巧言搪塞，推之"大吉"，而要抓紧时机，真正下点辛苦，把这一工作做好，打下明年实行统一累进税的基础；工作是一步赶一步，明年还有明年的计划，如果老是一再推延，结果是无法完成任务的。再就是我们要仔细缜密研究熟悉政策和法令，并要根据具体情况，把政策和法令灵活的运用。不要只根据一知半解的原则去死板的执行。如过去我们提出负担面以百分之八十为标准，则就有些人把这一标准机械的搬用，不首先依照累进原则执行，而却按着这个标准去平均摊派；今年又提出在某些薄弱的和被灾的地区，可以伸缩以百分之七十或百分之五十为标准，则又有些人不管村庄的贫富，户口的等级，却以村为单位去机械的执行。难道过去的机械不对，今天的机械就算对了吗？

其次，就是要把负担工作，与群众运动结合起来，第一步就是要发动群众，把村一级评议委员会改造健全起来，要使这一级的评议委会充分体现三三制精神，发挥民主作用，不要为少数人或一个阶层去把持包办，把正确的法令，跟着某些人的曲解利用而变了质。第二就是指导群众坚决展开反对村本位主义、集体埋伏等现象，以求全县负担的真实与一致；要告诉群众，村本位主义和集体埋伏，常常会使自己吃亏，便宜了少数自私自利的人。第三要号召群众，继续揭发隐瞒的资产及黑地，好好挤分。只有把黑地及隐瞒的资产揭发尽了，负担才会公平合理。但挤分须依照真实有资产去挤，不能凭空想像去估计，不能无中生有，从无分中挤分。揭发出的资产和黑地，要根据法令与隐瞒者家资情形，由政府处以罚款或追交其隐瞒部分之负担，可是追交之部份，应以一年至二年为限度，不能算起百年老账。但必须同时宣布，从今以后，仍有隐瞒不报者，一经查出，须追交历年隐瞒之负担，并科以较重之罚金。

在放开脚步执行负担法令的时候，要注意避免错误；如偶一不幸发生了偏向，一经指出发见，就当立时改正，这没有什么损害威信的地方。听说有某些同志，对于前次临参会提出的质询，已经政府指出的错误，还在那里敷衍不改；说怕改的快了，损伤威信，这是不对的。须知勇于改过，正是提高威信的良法，而固执错误，死不说理，才是真正损害威信的行为。

合理负担累进税法，是我们当前财政征收的基本政策，太行太岳两区，已定于明年要普遍实施统一累进税，今天正是动员群众，打下基础的时候，一切因循敷衍，等待消极，捏手捏脚，官僚主义的作风，是应该痛下决心施行手术。

（原载一九四二年十二月五日《新华日报》华北版第一版社论）

# 再论粮食保卫和检查

本报前曾提出现阶段的粮食工作，是屯粮和藏粮。现在这项工作，在太行区行将结束，根据各地新闻报告，成绩尚好。可是几年来的经验是：每至屯粮快告结束，不是说"任务已经完成"，就是说"藏的很好"，但到拨发粮食时，便往往使领取部队，不是沿门零星乞讨，便是空跑回来，而一遇"扫荡"，或多或少总要有些损失。今年的粮食工作，虽与过去不同，比较做得踏实；然而再行加以检查，看是否真正完成，是否全部藏好（民粮在内），或有无虚报与腐烂现象，仍是十分必要的。我们的备战要经常化，不要认为敌人不来了，便麻痹松懈起来，特别要注意汉奸和小偷的侦察与窃盗，以致造成不必要的损失。总之，成绩不能只表现在今天的纸面报告，要紧的是在明天事实证明的确实。

除此以外，当前粮食工作的中心，在敌占区接敌区是继续反对人的掠夺，腹心地区就是检查过去是否还有存粮。

敌人的"五次治运"，虽因我政治攻势开展，及敌伪内部的动摇矛盾，而宣告流产。然而敌人贪得无厌的野心，并未稍戢，且正在更加凶恶的力图挣扎，以期挽回厄运。据最近消息，左权县粮食被敌抢去三千石，襄漳也失去了四千余石，武西一次（！）就损失四百多石；其他强制征购，胁迫灌仓，摧毁集市，捕拿粮商，封锁拦路抢劫，以及冒充我军购粮征粮等等，敌人亦均在次第进行。检讨敌人之所以还能抢去我们一些粮食，并不是由于敌人的厉害，而是由于我们的粮食工作还未做好；干脆说，就是由于我们还没有坚决贯澈执行上级政府关于囤粮藏粮的决定和指示！

不能忽视的，今天我们粮食战场上，是存在着下边两种倾向：一是松懈麻痹；一是惊惶失措。表现在松懈麻痹方面的，是对敌人抢粮熟视无睹，甚至把已经派出专门保卫与征收粮食的部队人员都撤退回来，不同敌人进行坚决的斗争，这当然是错误的。表现在惊惶失措方面的，是有些人一见敌人抢粮，便畏惧退缩，不去积极设法阻止，减少人民的损失，而只是四处呼号，认为没有办法完成屯粮藏粮任务。凡此等等错误倾向，确实是再不能继续下去了。

不要认为我们已经部份粉碎了敌人的抢粮计划，获得目前某些粮食斗争中的成就，就自矜自满；须知敌人已到穷凶极恶的地步，它不仅现在要抢粮，而且将来还要大抢而特抢。可以说粮食斗争，是目前敌我长期战争中生死存亡的斗争，谁要忽视这一点，谁就要遭受严重的损失！

也不要认为敌人疯狂凶恶的抢粮，就无法对付了，只要党政军民一致提高警惕，大家动员与组织起来，为保卫粮食而斗争，坚决全部执行政府保卫粮食的指示，将全部公粮与民粮都重新检查是否屯好与藏好，即可以大大减少我们粮食的损失。同时，我们保卫粮食的斗争，不仅消灭的限制于根据地，而且更要积极的配合我们的政治攻势，猛烈的向敌占区与接敌区开展工作，瓦解伪军伪组织，使之不为敌人帮凶而使中国自己同胞战死。我们的方针，是坚决打击死心帮助敌人抢粮的汉奸，严办那些"明打劫，暗维持"和"备好粮食，勾通敌人来抢"的个别坏蛋。团结与教育敌占区接敌区同胞，不要再受敌人汉奸的挑拨离间与欺骗愚弄了。敌人的抢粮阴谋，是层出不穷的，我们不仅要善于帮助敌占区与接敌区人民击退敌人硬的抢劫，而且还要善于揭穿敌人各种软的吮吸。总之，要多多想办法来打击敌人的抢粮，并把根据地与敌占区和接敌区的斗争密切配合起来，敌人穷凶极恶的抢粮阴谋，是可以被粉碎的。

其次谈到检查粮食。根据地内实行屯粮已四五年了，由于这一工作的巨人组织性和复杂性，故流弊的发生有时也是难免的。主要是贪污、浪费、埋伏、无主□藏及历年积欠和已拨未运，或运而未用等各种各样的存粮。检查这些粮食，实为刻不容缓之事。而且这项工作，几年来已几度放行，均收成效。前年查出四五万石，去年查出一万多石，今年仅三专署即查出六千多石，这两天又查出三千石；而六专区，亦正在初步实行，其他各区目前尚无动静，如果切实检查起来，也一定会检查出一部份存粮的。

今年因五六两专区灾荒而减免粮食很多，故食用已感不足，检查旧存粮食，就是补救办法之一。倘再任其埋伏损坏而不管，那就是不可容恕的罪恶！

（原载一九四二年十二月十日《新华日报》华北版第一版社论）

# 积极推行"南泥湾"政策

自从朱总司令返抵延安后,竭力提倡边区军队进行工业农业运输各方面的生产工作,以丰富的劳动力,投入有用的活动,以减轻人民负担,改善部队生活,密切军民关系,帮助边区建设。朱总司令这种克服物资困难、支持长期抗战的远大的打算,在三年以前,有些人曾是不了解的;为了实行这一正确主张,朱总司令不但苦口婆心作了许多解释,并且亲自勘看南泥湾,亲自组织南泥湾的开辟工作。当时南泥湾曾是荒无人烟的地方,朱总司令去勘看的时候,晚上只能找到一个茅棚住宿,但经披荆斩棘,耕耘种植,今天的南泥湾,已成了"陕北江南",于是"南泥政策",成了屯田政策的嘉名,而这个嘉名,将永远与朱总司令的名字联在一起。

三五九旅，是执行朱总司令屯田政策的模范，在旅长兼政委王震同志与副旅长苏进同志的领导下，全旅的生产热潮，是达到了空前的高度。上自首长，下至勤务员、火夫，都编入生产小组，积极参加劳动，并展开生产竞赛，涌现了无数的劳动英雄。某团政治委员所领导的一个小组，在竞赛中创造了每天每人平均开荒六分的全团最高纪录。他们辛勤劳作，建筑了千余个平整光洁舒适宽敞的窑洞，开垦了一万一千亩荒地，种植了粮食蔬菜和棉麻，供给了自己的需要，节省了公家的费用。

今年该旅的收获，是惊人的：全旅收细粮五百四十五石一斗，蔬菜十万斤，瓜五万个，养猪一八一九只，鸡七四三只，鸭一〇七只；并且还在秋收之后，准备了冬季用的木炭和柴，预计每连生产木炭一万斤。

这些生产的成绩，使部队生活一天天的好起来。在伙食方面，他们每人每月吃二斤肉，每天五钱油，五钱盐，一斤半菜，会餐时还常吃鸡鸭大米。战士们穿着自己劳动换来的新棉衣，盖着新棉被、羊毛毯子，棉鞋，手套，样样齐全。除进行农业生产外，他们又在今年七八九十四个月中，利用时间进行军事学术科的教授与操练，进行干部及战士之整风学习，上文化课等。该旅的战斗力和文化、政治、军事的素养，都更为提高了。

据今天消息，该旅根据过去经验，又拟订了明年的生产任务，预计全旅各部队，明年种粮地三万九千亩，生产细粮七千二百石，草五百八十余万斤；棉麻生产之外，菜蔬全部自给自足。这个计划的实行，只花百余万元的本钱，将生产价值千余万元的农作物，它不仅可以供给部队更多的衣食穿着，使部队整训更有充实的物资基础，并且可以大大帮助边区国民经济发展。

三五九旅今年的生产与□军的成绩，是边区部队足以自傲的。不但驻守边区的十八集团军其他部队应该效法，而且也可以供全国许多友军的思考，这是毫无疑义的。

贺龙师长在今年十月革命节日,曾号召边区各部队实行朱总司令"南泥湾政策"说:"军队有庞大的生产,这是必须的,解决了军队的困难,也就是解决了根据地困难的主要部份,也就是实际的参加了根据地的建设。""在前方拿起枪战斗,在后方拿起锄种地!"让边区各部队都像三五九旅一样建设起自己的"南泥湾"来,克服物质困难,支持长期抗战,争取最后胜利。

(原载一九四二年十二月十九日《新华日报》华北版第一版社论)

# 反对官僚主义

什么是官僚主义？官僚主义简单说来，就是脱离群众。斯大林说："布尔塞维克只要一脱离群众，一失掉自己与群众的联系，学上官僚主义的毛病，那他们就会丧失任何力量而变成空架子。"由此可见，官僚主义的害处，是非常之大的。

什么才算脱离群众呢？

过去我们对于脱离群众的了解，一般是比较简单的。有些人，高高在上，不愿和群众接近，对于民间疾苦，漠不关心；在工作中，不说服、不解释，对群众实行强迫命令，在个人生活中，贪污享受，以至腐化堕落。这是直接脱离群众，也就是官僚主义；这种毛病，是共产党员的品质问题。

同时这种毛病，显而易见，群众都会反对，党的组织也会进行批评的。

但脱离群众，决不只有这个形式，还有另外一种形式，就是表面看来，好像与群众有联系，而实际上是脱离群众的。

为什么表面看来好像与群众有联系呢？因为犯这种毛病的人，每天工作是很忙碌的，有的人是为了一些日常的琐事而忙碌的。他们办事，大都是出于被动的应付，思考和研究是很少的。有的人是为着形式的公事而忙碌，上面有了什么提示，只依据葫芦往下面照背一遍就算了事。这种办法，往往是没有益处反而有害的。至于会议，有些也完全是一种形式，事前没有准备，到了开会的时候，大家照例出席，照例发言，而最后则毫无结果。还有的人是为着写指示写报告而忙碌，这些人迷信文件万能，每天在文件里兜圈子，他们所写的指示和报告，往往是不着边际的夸夸其谈，例如一个关于三三制的指示，从亚洲说到欧洲，但不说三三制究竟是什么，在当地怎样执行？一个组织工作的报告，可以今年和去年完全一样。对于上级只求报告得好看，不管实际工作；对于下级的检查，是只看报告，不问实际情形。以上这些人，对于工作，像是积极热心，并且有的主观上的确是勤勤恳恳，想把事情办好，光从外表看来，好像并不是脱离群众，并不是官僚主义。

实际上怎样呢？他们虽是忙碌，但群众的情形，是不了解的，因为他们没有去做抓住典型调查研究的工作。我们知道，要想了解情况，任何党的组织，都不可能也无必要和所有的群众，逐个进行谈话；要了解情况，只有选择典型进行调查研究，才能对工作地区具体情形，有正确的了解。如果不这样做，就算每天和群众见面，也只能知道些零碎事实，系统的深刻的了解，是不可能的。再则，他们虽然忙碌，但他们不可能很好的执行党的政策，不能解决群众的重大问题。党的政策，是解决群众的重大问题的指针，是要据群众的情形而得出来的。这种政策，在一个具体的地方去施行，就必须首先研究它、了解它的精神，并依照这个地方的具体情形，来灵活运用，才能解决群众的问题。如果一则不研究党的政策，再则不了解地方的具体情形，那就只能把党的政策和指示，当作教条来传达和执行，那就一定出乱子，其结果就使党脱离群众，这样不管怎样忙碌，其结果还是使党脱离群众，还是官僚主义。

这种脱离群众，与前面说过的直接脱离群众不同，乃是间接的。它被外表的忙碌所掩盖着，不容易看得出来。同时这不是个别党员的作风问题，而是许多党的、政府的、群众团体的、领导机关的作风问题。如果不克服这种事务主义、或文牍主义、形式主义的作风，则反官僚主义的斗争，就无法贯澈。

（原载一九四二年十二月二十二日《新华日报》华北版第一版社论）

# 把冬学运动更提高一步

  太行区每年一次的冬学运动，今年已经是第三次了。群众和干部，基于过去二年的经验，驾轻就熟，很快的便造成了一个群众性的运动。据最近所得材料，涉县仅更乐一村即有妇女认字班十一处，每处平均六十人；男子冬学九处，每处平均有五六百人。原曲村的冬学，除普通班以外，并设有冬学高级班一班，吸收了本村四五十位在乡的知识份子参加，从事一些学术问题的研究和讨论，并且帮助冬学普通班的工作。这种情形，都是太行区开创冬学以来，所未有过的显著的进步。

  在短短一个月的过程中，冬学运动能有如此成绩，除了基于过去经验，及我们全体从事于冬学运动的同志的积极努力工作外，另一主要的原因，不能不归功于本区群众运动的初步发动，使一部份的农民群众，在获得了减租减息利益，部份改善了他们的生活之后，因而他们学习政治、学习文化的要求，也比较提高了。

目前正在各地发展着的冬学运动，是否即能令人满意呢？群众所渴望知道的东西，我们是否已经给他们以圆满的解答呢？我们的冬学运动，是否不仅在提高群众的文化，而且与政治问题密切联系起来，把它变成为提高民众政治水平与民族觉悟的有力武器呢？冬学教学方式上的主观主义与形式主义，教育内容与实际生活脱离，只是教员填鸭式的向学生灌输等等怪现象，是否已经纠正了呢？现有冬学的基础，是否注意巩固其成绩与准备将它过渡成为明年经常的民众午校与夜校呢？党政军民各级领导机关，对冬学运动的进行，是否已经重视，并给以应有的帮助与配合了呢？以上这许多的任务和要求，件件都说明着，需要我们把现有的冬学运动，再向前推进一步，提高一步。

如何才能把冬学更向前推进一步呢？根据以上种种：

第一，必须大家对冬学运动，有一致的正确的认识，要足够的重视冬学，从而加强对冬学的领导和帮助。因为冬学运动，是一种很有意义的社会教育运动，它是从加强人民的文化教育联系到启发广大人民的民族觉醒，提高人民的政治水平与爱国热忱，将广大人民从思想上、文化上给以武装，这对于坚持抗战，推进根据地工作的建设上是有很大意义的。

正因为冬学运动意义的重大，所以我们党政军民各级领导机关，必须正确的认识与重视这一工作，除了应动员一批知识份子和小学教员，到冬学去担任义务教员外，在各级机关部队学校所在地的村庄，应抽派有经验的干部，参加冬学运动委员会，协助与推动冬学工作的进行。

第二，必须将冬学的文化教育，提高到政治的教育与思想准备的要求上。首先要纠正干部与群众，把冬学仅仅认成是单纯学习文化的场所的简单观念。冬学基本上应该以政治教育为主，冬学中的文化教育，虽然也占着重要地位，然而如果不把文化教育与现实的政治教育联系起来，不把冬学教育，当着一个群众的抗日实践教育，那就大错特错了。冬学教育，不但不允许只偏重文化教育，而且要把群众的生活教育与抗战斗争教育，渗透到整个冬学的文化课和政治课内。我们要把冬学运动和目前的群众运动以及一切抗日斗争联系起来，启发群众的政治觉悟，使工人农民都了解何以没有饭吃，如何为改善自己的生活进行斗争；使之了解：只有坚持根据地，打走日本强盗，工人农民才能求得真正解放。总之，只有从思想上政治上教育群众，才是冬学的基本任务；忽略了或对这个任务重视不够，就会在冬学的实施中发生问题。因此在课程内容的规定与配备上，如何把文化课与政治课的比重适当的安排；在群众的动员与组织上，如何把十六岁以上的青年壮年与老年男女编成普通班，让他们以学习政治为主，这是要特别紧抓的一个问题。至于十六岁以下的失学少年，必要时可编为文化班，或在小学校内，附设一个冬学文化班教育他们，并且就是这类的失学少年，也该进行适当的政治与思想的启蒙教育。

第三，在冬学的教学方法与方式上，要力求运用灵活，并且要与实际联系。在教育方法上，应尽量采用启发的方式，要启发群众多提问题，多作辩论，最后由教员作总结；要尽量避免灌输注入，讲完百事大吉的方式。教学的内容，要本着少而精的原则，要趣味化，特别要和群众一年来亲身经历体验的实际斗争事例联系起来，给以解释说明；不要让他们听空洞的理论口号，也不要让他们听不熟习、不知道，或不容易理解接受的东西。一句话，要拿群众亲身接触的实际问题去教育群众。

第四，要把冬学办的能够过渡成明年的午校与夜校，也就是常年的民众学校。冬学要想办得好，还必须有适当的制度；关于这种制度，边府教育厅已有规定和指示，各地要动员教员和学生，坚持这种冬学制度。同时我们要作长远的打算，我们不但要群众在冬季上冬学，还要让群众在平时仍旧按照农村生产劳动的季节与时间，继续和扩大冬学的成果，接受常年民众学校的教育。这种民众学校，或为午校或为夜校，视实际情形而定。可是我们必须在冬学中建立与坚持一套教学制度，群众在冬学中受这种教学制度的训练惯熟以后，将来把冬学转变成常年民校，便有了很好的基础和条件了。

（原载一九四二年十二月三十一日《新华日报》华北版第一版社论）

一九四三

YI JIU SI SAN

《新华日报》华北版

一九四三

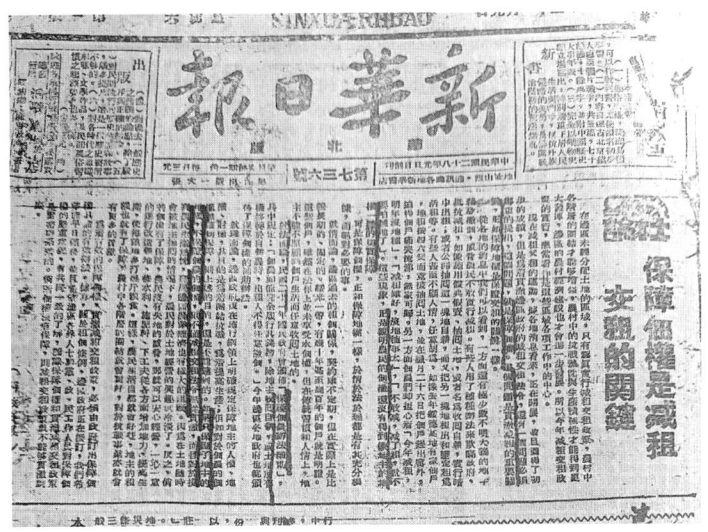

# 保障佃权是减租交租的关键

在边区未经分配土地的区域，只有认真实行减租交租政策，农村中各阶层的团结才能够增强。农村中的抗战热忱与生产积极性才能得到更大发挥，边区的农村经济建设也才会进一步发展。所以今年减租交租政策的实行，应当看作是这些区域各项工作中的中心。

现在减租交租的运动，据各地消息看来，正在开展，并且获得了初步的成绩，但是为着贯彻边区政府的减租交租法令，还有一个问题必须郑重的提出，这个问题，就是保障佃农。这个问题是贯澈减租的重要关键，正如保障地权是保证交租的关键一样。

从各地的消息中我们可以看到，一方面还有极少数不明大义的地主借故撤佃，威胁农民不敢实行减租。有些人用了种种办法来欺瞒政府，抵抗减租，如像施用假买假卖、抽回土地，或者名为收回自耕，实行暗中出租；或者公开抽回这一块地自耕，而又把另一块地租出和变定租为活租等。有些人甚至不顾人情，任意胡为，如像去年绥德某地有家佃户，地租按四六交而竟被抽回土地，并在腊月二十六日把佃户赶出窑外，迫得佃户痛哭流涕，无家可归。另一方面佃农们却担心着"今年减租，明年没地种"，"减租虽好，没地种事大"，"不敢减，减了租，就不要咱种地了"。这些现象，正是说明农民的佃权还没有得到像地主的地权一样的切实保障。

可是保障佃权，正和保障地权一样，于情于法于理都是有其充分根据，而绝对必要的事。

就情而论，边区过去的租佃关系，契约虽不定期，但在实际上是比较长期的、固定的。绥米一带，有几十年甚至几百年的佃户就是明证。这些佃户，虽然在法律上并未享受永佃权，但在传统习惯和人情上，地主不能不照顾到佃户生活而任意收回土地的。

就法而论，民国二十一年国民政府曾颁布"保护佃农办法细则"，其中规定："佃农如能完全履行其义务，除地主收回自耕，或土地所有权移转于自耕农时，出租人不得任意撤佃。"今年边区各地政府也都颁布了保障佃权的补助办法。

就理而论，边区政府复在施行纲领上明确规定保障地主的人权、地权、财权，其目的是为着团结抗战，为着提高生产；但如对于佃农的佃权无确切保障，则上述的目的，还是不能达到的。如果只保证了地主的地权，不保证佃农的佃权，则不仅减租交租法令无从贯彻，而且对于提高农民生产热忱，发展边区农业经济也有极大的阻碍。因为在土地随时会被地主抽回的情况下，农民对于土地经营的兴趣就冷淡了。反之，倘若佃权有了保障，农民没有失地的威胁，那就可以安心经营，一心一意的进行改造耕地、修水利、施肥料、下工夫从各方面增加地力，提高生产，使每亩地多打几斤粮食。这样，农民生活自然就会好些，地主的租额也就有了保障，农村中各阶层的团结就会更好，对于抗战事业亦就会有更多的贡献。

　　为着有效的保障佃权，贯澈减租交租政策，必须由政府订出保障佃权具体的有效办法。据息，关于租佃条例，边区政府正在拟订，我们希望能早日颁布，并且希望边区各界人士和党、政、民工作人员对保障佃权的严重意义，有共同一致的了解，认识保障佃权和贯澈减租交租政策是紧密联系着的。倘若佃权没有保障，则减租交租政策就不能够贯澈到底。（《解放日报》）

（原载一九四三年一月九日《新华日报》华北版第一版社论）

# 把民主建设推进一步

一年之计在于春，当此新岁，我们愿意提出对根据地本年度建设的期望；其中重要一项，就是实现民主政治，把根据地的民主教育、民主生活和民主建设提高一步，推进到客观上可能实现的最高度。

实现民主，有两方面的意义：一是巩固敌后根据地，有效的坚持抗日游击战争，过渡到胜利的明天；一是示范全国，为战后新中国的建设，打下一个基础。这两者是二而一，密切关联着的。不错，实现民主的口号，由来已久，而且我们已真正做了一些工作，敌后抗战根据地之同时又称为民主根据地也决非偶然。但是仔细一检查，实质上，还是十分做得不够。如政权并未全部改造，群众缺乏真正的民主生活，不能清楚的意识到自己今天已经作了根据地的主人，变天思想之所以还能作祟，也就是这个原因。至以对全国而言，以往敌后的民主固已给了全国以良好的影响，"战后新中国一定是和平民主的新中国"，这已成为全国人民的一致呼声；但如何实现这一愿望，那就还需我们敌后在民主政治方面作出更多好榜样。我们民主政权建设愈完善，民主生活愈愉快，对全国的推动也就愈大。

那么怎样更进一步推进根据地民主政治和民主生活？这就需要广泛开展群众性的民主运动，并把这一运动和目前各地正在进行的改善民生的运动联系起来。三民主义是一个整体，民主和民生不可分离。没有民主，广大群众的政治觉悟不会提高，改善民生的成果，也就无法巩固。反之，如果不发动群众，不实行减租减息，不增加工资，群众的基本要求没有得到，生活没有改善，积极性没有发扬，就无法推行民主。民生和民主，也就是生活和自由，这是人民两个基本要求。我们要由经济上的减轻封建剥削，改善民生的运动中，把群众逐渐引导到要求民主自由，共同管理政治，确立群众在政治上的地位。

这就要有步骤的广泛进行民主教育，澈底改造各级政权与实行三三制，提高人民对于民主政治的认识。吸引各阶层人民直接参加管理国家的工作，特别是区村两级基层政权，尤须进行澈底的改造。目前区村政权，除了极小部份地区已经改革以外，大部份地区仍操纵在土豪恶霸手里；而且就是那些比较先进地区，村代表会也还没有认真建立，村长好多地方是委派，或以委派的内容，加上民选的形式，演出一些掩耳盗铃的故事，这是一种十分不健康的现象。这使政权的基础不巩固，法令的推行受到阻挠，大大地影响到行政工作效率，是不能不谋根本解决的。

这就要在党政民系统中更加发扬民主精神，在群众运动中，必须保证其民主性，肃清代替包办的方式，一切采取广泛的民主方式。这不仅是对群众运用民主的一种锻炼，而且也只有民主方式，才能造成自觉自动的广大群众运动。同时也只有这样，才可能依靠群众的自觉自动性来保证群众运动所得的果实。在政权工作中，必须要肃清宗派主义、关门主义的残余，要善于与党外人士合作；要尊重民主制度和运用民主方式来实现党的政策。因为只有这样才不致于使党脱离群众，才能使广大的人士同我们一块来建立真正民主的抗日政权。为此，在各级各种干部中，必须普遍进行民主教育，认真实行民主集中制的制度，肃清反民主的封建残余意识。我□□□□，大家都是出身于封建的旧社会，生活在落后的农村，封建余毒对我们起着一种腐蚀的作用；我们的思想、生活、习惯、□□制度、工作作风，往往违反民主的原则，不符合民主的要求，甚至存在着严重的家长制度和官僚气派。今天我们就须把这种凝固的冰块打碎，特别是共产党员，首先就应该作为民主的模范。我们要检查我们各部门工作，看工作组织、制度、作风，是否有不民主的地方，而力谋改进；也要反省我们自己，看我们的思想是陈腐的封建思想，还是生动活泼的自由民主思想，我们也还应编制一些民主教材读本，在根据地进行广泛的民主教育，让人民都懂得民主的初步原理，而来有力的监督我们的工作和干部。

一九四三年是同盟国的反攻年，同时也应是我们的民主年，让我们把敌后根据地真正建设为一个民主自由的乐园吧！

（原载一九四三年一月十一日《新华日报》华北版第一版社论）

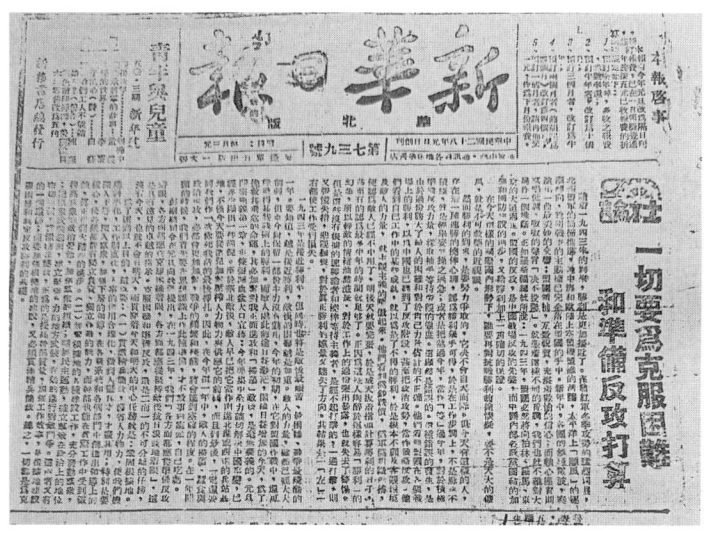

# 一切要为克服困难和准备反攻打算

随着一九四三年的到来，胜利是更加接近了。苏联红军冬季攻势的猛烈开展，北菲盟军的节节推进，地中海和欧陆上空盟机盟舰的活跃，太平洋上"顺风"的逐渐转向，说明战争的主动权已完全落在盟国的手中。新年中，各国的无线电波，奏演出一曲最美妙的交响：盟国领袖，互致祝贺，充溢着欢愉的信心；而轴心匪首则群唱低调，呶呶的声言"决不投降"。就凭着这种不同的音调，我们也就不难对大局作一个推断。正如罗斯福总统所说：一九四三年，盟国必然将向柏林、罗马、东京的大道迈进。盟国的反攻，是中国战场反攻的先声，而中国内部各政党团结的加强和国防建设的进步，又给胜利加上一重确切的保证。

在今天这样的国际国内形势下，谁要再对抗战胜利前途怀疑，要不是天大的傻瓜，就是不可救药的近视眼。

然而胜利的到来，是要努力争取的，它决不会自天而降。但今天有这样的人，存在着一种速胜的侥幸心理，认为胜利举手可得，于是在工作步调上，不是麻木不积极，就是轻举妄动操之过急；或者是把熬过今年，当作"等"过今年，对于积极准备反攻力量，采取袖手等待旁观的态度。这显然是错误的。这种错误的发生，是由于过份夸大了敌人的困难和对于自己力量估计的不正确。他们看到盟国在各个战场上的胜利，以为中国也已经到了反攻阶段，甚至把政治攻势，当作战略反攻。他们看到自己工作中的某些成就，就以为是了不得的胜利，于是根本不顾及客观环境及敌人的力量，就主观主义的骄傲起来。他们看到伪钞跌价，伪军伪组织动摇，便认为敌人已经不中用了，明后天就要完蛋，于是成天扳着指头计算胜利的日子，甚至有的认为最多半年的时间就足够了。正因为这些人陶醉于这样容易"胜利"的幻想，所以轻敌的情绪油然滋长，对于工作上的过份突出暴露，也就失去了警惕。但是这些没有根据的速胜论者和侥幸等待主义者，是经不起打击的，一遇打击，则又张慌失措，悲观颓丧，对于真正胜利的远景又迷失了方向。其结果是一"左"一右都使工作受到损失。

一九四三年是接近胜利年，但同时也将是敌后最艰苦、最困难、战争最残酷的一年。要知道，越是接近胜利，敌后的困难越是加重。敌人的力量，虽然已经大大削弱，但至今尚保留一部份主力没有动用，今年的初期，在它对盟国作战中，还可能获得某些战术上的胜利。而敌人处此前途日益渺茫，困难日益增加的今天，为了挽救其垂危的命运，其必加紧对我正面进攻和"扫荡"敌后，是毫无疑义的。元旦开宗明义第一章，东条张开血盆大口宣布：今年要集中全力确切解决中国事变，已经多少显出一些端倪。至于华北敌后，敌人早已把它当作南进北进或西进的兵站基地，不仅今天要从这儿加紧压榨人力物力来供应它的前线，而且到最后，一定还要同我们作一次你死我活的最后挣扎。因此，在今年这一年中，敌人的"扫荡"、"蚕食"与政治进攻，必然会更加加紧，战争的频繁和残酷，将会达到空前的程度。在一年开头的时候，我们首先要在思想认识上作此种准备，才不致事到临头，自己吃亏。

彭副总司令在元旦向我们提出，在一九四三年，我们"各方面都应从准备反攻着眼，各方面都应在克服困难着眼，各方面都应从坚持敌后抗日根据地着眼"，这是具有远见的卓越的指示。克服困难和准备反攻，这是二而一的不可分离的任务，没有今天，也就不会有明天，而贯穿着今天和明天的中心任务就是：巩固根据地。

为了达到以上目的，这就要：（一）贯澈精兵简政，节省人力物力，使我们机构科学化，工作制度化，人事的使用合理化，做到人尽其才，才尽其用；特别是要深入下层，深入群众，加强下层的领导，在各级系统和各个部门中创造出领导上的核心，使各级都能有独立负责、独立作战的能力，而干部也能在实际工作中受到锻炼，真正□到大踏步的进步。（二）加紧根据地的各种建设工作，充分发动群众，提高群众的政治觉悟，加强群众的组织；开展民主运动，确立群众在政治上的地位；把群众武装起来，建立坚强有力的地方武装，有效的进行对敌斗争。这两者又有密切联系。贯澈精兵简政，正为的是提高干部质量，加强工作效率，是根据地建设的一个环节；而要加强根据地的建设，又必须贯澈精兵简政。总之，一切都是为克服困难和奠定反攻胜利的基础。

（原载一九四三年一月十五日《新华日报》华北版第一版社论）

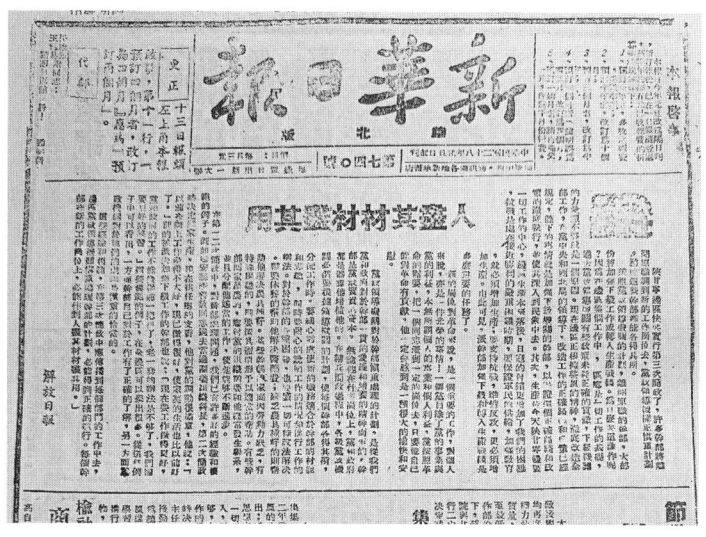

# 人尽其材材尽其用

　　陕甘宁边区快要实行第三次简政了，许多干部将离开原职调到新的工作岗位去，党政领导机关正慎重计划，务使这些干部都能各得其所。

　　按照党政领导机关的计划，离开原职的干部，大部份将加强下级工作或转入生产战线。为什么要这样作呢？因为在边区整个工作中，区乡是一切工作的基础，过去党政领导机关有些政策未能正确的贯澈，下级机关的力量还不够就是一个原因。现在边区正根据整风的精神，澈底改造全部工作，在党中央和西北局的领导下，改造工作的正确路线和政策已经规定，余下的事情就是加强下级机关的干部，以保证这个正确路线和政策的澈底执行，并使其深入到民众中去。其次，生产是今天陕甘宁边区一切工作的中心，边区生产本来落后，日寇的封锁更增加了我们的困难，抗战是处在接近胜利的严重困难时期，要保证军民的供给，加强教育，就必须增加生产；要支持抗战，准备反攻，更必须增加生产。由此可见，派干部加强下级和转入生产战线是多么重要的任务了。

新的岗位对革命来说，是一个重要的工作，对个人来说，亦是一件光荣的事情！一个党员除了党的事业与党的利益，本无所谓个人的事业和个人利益，党按照革命的需要，把一个同志派到一定的岗位去，只要他自己能对革命有贡献，他一定会感到是一种很大的愉快和安慰。

党政领导机关对于干部慎重处理的计划，是从我们党和政府对于干部一贯的爱护和培养的精神而来的。干部是党最宝贵的资本，无论他在什么岗位上，党和政府都是器重他培植他的。在精兵简政过程中，各级党政机关必然要根据领导机关的计划，使每个干部各得其所，分配工作时，要细心考虑使新的职务适合于干部的材能和志趣，同时要耐心的说明工作的情况和进行工作的办法。对于干部的各种困难，也要尽一切可能设法解决。需要休养的帮助他解决医药费；缺乏农具种籽的则帮助他解决农具种籽。某些干部的家庭因劳动力缺乏，有特殊困难的，则要按具体情形予以适当的帮助。有些干部回家务农的，乡村党的组织需要和他经常发生联系，并且分配他适当的工作，使他能够不断进步。

在第一二次简政中，对干部处理问题，我们已有许多好的经验和模范的例子。例如延安县李善放同志过去当过团委组织科长，第二次简政时决定回家生产，现在担任乡的支书，他对党的调动很满意，他说："以前在团上工作做得不大好，现已做得很好，使家里的生活也比以前好了。"别的被派去加强下级工作的干部也说："现在要工作做得更好，党和政府的工作不能像从前一把抓了，老一套的办法是不够了，我们需要更好的学习。"这些模范的例子，在全边区可以举出很多。从这些例子中可以看出，一方面干部自己对于工作有了正确的了解,另一方面党政机关对于他们的处境是慎重的恰当的。

这些经验和模范,在第三次简政中应传播到每个部门的工作中去,边区党政领导机关慎重处理干部的计划,必能得到正确的执行。每个干部在新的工作岗位上,必能作到"人尽其材材尽其用。"(《解放日报》)

(原载一九四三年一月十七日《新华日报》华北版第一版社论)

# 我们对于在乡知识份子的希望

抗战六年来，在敌后华北，虽有大批知识界先进份子，风起云涌，积极的担负起抗日救国的重任；但及今散居乡里，失学失业的为数仍属不少。单以太行区来说，据说有的县份，高小程度以上的知识份子，在乡未出者，竟达数百人之多。这对于国家民族，对于整个抗战，对于巩固根据地建设，固然是一大损失；而知识份子本身，忍令才智淹灭，同样又何尝不是一大损失？

自从强大的敌人打进中国本土以后，我全民族任何个人的命运，无一不与国家民族的命运息息相关，而广大知识份子所受敌人侮辱与摧残，尤为厉害。这就是说，摆在一切知识份子面前的出路，以自己持有的知识这一武器，便应该是积极起来直接参加对敌斗争，参加根据地建设工作，参加祖国解放的神圣伟业，把自己变成抗战组织中的一个有力成员，发挥力量，集中意志，共同为准备反攻，争取胜利而奋斗！只有这样，一切聪明才智，才能得到充分发挥的机会，一切学问知识，才能达到实际应用的目的，抗战实力才能益发增强，而知识份子自身与整个国家民族，才能早日求得澈底解放。

毛泽东同志曾经指出："因为我们中国是一个半殖民地半封建的国家，文化不发达，所以知识份子特别宝贵"。在中国近代革命运动史实中，知识份子一向起着先锋与桥梁的作用。近来有些在乡知识份子对于此点似乎还了了解的不够深刻，譬如有的人以为敌后已经建立了新民主主义的社会，个人做一个自由自在的公民就够了，不必再出来参加工作了。我们认为这样的想法太早了，因为灭亡前的敌人，还要向我们做更残酷的进攻，需要我们用全民族之力来渡过此黎明前的黑暗，而新民主主义社会的建设事业，也必需要广大有知识人士共同进行才行。又如，近来我们时常听到一部份在乡知识份子的呼声，他们有的谦逊的□□自己不如一个农民干部进步快，有的更以自己的落伍而深自伤痛。对于这种坦白而真诚的心声，我们固然要表示十分的同情与关切；但是因此却对目前的抗战工作犹豫不愿参加，却也是不必要的。因为只要你一踏进实际工作的洪流中，便会面貌一新，立刻增加新的本领。譬如抗战以来，参加华北抗战的大批知识份子，他们有的虽然只是刚出学校的学生，然而由于实际斗争的锻炼，由于和群众密切连系，处处向群众学习，由于自己的英勇艰苦的奋斗和努力，今天他们有的已成为自己工作部门的专家，有的已成为广大群众所拥护爱戴的群众领导；总之，绝大部份已成为坚强的革命干部。假如说，迄今以前，曾有大批优秀的知识界战士涌进抗战的队伍，对于抗战，对于知识份子□□，□□□□□的成就，那么今天由于同样的或者更多的理由，同样的更加需要更多的知识份子涌进抗战的队伍中来。

对于那些因家室之累，或其他原因而暂时不能离开家庭外出工作的在乡知识份子，应该与乡村中一切工作取得密切联系，俾随时得以为抗战服务。例如在乡知识份子应该成为执行、宣传政府法令的模范，经常向所在地周围的各阶层人士，以及广大的人民群众，进行耐心的解释教育，□使法令政策的精神与实质，深深印入群众脑海之中。例如参加所在区村的代表会，对三三制的抗日民主政权，进行严密的监督与考察，反映各阶层意见，调解雇工雇主地主佃户的纠纷，巩固广大农村社会统一战线。例如，以开办主持冬学，农民夜校，妇女识字班，利用演读，授课，聊天等各种方式，通过文字、图书、歌曲、戏剧等各种形式，来进行群众教育，灌输抗战知识，进行民主教育，鼓舞抗战□□。对于敌伪特务份子的造谣欺骗予以及时的揭发与驳斥。例如，协助政府群众团体作各种抗战动员工作，完成各种中心工作任务等都是。

知识是知识份子的主要武器，这是知识份子的主要嗜好，然而时代日益发展，国事日新月异，倘不能与时代并进，例如，倘不了解中国革命性质和根据地社会性质，不了解战后世界和中国的动向，便无法对于"变天"的谣言进行驳斥，无法正确决定自己的行动方针，更谈不到提高自己，教育群众。倘不了解新民主主义政治与文化的精神和实质，便无法对于日寇亡国灭种的殖民政策与奴隶文化进行澈底的打击，取得对敌后在斗争的全部胜利。一句话说完，不但不能应付自己周围的事变，连自己的精神生活也会痛感索然无味。因此，经常阅读书报杂志，注意吸取新鲜事物是必要的；组织学术团体、组织参观、讨论各种问题的集会，发扬集体学习精神，同样也是必要的。

热爱真理自由，拥护民主光明，反对专制压迫，憎恶黑暗落后，这是近代中国知识份子的优良品质。几年来，我们全民族为着真理与自由，民主与光明，和敌人进行了历史上空前的英勇斗争，所幸目前国际局势对我空前有利，希特勒败局已成，战胜日本的条件，已充分在发展着，华北敌后新民主主义社会日臻光辉灿烂，未来民主自由和平繁盛新中国的远景已经在望，际此一切唯有集中全民族所有的力量，□□一把劲，渡过最困难的今天，走上更伟大的明天的时候，在乡知识份子诸君，应如何发扬光大，士当"先天下之忧而忧，后天下之乐而乐"的光辉传统，肩起民族解放的重任，痛下改造自己的决心，现在正是时候了！

（原载一九四三年一月十九日《新华日报》华北版第一版社论）

# 进一步贯澈精兵简政

最近各地又在实行精兵简政了，要克服当前的困难，加强根据地建设，并准备反攻，这是完全必要的。

事情是很清楚的，去年本区虽然已经实行了一次精兵简政，裁并了许多骈枝机关，扫除了某些叠床架屋的现象，相当的调整了人力，这在减轻人民负担及坚持根据地斗争上，曾发生了很大作用；但是依据现在的情形看，仍然是不完全适宜于敌后艰苦的游击战争环境的要求的。不相信，环顾周围，就可以看到：我们的机关仍是十分庞大，系统仍是相当繁多。在平时，不是这个工作机关开一个大会，便是那个工作部门下一个决定，有时命令与指示相抵触，会议与会议挤不开，使下级头绪纷纷，不知所从。而一遇"扫荡",则又漫山遍野的都是非武装的机关工作人员,转动不便,指挥不灵,易于遭到不必要的损失。在干部的使用上,一方面下层在高嚷着没有干部,缺乏坚强的领导中心,而上层机关则又人浮于事,没有充分发挥干部的作用。这样,不仅下层工作无法加强,而且一部份干部也得不着实际工作的锻炼,以致未能很快提高他们的质量。这当然是我们工作上的很大损失。

至以人民负担来说,可以想像得到,战时的负担,需要比平时为重,五年抗战的费用是笔很大的数字,加以敌人三光政策的破坏与摧残,生产力也大受影响,去年五、六两专区,灾情奇重,敌占区灾民又源源流徙到根据地来,这都增加了我们的困难。边区政府颁布了全年预算,数字较去年增一、三倍,若以物价指数为比例,则反减少了百分之二十,这诚然是可喜的现象。这样的数字,比之于敌占区与邻区所给予人民的负担,自然是不可同日而语的。但今天我们如再有一分办法来减轻人民的负担,总还是应该尽量为人民设想才是。

有人认为,今年是敌后抗战抵近胜利一年,也是曙光在望,胜利可期的一年,既然要准备反攻,既然不久就要下山,正是需用干部和培育专门人才的时候,正是一切工作需要扩大范围和正规进行的时候,那还要实行精兵简政?这种想法,显然是不正确的。要知道,工作的正规,并不等于机构庞大,干部都堆在领导机关,而人才的锻炼和培养,也不一定要在学校中学习或放在领导机关才行。真正要为克服困难和准备反攻打算,就应澈底进行精兵简政政策和加强党、政、军、民一元化领导的□法,调整各种各级组织关系,坚决紧缩各种机关,抽调一批干部去充实下层组织,创造领导核心。我们在工作与领导上的要求,不仅县以上的领导机关,要有独立领导和独立工作的能力,即在区村两级,也应给以大大加强,军队也应限制于定额之内,而更大的着眼于质量的提高与人力武装的战斗力的增强。这是我们这次精简的最基本要求,如能确切做到这样,那末在精简之后,不但工作不会削弱,反而工作效率会大大提高,战斗力也会更加充实与加强。

为使精兵简政工作做得更好一些，我们愿提供两点简单意见，以作参考：

一、是在精兵简政中要贯注以整风的精神，坚决打破宗派主义、本位主义、个人主义，如不照顾大局的整体，只孜孜于本单位、本部门的眼前利益，对精简政策故作抵抗，斤斤较量人员马匹的编制，调干部则不给，或不肯把好的干部调出来的态度，这种态度不仅与整风精神相违背，而且有损自己革命的立场和人格。要知道干部是党的干部，是整个抗战革命集团的干部，我们的工作也是为抗战和革命而服务的，当上级组织要你交出工作或干部时，应该欣然乐从，而不应消极推诿。至于政府机关在实行简政时，则必须特别照顾到三三制的原则，共产党员决不能乘机排挤非党人士，这是不待说的了。

二、是要耐心的慎重的处理人事问题，特别是干部问题。这次精简的主要要求是加强下层工作和领导，因此要动员一批干部到下层去；此外有适宜于学习的干部，也应抽调一批去学习。如此，外来干部和地方干部，知识份子干部和工农干部，必须很好的进行有计划的调节。在本地干部少的地方，应尽可能动员本地干部到本地区去工作，以便在工作中生根，而外来干部和知识份子干部，只要能做下层地方工作的，也应尽可能参加到实际工作中去。干部深入群众，降一级或两级使用，在今天是必要的。这是因为今天环境艰苦了，斗争复杂了，不是优秀的有能力的干部深入下层，很难胜任愉快；而对干部本身来说，到下层实际锻炼，也会有很多收获，但无论调动工作或进学校学习，在干部本身应以抗战和革命利益为重，一切服从组织；在分配与处理干部的机宜，则应多方关照干部，照顾其特长和志趣，帮助解决困难，使他能愉快地踏上新的岗位。

（原载一九四三年一月二十一日《新华日报》华北版第一版社论）

# 纪念"二七"与目前工人的任务

一九二三年,从京汉铁路工人的总罢工而演成的"二七"惨案,到今天已整整二十年了。

二十年来,中国工人阶级接受了"二七"斗争坚韧顽强的精神,与全国人民站在一起,为中华民族的解放事业而不屈不懈的奋斗。经过一九二五年到一九二七年的大革命、十年红军运动以至五年半的抗日民族解放战争,由于中国工人阶级与全国人民的团结与努力,已使古老的中国改变了面目,今天我们民族解放的战争,已胜利在望,百年来的不平等条约已宣告废除,这应是"二七"及数十年来革命先烈的鲜血所灌溉出来的灿烂的花果。

目前中国抗战正处在黎明前的黑暗,尤其是我们敌后抗日根据地正处在严重的困难面前，今天我们来纪念"二七"，尤其是敌后的工人阶级，应如何接受"二七"宝贵的经验教训，坚持敌后抗战，高度发扬工人阶级抗日反汉奸的积极顽强性，以渡过目前困难的局面，争取胜利的到来！

那么"二七"惨案教训了我们什么呢？

（1）"二七"惨案教训我们：实际统治中国、打入到中国内部来了的帝国主义，特别是目前的日寇，是屠杀镇压奴役压迫中国工人阶级最凶恶的敌人，但中国工人阶级在其政党——共产党领导之下，也是最顽强最澈底反对帝国主义侵略，特别是反对日本帝国主义，坚持抗日民族统一战线，为着中华民族的解放，而始终站在抗战前线，奋斗到底的。

（2）"二七"惨案教训我们，在中国工人阶级的任何抗日反帝斗争中，是一刻也离不开直接反对帝国主义走狗及其代理人的，如当时的北洋军阀，和现在的王揖唐、汪精卫之流，我们必须知道：中国革命的敌人虽然是异民族的压迫，如目前日本帝国主义的已经打入中国内部来，固然应该集中力量来打败日本帝国主义的进攻；然而在另一方面，如果我们在打击日本帝国主义的过程中，而放松了或者不打死它的死心走狗及其代理人如王揖唐、汪精卫之流，中国工人阶级的解放，也是不可能的。

（3）"二七"惨案教训我们：反帝抗日的民族斗争，是不能与反对封建压迫，争取民主自由分开来进行的。另一方面，同样也不能把经济斗争与政治斗争截分开来进行的。因为没有民主自由，工人阶级的一切集会、结社、言论、出版等自由，以及经济生活的改善是不可能的，最不民主的压迫与剥削，是阻滞工人阶级生活改善及争取民主自由的最大障碍。将经济斗争与政治斗争结合起来，将抗日斗争与争取民主自由的斗争结合起来，才更有利于工人阶级解放事业的前进。

（4）"二七"惨案教训我们：工人阶级的斗争，必须取得其他阶层广泛与密切的统一战线的组成，特别是农民、小资产阶级及一切反帝抗日力量和斗争的配合才能取得胜利。五年多抗日民族统一战线的组成与坚持，即是根据这一主要原则出发的。

（5）"二七"惨案教训我们：只有有巩固的组织，才能发挥出伟大力量。京汉全线同时宣告总罢工，如果没有京汉总工会及各分会的坚固组织是不可想象的。而参加中国革命一开始就表现了最有组织性的，就是中国最先进的工人阶级。

接受上述教训，适应今天敌后的环境，根据地工人目前的具体任务就应该是：

第一，积极参加各种对敌斗争，参加生产，尤其是在劳动法已经实施，工人生活获得改善的地区，更应发扬高度的抗战热忱和生产热忱，提高生产力，建立工人群众中新的劳动纪律与新的劳动态度，以增加生产，发展根据地的建设事业。

第二，为了达到上述目的，工人生活必须适当改善，在工人生活尚未获改善的地区，必须继续发动群众实行劳动法，适当增加工资，救济失业工人。必须认识，工人群众如仍处在非法的剥削地位，生活没有保障，抗战热忱是难以提高，各阶层团结也无法更加紧固的。

第三，巩固工救会组织，工救会必须保持独立系统，有些地区把农村工会附设在农救会之下是不对的，必须注意从一切对敌斗争与实际工作中加强工人阶级的自我教育，提高其政治觉悟，使广大工人自觉的参加与爱护自己的组织。并向沦陷区发展工会，团结敌占区敌占城市的广大工人群众。

第四，积极参加各种群众运动，目前根据地的群众运动虽以农民为主，但工人应在运动中起骨干推进作用，以贯澈群众运动中，来巩固工农团结，巩固农村各阶层的团结，以高度发挥抗战的力量。

第五，参加根据地的民主建设，克服基层工人群众中的经济主□的观点，精简推进民主运动，□□□□区村政权，保证三三制的完全实现。

我们要以实行土□□，来纪念今年的"二七"。

（原载一九四三年二月七日《新华日报》华北版第一版社论）

# 反对敌伪的奴役运动

汪精卫和日寇订立密约,把中国人民从祖宗百代到万世子孙全部出卖,并对如何掠夺和奴役中国作了整套的规划。这一大阴谋,在华北首先表现于最近开始的所谓"新国民运动"。"新国民运动"是什么东西呢?据王逆揖唐说,就是"治安强化运动"的扩大,其目的"在于求华北人民精神与物质的总动员",以支援"大东亚战争",实现"参战体制"的任务,与日寇"共生死同患难"到底。换句话说,就是要把华北的一切人力物力统统搜括起来,以为其主子——日寇——殉葬。这该是多么凶险的勾当。

还是让我们来看一看它的具体内容吧,这可帮助我们更容易了解"新国民运动"的实质。

"新国民运动"标榜三个口号："剿灭共匪"、"增加生产"、"革新生活"，也称"保民"、"养民"、"教民"。所谓"保民"，就是把敌占区许多美丽的村庄一扫而光，成为荒无人烟的"无人区"，另外建立许多反动黑暗的集中营（大亚乡），并用保甲和特务的镣铐，把我千万同胞囚禁起来；而又大事修筑封锁沟墙，向我根据地不断"蚕食""扫荡"，隔断我根据地与沦陷区人民的联系（所谓"匪民分离"）。所谓"保民"，就是根本剥夺人民对土地的自由使用权和支配权，没收粮食房屋，鲸吞资源财富，用伪合作社和不值分文的伪钞，将沦陷区同胞的膏血榨干（为联银券倒票，同胞损失即不下数十万万，敌方自称，联银券的发行就已达十六万万），而最后当同胞们只剩下一付皮包骨头的时候，则输送出境充当炮灰。自汪密约称定掠夺壮丁千万，伪报还曾公开无耻的宣称，华北敌占区二十亩田以下的农户已无法生活，都可用"劳工"的名义加以征发，这一抓丁计划，现在正在疯狂实施中。所谓"教民"，就是加紧思想上的欺骗和麻醉，特别对我民族后代普施奴化教育，训练他们为日寇"勤劳奉公"，训练他们打靶杀人，永久作为它"以华制华"的工具。

事实最明白的告诉我们：所谓"新国民运动"，就是最野蛮的奴役和掠夺，加上最无耻的欺骗和麻醉，它要把华北沦陷区变成一所暗无天日的大牢狱，一切土地财富均为日寇所有，而我无辜同胞则昏昏噩噩的为它作奴隶牛马，百世不得出头。每个由敌占区来的同胞都凄苦的告诉我们，"敌占区是黑暗的地狱"，向我们画出一幅悲惨的图画。这些图画是完全真实的。如果说在"新国民运动"以前，敌占区已经是饿莩载道，民不聊生，那么，在"新国民运动"以后，我们不能想像敌占区再有"人的生活"。

"只有斗争才是活路"！敌占区已经很广泛的发出这样悲壮的口号，而且不少地方已经自发的爆发出反抗的火花。是的，异民族的统治是残暴的，但不是不能反抗的，敌占区和游击区的祖国同胞，不论男女老幼贫富，都应该在维护中国人利益，反抗敌伪的奴役和掠夺的大目标下团结起来，从事坚决而又巧妙的斗争！要反对"新国民运动"，反对大亚乡的牢狱统治，反对掠夺土地、农产的所谓"增产计划"，坚决拒用伪钞，不给日寇做工当炮灰。要从斗争中来减轻对敌负担，松懈敌伪的统治枷锁，从而保存民族元气，积蓄力量，准备策应国军的大反攻。一切伪军伪组织中人员，如果天良未泯，想替自己留后路，就应设法保护中国人的利益，尽可能使他们少受蹂躏，如有甘心为虎作伥，死不悔悟，就要加以坚决的消灭。

敌占区日寇是处在刀锯斧钺之中，他们无日不在盼望太行山的健儿和同胞给以援手。敌占区同胞的灾难，是整个民族的不幸，我们有切肤之痛，自属责无旁顾。以往历次政治攻势，曾经严重地打击了日寇和汉奸的奴役和掠夺，予敌占区同胞以莫大的兴奋和鼓舞。于今以后，我们更应把政治攻势经常化，根据敌占区的变化、当时当地的具体情形和要求，配备各方面力量，在一元化斗争的领导下，不断深入敌占区和游击区活动，呼应敌占区同胞的抗争，打击敌伪的各种新阴谋，并带给敌占区同胞以祖国抗战的消息，与他们切保精神上的联系。这是敌占区同胞的希望，也是我们对敌斗争的要求。

（原载一九四三年二月十一日《新华日报》华北版第一版社论）

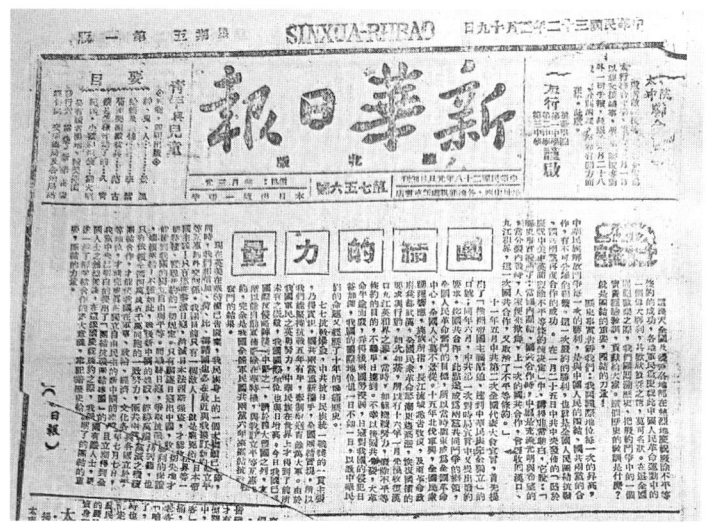

# 团结的力量

这几天全国及边区各地都在热烈地庆祝废除不平等条约的成功,各地军民为庆祝此中国人民革命运动中的一个伟大胜利,其欢欣鼓舞之情,莫可名状。在这全国同胞欢乐之际,我们愿回溯历史,把废约斗争中的一个宝贵经验教训,贡献给大家。这个历史的教训是什么?就是团结的重要,团结的力量!

历史事实告诉我们:我们国际地位每一次的升高,中华民族解放斗争每一次的胜利,是与中国人民的团结、国共两党的合作,有不可分离的联系。这一次废约的胜利,也就是全国人民团结抗战、国共两党再度合作的成功。在一月二十五日中共中央发布的"关于庆祝中美中英间废除不平等条约的决定"中，讲得非常明白，它说："历史事实证明了：当国内团结、国共合作时，中国是充满光明与希望的，当分裂内战时，人家便来欺侮，上一次的国共合作，曾经收回汉口、九江租界，这一次国共合作，又取消了不平等条约。"

十一年五月中共第二次全国代表大会宣言，首先提出了"推翻帝国主义压迫，达到中华民族完全独立"的口号；同年六月，中共第一次对时局宣言中又提出废约要求。迄国共合作，此点遂成为两党共同斗争的纲领，全国人民革命奋斗的目标，所以当时广东成为全国革命中心，全国人心莫不景从。十五年北伐军兴，全国民众踊跃响应，旌旗所指，长江流域悉告收复，及至革命政府奠都武汉，全国民众革命怒潮更趋高涨，恢复国权的要求与行动，如火如荼，所以有十六年一月先后收复汉口九江英租界之举。当时，如能继续努力，废除不平等条约的目的，不难早日达到。不幸以后国共分裂，大革命半途而废，弄得后来国势浸弱，日寇对我国的侵犯日益加深，我国的国际地位也一日不如一日，以致中华民族的命运又经历了十年的惨痛历史。

七七抗战爆发，中共抗日民族统一战线的一贯主张，乃得实现，国共两党重新携手，全国团结实现，所以我们能坚持抗战五年有半，牵制敌寇百余万大军。由于我国军民之英勇努力，中华民族在世界上才得到了前所未有之崇敬，我国国际地位也与日增高。今日我国已成为国际反侵略阵线的中坚之一，跻于四大盟国之列，英美盟邦所以能自动宣布废除在华特权，与我设立平等互惠的新约，完全是我国全体军民国共两党六年来团结抗战牺牲奋斗的结果。

现在英美在华特权已告废弃，我民族身上的一个大枷锁已被粉碎，同时，我们相信加、荷、比、挪诸国也必在最近与我换订新约，建立平等互惠的外交关系。我国目前只有一个敌人——就是穷凶极恶日本帝国主义！只有澈底击溃日寇，消灭日本法西斯强盗，才能收回租界等一切特权，实现新约的一切规定。只有驱逐日寇出中国，收复一切失地，才能达到我国的独立自由与平等。而战胜日寇，争取抗战后胜利的保证，端赖团结！不仅如此，战后新中国的建设，经纬万端，任务艰巨，也只有依赖全国四万万五千万同胞的一致努力，国共两党派及各党派之继续团结合作，才能使我国在军事、政治、经济、文化各方面与各国立于平等地位，才能完成真正独立自由民主的新中国的建设。去年七月七日，我党中央已明白的提出了"团结抗战团结建国"的主张且立刻得到全国人士之热烈拥护，在这举国庆祝废约之际，我们全国有识人士，则进一步了解团结合作的重大意义，牢记着历史给我们证明了的团结的重要，团结的力量。（《解放日报》）

（原载一九四三年二月十九日《新华日报》华北版第一版社论）

# 庆祝苏联红军节

苏联红军成立迄今已经二十五年了，经过二十五年的锻炼，早已成为无坚不摧的铁军，尤其是在年余来伟大的反法西斯的战争中，它已成为摧毁法西斯制度，解救全世界被压迫、被侵略民族，建立和平、民主新世界的中流砥柱，它已成为全世界人民对未来美丽憧憬的寄托。

在我们庆祝红军诞生的今天，正值红军继续展开反攻驱逐德寇的时日。自去年十一月十九日红军自伏尔加河岸开始反攻以来，未及百日，即席卷顿河草原，横扫顿内次盆地，直趋聂伯河滨，不仅收复了德寇去年夏季攻势中所占领的阿马维尔、迈科普、伏洛希罗夫格勒、罗斯多夫等重要城镇，而且德寇据守年余，倚为屏障的卡尔科夫、库尔斯克等中心据点，亦被一举攻克；不仅消灭与击溃了德寇百数十个师团，而且俘虏与缴获数目之大，都是空前惊人。目前攻势正奔腾西向，势如破竹，纳粹完全溃灭之期，已日益迫近。

正因为这样，所以全世界人士正在兴奋的注视着红军的攻势，正在热烈的庆祝着红军的诞辰。

中苏两大国家是患难与共的盟友，中苏两大国家及所有同盟国的命运是息息相关的，苏联红军的胜利，就是中国人民与全世界人民的胜利。法西斯头目希特勒的被打倒，将更迅速的促进日寇的死亡，尤其是我敌后的军民，处在坚苦斗争的环境，对红军的空前胜利与红军节的来临，更感到无限的快愉和兴奋！

红军的胜利，决不是偶然的，除了全世界反法西斯战友的努力支援，联邦共和国军□个力量的空前强大等等以外，首先是由于红军坚决依靠群众，效忠人民。红军是为保卫祖国而战，为保卫自由的国土而战，为保卫社会主义祖国劳动人民的民主幸福的生活而战的。它的作战，取得千万人民的拥护，在前线有无数英雄儿女为之担任担架、救护、挖掘战壕、修筑阵地等工作；在敌后有男女游击队员，展开广泛的群众游击战，配合着疲惫敌人，困扰敌人，消耗敌人和消灭敌人；而在后方，更有数百万"以一当十"的工人，努力增加生产，制造武器，许多科学家、艺术家，都为红军的胜利而勤奋的工作着，全国的人力物力都动员起来为着前线。其次是由于红军的团结，他们团结得像一个人一样，当遇到不可想象的困难的时候，他们便按照斯大林的指示，即把困难征服了。在二十五年的历史中，红军已成为全世界最优秀的队伍，一支具有高度政治质量和作战技术的铁军。

在今天庆祝红军节的时候，为着争取苏联与全体盟国的胜利，盟国应迅速开辟欧洲第二战场。在我国应加强团结，积极准备反攻。在我华北敌后，不仅应乘此红军纪念节号召抗日根据地的军民根据各地具体情形，召开群众大会、座谈会、晚会……，广泛宣传红军辉煌的胜利及其难以估计的意义，更要号召全体军民学习苏联红军坚韧奋斗精神，加强团结，克服胜利前的困难，提高警惕，随时准备迎击与粉碎敌人"扫荡"，展开广泛游击战争，提高积极生产的热忱，坚持敌后艰苦斗争到最后胜利。同时，我们为着更有力的打击敌人，应配合政治攻势，将红军胜利的消息，带给敌占区水深火热中的同胞，安慰他们的心灵，鼓励他们的斗志，告诉他们：红军攻势将继续扩张，第二战线行将开辟，西方法西斯的最后崩溃已为时不远；告诉他们：日寇最近在南太平洋不断败退，势蹙力疲，且将陷于盟国环攻的重围，而纳粹的崩溃，尤将使它更加孤立，促使早日灭亡。以这些事实来激发沦陷区的同胞，向敌展开各种斗争；以这些事实，来昭示伪军伪组织人员，号召他们效劳祖国，反正杀敌。

红军节带来了欢腾的笑声，红军节也带来了解冻的春讯，在这冰溶雪消之际，正是红军与盟国夹击德寇消灭纳粹的时候，也是我们加紧进行各种（军事的、政治的、经济的、文化的）对敌斗争的时候，我们应当快乐，我们更应当充分认识自己接近胜利的困难，警惕敌人来自各方面的进攻，而加倍的努力！

（原载一九四三年二月二十五日《新华日报》华北版第一版社论）

# 努力争取新文化运动的开展

本月十二十三两日,太行区文联举行了扩大的执委会议,到会者六十余人,济济一堂,检查了过去一年文联工作的得失,确定了今年的工作方针与计划,改选了领导机关。在热烈的讨论过程中,始终表现了与会人士精神的融洽、积极,认识的明确、一致,意见的具体、深刻。因此会议的结果,堪称圆满。

这是今年文化运动的春雷的初震!

回忆去年一月,在一二九师政治部与太北区党委联合召开的文化人座谈会上,曾经检讨了过去文化工作中的主观主义的种种表现;号召文化工作者要眼睛向下,深入群众,进行调查研究,了解社会实际情形;决定文化工作必须大众化，要能动员大众进行对敌斗争；并特别强调文化人、知识份子的团结的重要。然而，由于许多文化工作者的不能真正做到大众化，由于文化人中间宗派主义、自由主义的存在，由于对敌后农村的文化运动的规律性的认识不足，由于文联本身组织的不完整，加以敌人的残酷"扫荡"，某些文化工作者的牺牲，所以，一九四二年的文化工作，虽然也创造了部份的成绩，但实际并没有实现文化人座谈会的希望；而且过去那种脱离群众，脱离现实的情形也并未克服，只在少数文化人知识份子中间回旋，不能掀起群众性的文化运动。这诚如文联常委会的总结报告中所说，乃是最大的失败。

此次会议，研究了过去的经验教训，认识了今年根据地的总的斗争任务，对于今后文化工作的任务、方针和具体计划，作了很多新的决定。我们看到在会议的全部决定中，包含着以下几个要点：

第一，会议决定了：今年一定要在太行根据地掀起一个真正群众性的大众化的新文化运动。

第二，这个新文化运动，应该是以新民主主义的民主思想为中心的启蒙运动，它要反对敌伪及特务份子的奴化思想和变天思想，反对封建传统观念等，以提高群众的政治觉悟与文化水平，坚强抗日胜利的信心，奠定战后新中国建设的思想基础。

第三，这个新文化运动，必须与政治、经济、武装等各方面的群众运动密切配合，一致行动，加强抗日民族统一战线的力量。

第四，在这个新文化运动中，应该普遍团结根据地的在乡知识分子，帮助他们组织起来去参加群众斗争，去向群众进行抗日民主的宣传教育。同时，也要尽量团结敌占区的文化人和知识分子。

第五，在这个新文化运动中，应该开展文化界的整顿三风运动，号召所有文化工作者确立群众观点，注意调查研究。发扬民主作风，提高科学精神，认真学习鲁迅并能互相尊重互相学习，亲密团结起来，肃清宗派主义与自由主义的残余。

我们认为这些决定，完全是正确的，应该做到的。而且我们相信是可能做到的。因为，今年的群众运动，将更广泛深入地开展，群众在政治情绪提高，经济生活改善之后，必然地要求文化生活的活跃，且会供给文化工作以丰富的现实内容；今年党、政、军、民各界对于文化工作的注意，也比过去更深切了；出版发行工作也较过去大有改进了。这些对于今年的新文化运动，都是极有利的条件。

然而，仅有此次会议的成功，仅有若干顺利条件的存在，不能说今年的新文化运动的开展，已完全可以保证。我们认为问题的真正关键，乃在文联及全体文化工作者是否能够真正下定决心，迅速转变作风，切切实实地执行会议的决定，将这些决定付诸实现。倘若能够，那么，今年的新文化运动才会真正开展起来。否则这次会议，又将化为没有雨点的雷声了。

自然，我们除了希望文化界努力以外，也希望党、政、军、民各界对于今年的新文化运动多给一些实际的帮助和配合，尤其是全太行区的老百姓，应该欢迎这个新文化运动，而予以有力的支持！

（原载一九四三年三月二十一日《新华日报》华北版第一版社论）

# 春耕运动已至紧张关头

春耕已至紧急关头,各地作了什么,在作什么,是否已经形成运动了？实际的答复,是最现实的批判。实际是还没有运动起来,甚至有的领导同志还没准备把它运动起来。早在去年十一月我党太行分局就根据过去经验作了决定,号召把农业生产运动贯串全年,立即准备春耕,而春耕正是全年生产的一个关键,"一年之计在于春"啊,面对着这个问题,各地作了什么呢？春耕贷款有的至今尚未发到区,村更不要说了；有的发到村了,村干部无分贫富,需要与否,一律"大公无私"的按户分配,有的把贷款拿到村,不敢声张,与自己有关的一部分人加以分配,而群众对于贷款虽在急迫盼望着,但却正是"只闻楼梯响,不见人下来",

他们还以为抗日政府的三百万元春耕贷款，是只作"宣传"呢。在被灾区域，群众正在忧愁食粮，上顿不接下顿，打算卖驴买粮，而有的同志却夸张生产情绪"很高"，不去解决春耕的实际问题，劳动力的动员与组织呢？以为群众自己会"动员"起来。生产经营者怎么想法呢？他们自己是不会耽误自己的。……诸如此类，恐怕已经不是个别现象了。

有组织地领导春耕运动，已有了三年经验的党，为什么会有这种奇怪的自流观念呢？这就要从群众运动与到群众运动的观念中去找。有些地方，群众已经基本上发动起来了，减租减息大部份做了，而收回押地的贫农却苦无资本和牲口，青年、妇女、"先进"群众，□□有些共产党员和村干部，却不热心生产，民兵只热心集体睡觉，乐于集体游闲，而领导者则处之泰然。这正是群众运动发展上不良的新景象、新问题，中央土地政策所说减租减息实现之后，农救会的任务就在于调解阶级纠纷，开展群众生产运动，还是没有为这些同志们所了解的。他们以为发动群众就是减租减息，群众一定就可以发动起来，群众发动起来他自己就会作一切，一切工作就获得保障，而不知道发动群众只是一切工作的基础，党的任务，还要去组织群众，教育群众，从生产上、政治上、武装上去进一步发动群众。有的地方，群众发动不够，所以他们就只照例去发动群众，以为发动群众是中心工作，把群众运动与春耕运动对立、脱节，面对着群众的生产困难、灾荒、资本、劳力、种子等等，把它放到不重要的地位上去了。他不知道群众生活不安心，生产情绪不安定，有什么心去只要求减租减息呢？减租减息运动，在目前不服从于春耕运动，不为着春耕运动，那怎么运动得起来呢？

这些显然是思想上的问题和实际上的问题。所以须得首先去克服这些偏向，弄清当前的问题。

首先必须打破轻视劳动的情绪，树立明确的劳动观念，建立劳动是光荣的新风气和新传统。对先进的群众，必须解释什么是"先进"，反对游荡为荣的倾向，指出轻视劳动是剥削者的思想，不劳动是可耻的，特别在青年男女以至儿童中，要用三年来春耕生产的光荣传统，表扬历年来的劳动英雄，宣传战时苏联的劳动青年，苏联的生产战线如何支援红军作战，提出劳动英雄与杀敌英雄一样光荣，生产战线支援军事作战口号，动员一切劳动力上生产战线。在民兵中、青抗先中、提出武装青年与劳动青年结合起来，一面生产一面杀敌，保卫春耕参加春耕，左执武器，右握锄头，动员广大民兵参加劳动竞赛，组织劳动互助，争取劳动英雄，把民兵这枝有组织的武装力量，成为一枝强大的劳动生产的力量。在一切干部中，进行充分的思想动员，打破把群众运动与春耕运动对立起来的观点，指出减租减息正是为着解除群众生产的桎梏，顺利发展群众生产，提高群众生产热情。指出春耕运动必须成为群众运动，一切为着春耕运动，造成生产热潮，离开这个就要脱离群众，群众运动就要成为无群众的"运动"！农救会的任务就在于领导减租减息，解决春耕困难，动员农民积极生产；已经减租减息地区，全力组织劳动生产，发展劳动互助，组织换工，解决贫苦农民牲口、种籽、农具等具体困难，轻视这些困难，轻视技术，是"口头革命家"的观点；在灾荒地区，全力解决春荒，像四〇年春耕时冀西的口号一样，"解决了春荒，等于作好春耕一半"，全力领导救灾与春耕贷款的分配，把任何一分力量都用在耕地和下种上去。没有春荒的解决，减租减息就都成为空谈。工救会的任务在于迅速解决所有的雇工复工，提高雇工生产热情，树立新的劳动观点与劳动纪律，善意调节主雇纠纷。青救妇救的任务在于把学习与生产结合，把家庭和睦与参加生产结合，动员青年进行劳动竞赛。领导儿童课余拾粪，把"劳动英雄就是青年先锋"的口号深入在每一个先进青年中去。在妇女中提出快些放足参加春耕，不依赖男子养活，帮男人作春耕，增加全家生产，改善全家生活，全家快活等口号，组织劳动辅助，动员广大妇女春耕。总之，动员一切组织力量，突击春耕生产战线，无论在群众已经发动或才开始发动地区，都须以突击力量组织春耕，解决春耕困难，号召增加生产。

所有党员要成为生产模范，支部成为生产堡垒，知识份子党员要深入组织春耕，在党内培养大批劳动英雄，反对脱离群众的游荡倾向。首先是党的干部必须把劳动观念与群众观念结合起来，必须了解没有热烈的爱护劳动的热情，就不会真正爱护群众，没有参加劳动的决心，就不会了解劳动群众，没有劳动观念也就不会有正确的群众观念。无产阶级的先锋战士，同时也就应该是劳动战线上的战士，任何轻视劳动的观念都是错误的，是剥削阶级意识的反映。同时在党的干部中必须在实际上接受三年来的历史经验。反对片面的割断历史的观念。这是因为有些同志以为过去几年来的组织"中心工作"，都是形式主义，不去分别过去工作中的宝贵经验，和那些东西才是形式主义。就如春耕运动，历年都有很多好的经验，不但群众中出现了很多劳动英雄，有好多新的经验，领导方面和组织工作也有很多新的创造，如一九四〇年全力突击春耕，着重救济灾荒，爱惜民力，解决春耕具体困难，发动拾粪积肥竞赛，恢复与提高了群众和各阶层生产热情。四一年提出调整生产关系，发展生产力，两方同时并进，即一方面继续了四〇年的经验，更进一步发展生产技术，□□劳动互助，动员一切劳动力，在组织工作上大大迈进一步；另一方面解决土地纠纷，组织复工，鼓励富农经营方面等等，调整了生产关系，空前发动了各阶层的生产热情。四二年提出每亩增加三升粮的口号，提倡计算的作风。同时，三年来均着重提出武装保卫春耕，武力与劳力结合，奖励劳动英雄，发展劳力互助，在这些方面均有很多新的经验，相当密切了党与群众的关系，"从生产中团结群众"的口号，在党内发挥了相当力量。当然，今天必须清除与纠正过去工作中的主观主义、形式主义作风，反对强迫命令，但同时必须继续与发挥过去优良经验，提倡了解群众情况，利用群众旧的优良习惯和组织形式，解决群众春耕困难；奖励富农经营方式，解释生产超过生产量水平部分，不再累进负担，超过战前产量部分，不负担，发扬"耕读传家"的优良传统，提倡"耕三余一"，严防灾荒等，这些正是目前的紧急任务。

时间已迫在眉睫了，全党动员起来，军、政、民所有同志动员起来，一切先进群众，先进人士动员起来，人民子弟兵——八路军，与各机关节约食粮，节约民力，并全力参加协助群众耕作，军民、政民、党民一致努力，全力进行迎接准备反攻胜利的今年的春耕运动，同时，加强对□□□□体领导，反对自流主义，反对尾巴主义！

（原载一九四三年三月二十七日《新华日报》华北版第一版社论）

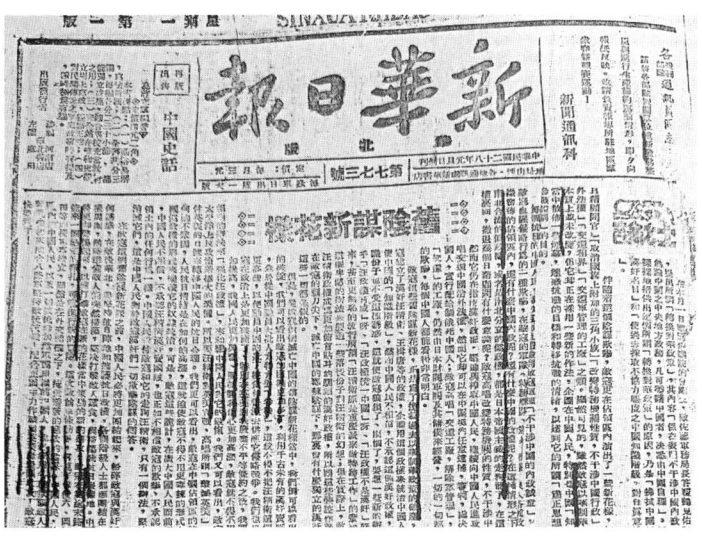

# 旧阴谋新花样

在本月一日敌国众议院的会议中，敌佐藤军务局长答复鹤见佑浦的质问，提出所谓"转换对华政策"，其内容"系在表明不干涉中国内政之诚意，无论中国之中央地方政务，凡可委诸中国者，决悉由中国自理"。同时更赤裸裸地招供出这个所谓"转换对华政策"的原因，乃是"拂拭中国新政权之汉奸名目"和"使过去采取不协力态度之中国知识阶级，对日真意遂皆了然"。

伴随着这个阴谋欺骗，敌寇更在占领区内演出了一些新花样，"撤退日籍顾问官""取消国旗上附加的三角小旗""改变特务机关性质，不干涉中国行政""交还治外法权""交还租界""交还军管理的工厂"之类。显然可见的，虽然敌寇"以华制华"的旧阴谋本质上并未改变，但它却正在采用一些新的作法，企图在中国人民，特别是中国"知识阶级"当中散布一些烟幕，迷惑抗战的目标和转移抗战的情绪论，以达到它的所谓"肃正思想""实现参战体制"的目的。

每个抗日的中国人民□□□□体验到敌寇这种"不干涉中国的内政诚意"，只是掩盖敌寇血腥侵略行为的一种欺骗，在敌寇的军队、特务机关、宪兵、□□□□□各种政治经济组织密布的占领区内，还有什么中国内政呢？还有什么中国的政权呢？在这种情形之下，不管是南北合流的伪政权，或者是南北分立的伪政权，都是日本帝国主义的走狗罢了，在这种走狗政权里面，撤退几个日籍顾问有什么意义呢？敌寇高唱改变特务机关的性质，不干涉中国行政，然而它仍在指使汉奸政权，压迫与榨取中国人民，继续向中国人民进攻；敌寇高唱交还中国治外法权，然而它却可以在中国境内任意逮捕，审判，处决，屠杀中国人，实行配给制饿死中国人；敌寇高唱"交还工厂，解除军管理"，然而这些"交还"的工厂，仍然由日本财阀军阀及其佣仆来经营，一切的一切都是赤裸裸的欺骗，每个中国人都能看得非常明白。

敌寇这些旧阴谋新花样，正是为了挽救过去"以华制华"政策的破产，过去，敌寇建立了汉奸汪精卫、王揖唐等的政权，企图用这个政权来统治中国人民，来役使中国的"知识阶级"，然而中国人民不相信，不承认这个汉奸政权，中国的知识份子也不受这种诱惑，还就使敌寇狼狈了、困恼了，要想一些新的办法，于是乎"汪政权有成"呀、"汪政权统一中国"呀、"汪政权不是汉奸"呀，狂吠起来，甚至更无耻的流行所谓"汪精卫原是重庆派来做特务工作"的蜚语，企图用这个卑鄙的办法来制造一些落后份子对汪精卫的幻想；但在实际上，敌寇是要使汪精卫政权成为更加俯首帖耳的驯顺的汉奸政权，所以闹这些装腔作势的把戏。在敌寇的刺刀尖下，灭亡中国的毒辣阴谋下，那里会有什么独立的汉奸汪政权？这些一切都是假的。

但是，从敌寇这个灭亡中国的旧阴谋新花样当中，我们倒可以看出一些敌寇的破绽，我们可以看出敌寇的困难更加多了，利用千古未有的汉奸卖国贼汪精卫，兼于从中国动员大批人力物力去"□□"，这就不得不把汪精卫这个傀儡举得更高些，以便动员中国的兵丁粮食和资源去供应它侵略战争。我们也可以看出敌寇在政治上是更加破产了，特别在英美对我废弃不平等条约之后，我国际地位更加提高，我国人民更加兴奋、国际胜利信心更加高涨，敌寇就不得不用这种针锋相对的办法来"强化汪政权"，来和缓中国人民对它的敌忾。我们又可以看出，敌寇对英美在太平洋上反攻怀着极大的恐惧。所以要汪精卫对英美宣战，高唱所谓"击灭英美"，企图用对付英美的口号来转移中国人民的抗日心理。我们更可以看出，敌寇在中国占领区的统治，是如何的不巩固，人民抗日情绪是在如何的高涨，这就迫使敌寇不得不用更毒辣的形式——加强中国伪政权的形式来继续它的奴隶统治。可是，敌寇这些诡计，在广大中国人民面前都是徒劳的，中国人民不相信，不承认汪精卫汉奸卖国贼，也正如不相信敌寇的欺骗，不承认敌寇在中国领土内的任何行为一样。中国人民对付敌寇和它的走狗汪精卫，只有一个办法，坚决打击它们消灭它们，这是中国人民对于敌寇汉奸们一切欺骗阴谋的回答。

在敌寇这个旧阴谋新花样之前，中国人民必将更加团结起来，粉碎敌寇与汉奸汪精卫的任何诱惑，在敌后华北，要坚持抗日阵地和拥护抗日政权，各个阶级人士都应团结在抗日民主政权周围，随时准备敌人的突然"扫荡"，坚决打击敌人"蚕食"，与"扫荡"我抗日根据地。中国人民也必将更加警惕起来，以备打击敌寇在新的花样当中策动的新的进攻，敌寇在穷途末路的时候，可能来一个绝望的挣扎，可能进行新的冒险。这次敌酋东条访宁，召见了畑俊六、冈村宁次、吉田等面授军事机宜，显然是在外交礼仪之下，掩盖着新的进攻阴谋。中国人民，特别是敌占区内的中国人民，以及一切被迫参加伪军伪组织的中国人，□必□用各□欺骗敌人的办法，加紧准备起来配合八路军坚持敌后抗战，配合正面主力作战与英美同盟国进攻！敌寇的死亡时候快要到了！

（原载一九四三年三月二十九日《新华日报》华北版第一版社论）

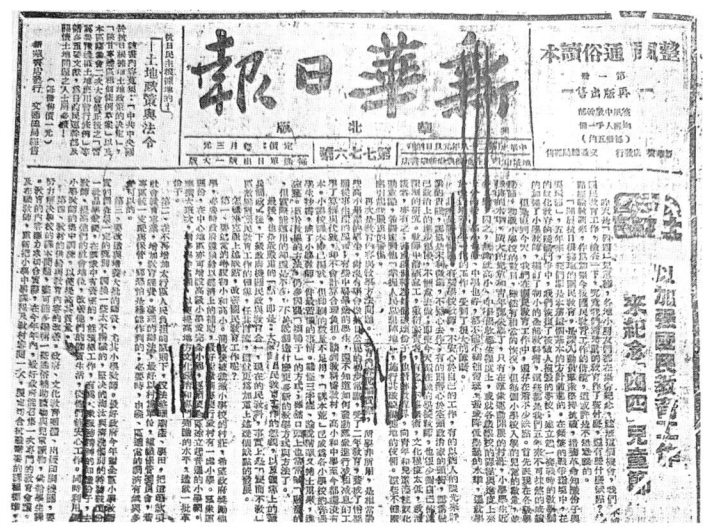

# 以加强国民教育工作来纪念"四四"儿童节

昨天是"四四"儿童节,各地小朋友们都在集会纪念,趁着这个机会,我们不妨把我们的国民教育工作,检查一下,究竟我们对儿童的教育作了些什么,还有些什么缺点?从而得出几点经验教训来,作为加强今后国民教育工作的借镜,这或许是不无意义的。

"开展抗日根据地的国民教育,是深入动员群众坚持抗战,培养革命知识份子与干部的重要环节",五年来,我们即是本着这个基本的方针前进的。在频繁的战争环境中,在反对敌伪的奴化教育的残酷斗争中,我们恢复了被敌人摧毁的学校;建立起一套战时的教学制度,部份的加强了小学教师,编订了初小的全部教科书,这些都是我们五年来不可抹煞的成绩。

但是直到今天，我们在国民教育工作中，还存在着不少缺点。首先表现在各级学校教育的脱节，初征小学校的数目，虽然有相当的恢复，但每个小学校入学的儿童的数量，并没有恢复战前的水平，广大的儿童和青年都失学了，只有在群众运动开展的村庄，小学学生近来才日渐多一些。因之，无论就高小、中学招收学生程度上，或就各级学校的课程与进度上来说，都不十分□□，高小也好、中学也好，都不能不办补习班，甚或降低学级的水准，还就学生，这对□□□□青年一代的工作，受到了很大的障碍。

其次是师资□□，有些学校教师，不安心于自己的工作，有的以商人的眼光来评判教师职业的贵贱，认为是末利微业，不诚心去作；有的则醉心于空头政治家的头衔，认为做教师对自己政治上的进步很慢，不□意去做，即使今天还在□的学校教师，也很少对自己的业务，加以深刻的研究。教师中消极怠工，敷衍塞责者，有之，不学无术，文化程度太低，政治上十分落后者，亦有之；甚或个别特务奸□破坏份子，也□□教育界，向青年和儿童灌注奴化思想和反动意识，希图达到他"掌握人民思想阵地"，施行其破坏根据地的伎俩。这些不健康的现象都应引起我严重的警惕。

再次是教育内容与教学方法问题。教育内容脱离实际，所学非所用，是相当严重的。有些高小毕业的学生，尚没有学会做抗日公民的初步常识，受了二年教育，养成了憎恶劳动，不愿从事生产的恶习；有些中学毕业的学生，还不知道如何发动群众进行减租减息的工作；虽然学了算术与代数，却不会计算合理负担。谈到教科书教材，高小和中学至今都还没有统一的课本。小学校课本虽已编就，但印刷的数量不足用，"课本荒"已成为各小学校的普遍现象。替学生抄书，成了小学教师一件最苦恼的事情。难怪三字经、论说精华又卷土重来，进入小学教室□。至于教学的方法，仍多因袭"填鸭子"的方式；虽然口头上也常常喊"启发的"教育法，但实际能运用的却还是不多，不要说创造什么更多新的教学方式与方法了。

最后，也是最严重的一点，即是：大家对国民教育工作的忽视，以及领导上的薄弱。"精兵简政"后，下级政府机关民政与教育合一，现在的民教科，事实上是"民而不教"，若干地区放弃对国民教育工作的领导，任其自流，这就更为加重上述几个缺点的发展。

怎样来克服上述缺点，改善国民教育工作呢？

第一，要适当的增设初小和高小。简政后被裁撤小学校的村庄，希望政府奖励他们村立小学，必要时政府还须给以经济上的补助，最好能□□□行政村有一处小学。群众运动开展的县份，在中心地区亦可增设高级小学或完全小学，逐渐□全区建立起普通的小学网。中学校则应扩大班次，增多学生名额，以便提高地方文化政治和专门知识的水平，造就一批革命的知识份子。

第二，在不再增加太行区人民负担的原则下，设法整理庙产、学田，把这笔款项，用之于社会教育事业，增加教育经费。整理的办法，最好以村为单位，组织保管委员会，若是以县或专区统一支配与保管，那恐怕是难能作到的；必要时，由县、区适当的调济有无与多寡，倒还是可以的。

第三，要改造与培养大批的师资，尤其小学教师。最好政府今年对全区小学教师，实行确实的调查与一定的甄别，调换一些太不称职的，坚决的淘汰与清洗个别的特务破坏份子，动员一批品学兼优，在群众中有资望的，能积极工作，有为大众服务精神的知识份子，去担任学校教师，提高他们的社会地位，改善他们的物质生活，使他们能安心工作。同时利用假期，举行小学教师的集中训练，以便提高其质量。

第四，教材的供给与教育内容的改善。政府、文化教育团体、出版印刷机关，要尽最大的努力解决学校的课本问题，尽可能多编辑一些通俗补助读物与儿童读物，供给学生课外的参考。教育的内容应力求切合实际，在今年年内，最好政府能召集一次专门的教育会议，邀请专家及在职教师，重新把小学中学课程及教材审阅一次，制定切合抗战需要的课程标准，修改现有各级学校的教材。

第五，教学方法的改进。务须把教与学统一起来，即是把讲解、问答、讨论、复习统一为一个过程。在课堂上不仅有教员的讲授，而且要有学生自学的活动，随学随练习随发表，要特别注意提倡学生的创造性。教学的东西，要少而精，切合实际应用。

第六，要求全党注意与加强对国民教育的领导，党的各级宣传教育部，更应切实领导与研究这一工作，把它看作是自己的工作范围内的事，定期的总结国民教育工作的经验，经常的了解与检查在政府与群众团体中、从事文化教育工作的党员的工作，给他们以政治上及业务上的实际帮助与领导。同时目前更需要动员一批优秀的知识份子党员，到国民教育工作中去，必须认识：培养新的革命的一代乃是我们最伟大的工作之一。

（原载一九四三年四月五日《新华日报》华北版第一版社论）

# 我们的感觉要更敏锐些

日汪密约后,敌人高唱的所谓"对华新政策"之实质,不过是日寇"以华制华"的进一步的发展,不过是旧阴谋的新花样。在敌人的"新政策"之下,我们不仅看到敌人正利用南北汉奸,大肆掠夺敌占区同胞的人力、物力,供其支持长期侵略战争的驱使,以便进一步的灭亡中国,并准备力量应付英美的总反攻;而且要看到对于我们敌后抗日根据地的各方面进攻,也将百倍的加紧了。如果我们只看到它对于敌占区的影响,而忽视了对根据地的危害,那不仅是十足的傻子,且将招致不可想象的损失!

从过去三个月的事实,我们便可看出:在敌人"新政策"确定之后,更加强了它对中国的注视,正面进攻和敌后"扫荡"更加严重了，我们敌后斗争更加残酷了。

就本战略区而论，三月来敌人虽尚未进行对根据地的大"扫荡"，但敌人正集结了相当大的机动兵力，位置于机动地区，积极进行攻袭的演习，准备"扫荡"作战，随时都有"扫荡"某一战略区的可能。至于对我的小"扫荡"和"蚕食"，则是异常频繁的，而以冀南的斗争为最剧烈。在冀南一二两月，敌我进行了严重的"蚕食"反"蚕食"斗争，三月份则是全区的"扫荡"与反"扫荡"作战，我冀南军民无一日不在紧张的战斗生活中与敌人进行艰苦的斗争，三个月内敌人增加据点碉堡七十余个，作战达四五七次之多，现仍在反"扫荡"战中。在太行，进行了十九次小规模的反"扫荡"作战，五次反袭击作战，尤以二分区不断的反"扫荡"作战，襄垣、平（定）东的反"蚕食"斗争为最尖锐。在太岳作战三二五次，尤以团困沁源之敌，粉碎敌人打通临屯公路计划和二沁大道的斗争为最激烈。总计全战略区作战八六〇次，毙伤敌伪军三千余名，生俘日军三十名、伪军二千人。我冀南六分区司令员易良品同志、二分区政委李忠同志以下四百名，为民族为人民流了他们的最后一滴血。

值得警惕的是：敌人采取了更巧妙的战术、实行了不规则的战法，敌人于"扫荡"某区之先，极力使我军民麻痹松懈，"扫荡"时多采用以快速部队远道奔袭，包围村庄，拂晓进攻的办法，且进退无常，使我不易捉摸其活动的规律，而自陷入罗网，并采取突然退走、突然返回，捕捉村民逼供我军所在地的办法，实行返复的清剿式的"扫荡"。敌人在"蚕食"中，也采用了更多的新花样。这说明：我们任何一区都必须把备战工作经常化，随时防范敌人"扫荡"的突然来到，在敌人可能奔袭的地区，尤应严防敌人的突然袭击，过去我们每次较大的损失，都是由于麻痹的结果。同时必须充分认识敌人不规则战法的特点，而加强本身的机动能力，并依据当时当地的不同特点，去与敌人进行反"扫荡"反"蚕食"的斗争，公式主义、狭隘经验论是极端有害的。

值得警惕的是：适应着敌人"蚕食""扫荡"的加紧，它的政治进攻□□□□□□□□□□□□□□□□□□□□□□□□□□□□汪逆汉奸面目来混淆中国人的视听。因此到处策动特务机关及汪逆伪国民党的徒子徒孙，散布"汪精卫是蒋委员长派到南京的，并不是真正当汉奸"、"中央军（指伪中央军）到了某处多少"等等无稽谣言。企图动摇与迷惑敌占区同胞的抗战信念，增长人民的幻想，并给抗日根据地内的汉奸特务以造谣的资本。敌人大肆扩充伪军，日军让出少数不重要的小据点由伪军接防，以便一面集中寇军，便于机动对我"扫荡"进攻，一面即大肆宣传"日军撤退"，企图以此来使根据地军民发生错觉，而忽视反"扫荡"的准备。敌人一面在敌占区某些地方取消物资配给制度，以便乘机吸收人民储藏的物资，同时则又实行变相的物资配给制度，对根据地则加强经济封锁与大量吸收根据地物资相配合，最近尤应警惕敌人对春耕夏收之破坏。敌人鉴于只采取军事进攻，绝不能减弱我军民之战斗意志，故今年又特别强调其特务活动。在冀南，特务深入乡村，侦察我军行动及地下组织状况，以便利其捕捉、奇袭和"肃清"我之地下组织；在山岳地区，汉奸特务企图掌握民兵，以便配合其"扫荡"和进攻，如太行五分区就有个别民兵为这类家伙所掌握，磁武某村更发现特务混入当了民兵的指导员，煽动民兵与独立营对立的事实，敌人还派了大批特务到根据地作长期埋伏、造谣破坏的工作，可惜这些严重现象，尚未引起我党政军民的足够注意。

尤其值得警惕的是：敌人为了"以华制华"，正加紧挑拨中国人之间的内部团结，也竟有一种不明大义之徒，中了敌人的奸计，而醉心于对抗日根据地的破坏。

所有这些，显示出我们敌后的斗争，在敌人的新花样之下，进入了更艰苦更复杂的阶段。

我们必须准备迎接敌人随时到来的"扫荡"，并与敌人进行顽强的反"蚕食"斗争，我们的反"扫荡"准备要经常化，而当前最紧急的工作，就是迅速完成我们的春耕。在接近敌人的机关部队和人民，应有经常缜密的情报组织和机动的能力，严防敌人的袭击。我们的组织形式和斗争形式，无论山地或平原，应根据于今后的环境，作适当而坚决的改变。

我们必须加强中国人的团结，在敌占区揭露敌人的欺骗和新花样，在根据地要动员起全体人民，来加强除奸防谍工作，打击汉奸特务的破坏。

我们的一切努力，为了坚持敌后抗日根据地，坚持抗日游击战争，谁要损害抗日民主根据地，就要给谁以严厉的打击！

在斗争更复杂更艰苦的阶段，要反对麻木不仁，我们的感觉应该更敏锐一些！

（原载一九四三年四月十一日《新华日报》华北版第一版社论）

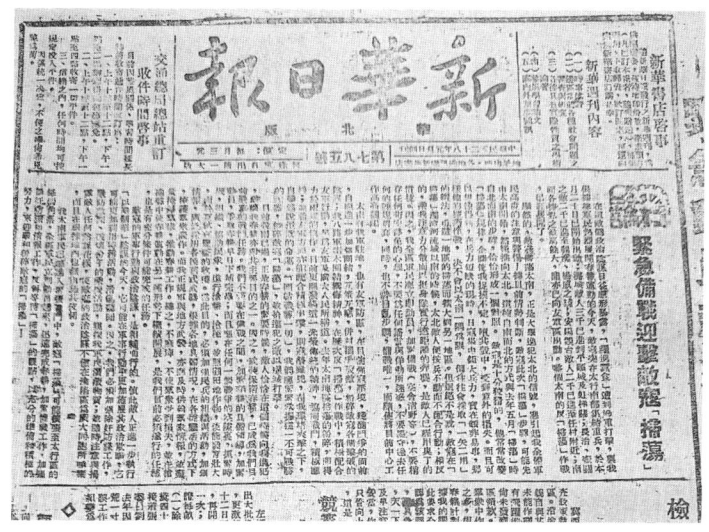

# 紧急准备迎击敌寇"扫荡"

在这敌伪政治阴谋日益原形暴露,"跃进""蚕食"遭到惨重打击,与我根据地军民热烈展开春耕运动的今天,敌寇突在太行南部集结重兵,于本月二十日已开始出动:潞城敌人三千已进到平顺城及虹梯关;长治、壶关之敌二千已进至龙溪、杨威之线;安阳观台敌人二千已进至任村附近;南面各据点之敌万余人,闻亦已向友军区出动。整个太南的反"扫荡"作战,已经展开了。

显然的,敌寇"扫荡"太南,正是大举进犯太北的信号,应引起我全体军民高度的注意与警惕!据目前情势判断,敌寇此次"扫荡"步骤,可能先由太南开始,然后推向太北,这种自南而北的方式与去年五月"扫荡"时自北而南的步骤,恰恰形成一个对照。敌寇是十分狡猾的，他常常改变"扫荡"规律，企图使我捉摸不定，随其谷中，受到意外的损失。而且可以想像得到，在兵力短缺的现时，日寇集中巨大兵力，实在颇非易事，那样他的"扫荡"作战，决不会以太南一隅为限，倒往往会采取"一矢二用"的办法，由这一地区的"扫荡"而扩大到另一地区。但这绝不是说，敌寇在"扫荡"浊漳河流域以南的时候，太北敌人便按兵不动而不配合行动；相反的，乘我注意力分散而以挺身队实行远距离的奔袭，是敌人已经用臭了的惯技。因之，我全区军民应立即动员，加紧备战（空舍清野等），不要稍存任何苟安幸免的心理，不要为任何谣言与佯动所迷惑，不要墨守过去任何的陈规旧套，同时，也不要自乱步调，备战唯一，而随便将目前中心工作高高搁起。

太南有我军驻地，也有友军防区，在目前强寇压境，残酷斗争的面前，自应进一步加强团结，互策互应，并且携手杀敌，粉碎敌寇各个击破的阴谋；我八路军素本团结御侮精神，在历次反"扫荡"作战中，积极配合友军行动，早为友军及广大人民所称道。去年太南地区"扫荡"的粉碎，即得力于两军的协作。目前更应发扬这一光荣传统的精神，协同战斗，积极应援；并希友军方面亦能配合积极□击，则寇焰虽凶，在我环堵夹击之下，自难逃脱溃败的命运。"团结战胜一切"，我们应紧紧掌握这一不可战胜的武器，粉碎敌寇"扫荡"，并给进犯之敌以歼灭打击。

目前谷雨已过，正是春耕的紧要时候，敌人恰恰在这个时候向我进犯，破坏我春耕亦即其主要目的之一。因之，武装保卫春耕，已成为我们目前严重的战斗任务。我们不仅要在备战之间，加紧春耕的具体领导，加紧动员，争取春耕早日下种完毕；而且应在任何一个战争的空隙里，抓紧时机，组织、协助民众，进行抢耕、抢种，并照顾田地作物，使能发育壮大，而于夏秋有丰盛的收获。为此目的，必须加强民兵的组织与活动，加强情报，广泛采用各种旧式武器，根据各地具体情况，在各种灵活的方式下，掩护群众农作。而我正规军与地方武装，亦应及时供给群众情报，并尽量掩护群众，推动春耕工作。总之，不麻痹，不使群众受到损失，并在枪炮声中使春耕运动在另一种形势下继续开展，是我们目前必须遂行的任务，也是有充分条件可能完成的任务。

敌寇的军事行动与政治阴谋，是相辅而行的。值此敌人正进一步执行"以华制华"阴谋的今天，它可能在军事行动中更加施展其政治欺骗，它可能更加利用特务活动，淆乱听闻。因之，我们必须加强除奸防谍工作，严防敌探、破坏份子的乘机活动，窥探我军民潜藏物质；并随时注意与揭露敌人任何阴谋花样，使敌寇的政治阴谋不仅在沦陷区为广大同胞所唾弃，而且在根据地内也无由施其伎俩。

我太南军民已经进入紧张战斗中，敌寇"扫荡"可能扩张至太行区的每个角落，全区军民立刻动员起来，迅速完成春耕，加紧备战工作，加强锄奸防谍和情报工作，反对等待"扫荡"的观点。以充分的准备和积极的努力，来迎击和粉碎敌寇的"扫荡"！

（原载一九四三年四月二十三日《新华日报》华北版第一版社论）

# 战争与生产

## ——纪念"五一"

"五一"是国际工人节,是劳动人民的纪念日,是全世界劳动男女检阅自己力量、争取自己解放的日子。

今年的"五一",全世界劳动者是在战争与生产的两大课题下举行纪念的。他们在战争的炮火下努力增产,而又以生产战线上的战绩,来保证反法西斯战争的胜利。在苏联,工人们在祖国进入解放战争以后,就"以一当十"的展开了"生产攻势",远在几个月以前,为了迎接伟大的"五一"节,各地就纷纷举行社会主义的生产竞赛。列宁格勒、莫斯科、古比雪夫、乌拉尔的各工厂工人,各以增产百分之二十至百分之一百五十来作为对"五一"的献礼；苏维埃农庄和集体农庄的农业劳动者，在"生产如作战"的口号下，发动春耕竞赛，预定扩大耕田面积六百四十万海克脱。在英美盟国，今年的军火生产，一般预计比去年增加百分之五十；美国的工人拟造飞机十八万五千架，坦克十二万辆，来献给盟国各条战线。在中国，无论敌后方和大后方，工人们都洋溢着为祖国而生产的热情。在陕甘宁边区，赵占魁运动和吴满有运动，正在日益扩大和高涨，逐渐轰动了各个工厂和所有田庄；在晋西北、晋察冀、山东，正涌现出许多劳动英雄，准备在"五一"总结生产竞赛和举行生产展览；而在太行区，则有总工会所领导的新劳动者运动，正在创造新的工作态度和工作方法。但是在轴心统治下的工人，态度就完全不同，法、比、荷、挪……乃至中国的沦陷区，工人阶级正以不屈不挠的斗争，反抗轴心的征工计划，他们以逃亡到萨伏亚，到南希解放军，到敌后抗日根据地，来和敌人进行搏斗；即或被迫在工厂工作的，他们的口号不是"努力增产"，而是"慢慢来"、"不燥急"，以破坏敌人的生产，削弱敌人的力量。他们的办法虽然不同，但目标则一，就是推翻轴心统治，消灭法西斯强盗战争。

　　从上面这些事实，就不难看到工人阶级对于战争贡献的伟大。"劳动神圣"，决不是一句空话，"劳动创造一切"，也早有事质为证。人类的历史是劳动所创造的，它曾经战胜了自然，战胜了野蛮和蒙昧，使人类得到生存和繁荣，今天更要战胜旧社会，战胜法西斯，战胜一切反动和罪恶，使人类历史继续前进，走向自由幸福的境域。没有劳动，人类在地球立足都不可能，那里还有什么智慧和文化，还有什么书本可读、道路可走？谁对劳动表示轻视，只表明他自己的幼稚、愚昧和无知。一切先进人士，无不重视劳动，尊敬创造世界、创造文明的劳动者。共产党是工人阶级的政党，是劳动人民的代表，他认识劳动的意义和力量，并为谋劳动人民的解放而努力。共产党员要是轻视劳动，他自己就会跟劳动阶级游离，他的阶级观念和党性，一定不会是明确的。太行区在这次春耕生产浪潮中，已有一部份干部和先进群众觉悟到这点，认为过去的游手好闲，不事生产是种耻辱，是剥削阶级和寄生虫的意识的反映，而毅然投入生产战线，这是一种好现象。在今天纪念"五一"的时候，我们就要坚决肃清轻视劳动、轻视生产的观念，树立尊重劳动，重视生产的正确立场。要培养党员和干部的群众观念，首先就得使我们的党员和干部爱好劳动，参加生产，并成为生产上的模范，率领群众共同前进。我们要将群众观念和劳动观念结合起来，对于积极生产的劳动者——工人和农民，应与前线战士同样受到荣誉的嘉奖，而共产党对于生产和战争，应同样作为自己领导上的两大中心任务。

本区若干工厂自新劳动者运动开展以来，不少工人对于劳动已有新的正确的认识，已经不把做工当作受苦，而是当作对于国家民族的一种应尽的职责，因此生产的数量和质量也在飞速提高。如集总各工厂三月份普遍增产百分之三十，太行实业社出现了许多劳动英雄。然而，这种对于劳动的新认识，这种新劳动者运动，应该不仅限于几个工厂，限于若干产业工人，而应该普及于全社会，扩大于所有生产领域，特别是农业生产部门。在根据地的各个生产战线上，不论是在工厂，作坊和田庄工作，都是最神圣的事业，他们的劳动不只是为了自己，为了厂方、资本家、雇主或某一个人，而且也是为了国家民族，为了整个敌后抗日根据地。多增加一分生产，就是多增加根据地的一分力量，使人民生活更加改善，抗战胜利多得一重保证，这对于国家民族的解放事业是有伟大的意义的。整个根据地的人民，特别是工厂和农村中的行政机关和党的支部，都应该倡导和支持这种新的劳动态度和生产竞赛，使劳动人民能够更高度的发扬他们的积极性和创造性，努力增产，把根据地繁荣起来。

今天纪念"五一"，又正面临敌人新的"扫荡"行将到来，我们更要抓紧一刻千金的宝贵时间，百倍努力的增加生产。在工厂里来争取多出产一些成品，在田地里要赶紧把春耕早日完成，以供今后战争和生活之需。同时，更要加紧空室清野，及时埋藏物资，组织电报联络，一□炮声响到门前,我们就要拿起武器,保护我们的工厂田庄、物资财产,跟敌人开展游击战!在战争中,我们将坚决保守秘密,绝对勿使我们汗血所得的财产落到敌人的手里!努力生产,一切为着战争,这应成为我们根据地人民纪念"五一"的口号!

(原载一九四三年五月一日《新华日报》华北版第一版社论)

# 以改进整风来纪念五五

我们整风的最大最终目的,是改造我们的思想。而改造我们思想的目的,又是为着加强与改善我们的工作,增进我们党内外的团结,克服我们思想上、工作中的主观主义、教条主义、宗派主义和党八股的作风。但为着要克服与纠正我们思想上、工作中各式各样的什么不正确的主义与偏向,又□不能将整风完全局限于整风文件的死条文,而必须首先就要从精通文件的精神实质中,多多着重于发现我们思想上和工作中的毛病,特别更要依据于文件的精神实质,分析和研究我们思想和工作中错误的来源及其具体表现。其次,为要多多发现我们思想和工作中的错误及其优点,又单单依靠于整风文件中字句、名词的钻研也是不行的,又必须着重于思想理论与具体实际问题、实际工作的联系，特别是与个人业务，和某一部门工作，某一具体问题的联系，以密切联系这些实际具体工作，实际具体问题的检讨和自我反省中，才可能发现更多新的问题，丰富和帮助我们领会整风文件的精神实质，改善我们的工作，提高我们对于每一问题，每一工作的理解程度。第三，为要使得我们对于每一文件，每一问题的理解与领会的更加深刻，更加透澈，光有个人的埋头钻研也是不够的，还必须大大的发扬民主，展开为探讨真理的集体研究与讨论，在集体的研究与讨论中，凡是争辩与讨论的愈热烈愈深刻，则可能发现更多的新问题，并帮助我们对问题了解得愈加深刻和愈加澈底。这是我们一般整风的目的和要求。

过去一月来的整风学习，不可否认的是有不少成绩的。这些成绩表现在我们整风学习，已经引起了大家的重视，已经开始造成整风热潮，不少参加整风的同志，在经过一番积极热烈钻研之后，已经摸着一些门径，已经开始感觉到整风的兴趣，已经感觉时间的不够，大家都有了继续深入整风的要求。同时也正由于我们的整风学习，开始有了初步的深入，开始有了初步的领会，因此有一部份同志，在对人，对己和对于工作的态度上，已开始有了初步的转变。例如某些人过去总是老子天下第一的，对人总是看不起，对己总是觉得不平凡，常常是以什么"家"，什么领袖和指导者自居的；或者对于工作，总是粗枝大叶，吊儿浪当，不安心于什么所谓技术工作的，经过这一月整风之后，已经开始知道自己不行，比较能够虚心认识自己，尊重别人正确意见了；对于工作的态度，也比较认真负责，工作的效能与质量，也比较提高改善了。这些成绩，都是不可否认的事实，然而这些成绩，如果拿以上标尺来衡量，显然是十分不够的。为什么不够呢？还主要是由于我们过去的整风，还严重的存在着不少缺点与偏向。首先是我们过去的学习，还多数停滞于啃字句，啃名词的初期阶段，书本理论的学习，同实际问题，实际工作脱了节，特别是同自己部门工作和自己的业务联系差，不能发现思想上、工作中的更多新问题，在学习讨论中，虽然也有争论，但争论的内容，多半是名词和字句，不是思想和实际工作问题的讨论。这样便得我们不少同志对于整风的学习，不易有深刻的领会与了解。其次是在我们的整风学习中，自上而下，与自下而上的发扬民主，如提倡争辩与讨论自由，批评与检讨自由等都是很不够的，甚至有个别同学在学习讨论中，随便给人戴帽子等，还都是不对的。我们认为很多同志在思想上，在工作中，本来是有许多毛病与缺点的，本来有不少同志，在对人、对己、对工作是有不少意见要发表，而且也应该发表出来，正确的应给以发扬，错误的应给以纠正的。但由于我们整风学习中的民主发扬不够，所以使得同志束手束足，还不能言所欲言，在展开热烈的民主争论中，尽情表达其意见。关于这一点，过去我们是注意不够的。第三，正是由于学习中民主发扬不够，理论与实际联系的脱节，所以我们还有不少同志对于文件精神实质的了解，仍是比较浮浅皮毛的，还不懂得一切从实际出发，透过各种实际问题来理解与领会文件的精神。这些就是一月来整风的缺点。

今后如何来改进我们的整风学习，使得我们不少初入门径的整风同志，能够继续飞跃的前进呢？在整风学习中第一个最主要的要求，是要求我们在学习中，要善于依据整风文件的精神，对于每一工作和每一问题，都要多思索，多考虑，多多从各种工作，各种思想中去发现新的问题，追究其来源，研究其发展规律等，以展开我们的思考，求得在各种新的问题的发现中，增益与丰富我们对于每一文件内容的了解。如果我们在学习中不能从思想和各种问题中发现许多新的问题，那末我们的学习一定是干燥无味，一定对于文件内容的领会是不深刻的。第二，为了更容易发现我们思想和工作中的各种问题，以及为了更容易改进我们的思想，改善我们的工作，我们在理论学习中，必须要与实际密切联系起来，特别是应与本部门的工作和业务联系起来，与自己的思想和我们对于工作的态度联系起来，进行反省自己，检讨工作，展开自我批评与争论，才能更容易领会文件的精神与实质，才能更好将我们所学习的理论，正确的运用到实际工作中去，更好的帮助我们改造思想和解答各种实际问题。脱离了实际，钻到牛角尖中去咬文嚼字的学习，是不会对于文件有深刻了解的。第三，在学习中必须大大发扬民主，争取做到每一个参加整风学习的同志，都能将他所感觉到、意义着的一切问题，甚至于有某些为过去所从未讲的隐密的问题，也能坦白无私，毫无拘束的言所欲言，无论同级与上下级间，都能够互相展开热烈争论批评与检讨，对自己、对同志、对领导都应展开批评。在互相争论批评和检讨中，正确意见要给以发扬，错误意见要耐心解释与说服，不能随便打击与加帽子。在展开自由争论与自由发表意见中，只要能发扬正气，克服邪气，只要能将一切错误和正确意见尽情表露出来，能够帮助同志认识错误与克服错误，即将民主的范围，发扬到最大限度也是必须的。第四，为着便于展开自由的讨论与争辩，不仅要适当有准备的多多举行讨论会，及利用一切空闲时间来多多交换意见，而且更要出墙报，作讲演，写文章在报纸刊物上发表，对工作、对领导、对学习中的疑难问题，都可以自由发表意见。第五，为着加强思想领导，各级整委会必须有计划、有预见的提出各种有关思想和实际工作中的问题，启发同志的讨论与争辩，如同志学习中发生了争论和疑难问题时，必须给予及时的解答和指导。第六，大家既感觉学习时间不够，感觉到反省困难，以及对于文件了解的不深入，今后可将学风与文风合并起来，将学习的时间延长到五个月（党风学习时间另订）。为着便于反省总结及求得对文件的深入了解，头三个月应主要测重于自由讨论批评与研究，后两个月才测重于全面自我反省与弄清各种争论的问题。第七，目前我们的整风学习，正应在敌人的"扫荡"期间，为着继续与坚持我们的整风学习不致中断，无论留在上面机关及分散下去的工作同志，都必须按照整风计划，各自随带整风文件，自动积极的将整风学习坚持下去。

  我们的整风学习,已经开始打下基础了,但这个基础还是很不牢固的,我们必须积极从改进学习中,继续推动我们整风的前进。

(原载一九四三年五月五日《新华日报》华北版第一版社论)

# 我们胜利的粉碎了敌人的"扫荡"

这次敌人的春季"扫荡",称为方面军作战。从四月开始,首先"扫荡"晋察冀,接着于四月二十日开始"扫荡"太南豫北友军及我平顺、壶关地区,太南"扫荡"尚未结束,敌人又抽集约二十五个大队万五千人的兵力,于五月五日开始向我太行区腹地进攻,十五日由腹地退出后,又顺势"扫荡"我太行一二分区,一分区"扫荡"二十号业已结束,二分区刻仍在反"扫荡"作战中。与太行区反"扫荡"同时,敌人还对冀南永北及太岳四分区作了局部的"扫荡",以牵制两区对太行区的配合。

敌人"扫荡"太行区的特点是:先派大批汉奸混入我根据地,侦探我军动向、机关位置及物资埋藏所在,然后以重兵分多路突然伸入，形成大包围圈，一面清剿，一面向腹心地区压缩，同时派出数队"挺身队"袭击我之首脑机关。敌人的企图是：一鼓歼我主力，扑灭我军政机关，摧毁我物资，屠杀我民众，亦即是实行其所谓"釜底抽薪"的战术。

敌人的企图是徒然的，在晋察冀遭受了我们严重的打击；在太南豫北，遇到了友军顽强而悲壮的抵抗，虽友军损失较重，敌人也付了很高的代价，而我军在配合友军作战中，也给了敌人以很大的杀伤；在太行，敌人则尝试了我们军民密切结合的群众游击战争的威力，我们组织了坚强的腹地坚持，有力的外线出击，同时还继续配合了友军作战。经过半月的苦斗，我两千多人民（多为老年和妇女）被敌残杀，军队和民兵略有伤亡，物资亦小有损失，但敌人却付了更高的代价，到处遭我炮火的射杀，地雷的轰炸，冷枪的袭击，伤亡总在两千以上。我们不仅胜利的粉碎了敌人的"扫荡"，而且屡次掩护了友军的转移，从敌人手上夺回了林县、合涧、横水、科泉等城镇，打坍了那里的维持，破坏了敌人控制豫北的计划。

当此反"扫荡"作战胜利结束的时候，我们谨向苦战近月的太南豫北友军致敬！对于他们英勇顽强的奋斗精神，表示无限的钦佩。我们都是共处敌后，唇齿相依，患难与共的战友，应该发扬此次共同对敌互相配合作战的精神，求得进一步的团结，以达到共同坚持敌后抗战，争取最后胜利的目的。日寇汉奸特务的挑拨离间，是层出不穷的，我们正宜提高警觉，加强团结，尤应切实发扬遇事协商进行的互助互敬精神，有力回答敌人的任何可耻阴谋进攻。同时也只有这样，才能胜利的坚持敌后抗战。

我们向豫北太南的同胞致慰问之意！他们经过几年抗战，复经此次浩劫，受创已重，希望当地军政机关采取有效步骤，迅速恢复秩序，安定民生，勿使人民元气再有损伤，更要充分发扬人民的抗战力量，以期迅速奠定和加强今后坚持抗战的基础。因为没有人民的支持和民力的发扬，是谈不上敌后抗战的坚持的。

我们向边区的子弟兵和民兵致贺！你们这次在群众运动的基础上，与人民获得了更亲密的结合，出现了群众游击战争的新的姿态，显示了军民结合的无比的威力，给了敌人以很大的打击，胜利的保卫了抗日根据地和人民的利益。但是，切不要以这些成果为满足，我们的进步是不小的，可是我们的缺点还是很多的，譬如我们（特别是民兵）的射击技术还暂不精确，地雷战还不够熟练与机动，个别地方对汉奸敌探的处置还有不够□□的□□，某些部队与民兵的结合还差，还对游击战术不熟练，情报通讯□的组织机构□□□不够敏□和精密等等。所有这些，都须加以总结，定出改进的办法，对于英勇抗敌的模范单位和人员，必须加以精神的和物质的奖励，对于不称职或不积极的份子，必须批评和处分，特别是要根据这次的检查，把我们的人民武装（首先是民兵）更加健全与更加巩固起来。

我们向阵亡将士民兵和被敌残杀的人民致以沉痛的哀悼！你们或在火线表现了无限的英勇、或在敌人刺刀尖下表现了高尚的民族气节，可歌可泣的例子是数不胜数的，你们的英勇牺牲的精神，不仅显示了那些屈辱投降的汉奸们之可耻，而且感动和教育了千百万人民，他们将踏着你们的血迹，继续你们为民族争生存的事业，一直到最后的消灭日本强盗和下贱的汉奸们。由此，我们同样要得出宝贵的经验和教训，这些被敌屠杀的同胞，多系没有游击抵抗能力的老年和小脚妇女，从此告诉我们消极的逃避，是不能粉碎敌人的野蛮屠杀的，今后不仅应该讲求更妥善的战时人民转移办法，认真的带强制性的贯澈政府放脚的法令，而且更重要的，还必须使得人人都有自卫的抵抗能力，以期更有效的给予打击者以打击。对于死亡同胞的家属，我政府及群众团体应给予很好的安慰，并应切实帮助解决其困难。对于受伤群众，亦应由军政机关组织巡回医疗组或送入医院加以治疗。

最后，还须警惕边区军民：最近北菲的大捷，显示着欧陆第二战场不久就会开辟，法西斯头子希特勒的命运不久了，日寇败亡的时间也更加接近了。但是，日寇愈接近死亡，愈要作最后的挣扎，我们在敌后的斗争，还要经历一个极艰苦的过程，敌人对我抗日根据地的"扫荡"和"蚕食"将是更加频繁而残酷的，因此，我们应该抓紧每一个战争的间隙，深入各方面的工作，当前尤应抓紧春耕救灾，预备武装保卫夏收，及打击敌人掠夺粮食计划，并进一步的加强群众游击战争的组织和教育。过去的工作，使我们获得了这次反"扫荡"的胜利的成果，同样，今天的工作，也将是今后不断粉碎敌人"扫荡"或"蚕食"取得更大胜利的基础。

（原载一九四三年五月二十七日《新华日报》华北版第一版社论）

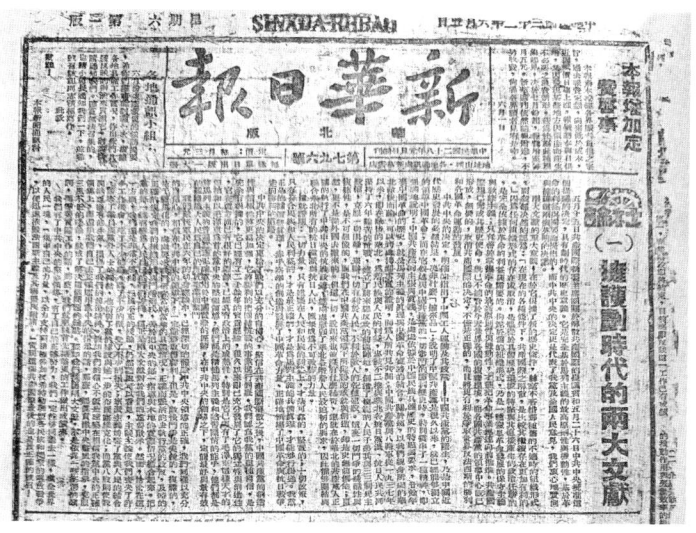

# 拥护划时代的两大文献

　　五月十五日共产国际执委主席团关于解散共产国际的提议书和五月二十六日中共中央批准这个提议的决定，具有划时代的历史意义。它是完全基于马列主义的最高原则性与机动性，基于革命的利益与需要而提出的，而中共中央的决定更是代表了我党及全国人民意见，我们衷心地赞同与拥护这两个英明的决议。

　　两大文献的重大意义，在于它根据了新的历史条件，丝毫不吝惜那种旧的不适时的组织形式，而毅然决然的认为："在现在的各种条件下，共产国际之解放，是比较其继续存在更加有利的。"因为任何组织形式的存在或取消，是服从于具体历史环境的特点与其直接产生的政治任务的，是完全依据于革命的利益与需要的。拘泥于旧的组织形式，乃是一种窒息革命发展的保守主义与教条主义；只有善于掌握革命的最高原则性与机动性，才能把革命事业迅速向前推进。共产国际现已完成其历史使命，既已不适合于今天世界各国的复杂环境，而各国共产党的领导中心既已形成，无疑的，取消共产国际的决定，不仅是正确的，而且将更有利于争取世界反法西斯的胜利和各国革命运动的发展。

中共中央的决定，明确的指出了中国工人运动及其政党——中国共产党的产生，乃是中国近代历史发展的必然结果，决非什么"舶来品"；说明了中共共产党是很久以来，就已经能够独立的领导中国革命；而在它叙述与中国共产党的一切奋斗的胜利历史时，特别贯串了一种精神，即强调地说明：中国共产党的主张与实践，是处处依据于中国民族具体历史的特点与要求，廿余年来中国革命的历史，就是马列主义的真理与中国革命实践的结合。关于这，以我们亲身所处的华北敌后而论，可以到处得到事实的证明，而为人所共见共闻：中共共产党与八路军从一九三七年以来，即在敌后的华北，为着民族与人民的利益，忠诚不二地与华北各抗日党派、抗日人民共同坚持了六年艰苦的抗战，建立了将来总反攻的前进阵地，创造了模范的人民子弟兵与三三制民主政权，克服一切困难，举办一切有利于人民、不利于敌人的各种建设。这里一切斗争的残酷性与复杂性，是不可想象的，而我们在中国共产党领导下所获得的成就与创造，却是史无前例的；自然，更不是从外国去搬来的。但这一切，说起来也并没有什么稀奇，这就是在于华北的共产党人正确的执行了中共中央的抗战政策，能处处照顾了华北各阶层人民最迫切的要求，因此能够团结与联合华北所有的抗日党派与抗日人民，汇集成为不可战胜的力量。

这就证明：一切力量，只有建筑在人民和民族的利益上，才是可靠的，坚实的；一切政策，只有符合民族和人民利益的，才是最正确的，才是为马列主义的具体真理，才能够行得通。我党正是依据这些真理，赤手空拳的创造与发展了中国革命力量，正确地领导了中国革命与抗日战争走向胜利的道路。

中共中央的决定更给了我们以充分的自信心，坚信在共产国际解散之后，中国共产党的创造性与积极性将更为加强，它将胜利的把团结抗战的事业进行到底。我们认为我党的这种自信，是完全有根据的，它已经有了二十余年的宝贵经验，很久以来即已充分发展了它的独立性与创造性，它在这方面已有很好的锻炼，已经具有政治上的成熟性，特别是它已经有了毛泽东这样天才的领袖和以毛泽东为首的党中央的坚强领导，他们都是精通马列主义和熟习国情的能手，他们都是将马列主义的普遍真理正确运用于中国实际的匠师，在中共中央的领导之下，定能最好与最有效的组织广大人民为自己的解放事业而奋斗。

我们敌后军民在六年的切身经验中，已经深切的体验中共中央领导的正确，我们同样以充分的自信心，相信在中共中央的领导下，一定能够取得胜利！但是，敌后斗争是尖锐的、复杂的，是千变万化的，处处要求我们研究当时当地的具体情况，正确而灵活的去执行党的政策，及时的正确的规定我们的组织形式与斗争形式，善于把中央的每一指导与本地的实际情况结合起来，把党的每一号召变为人民自己的行动方向，这正是两大文献对于我们的重要启示。然而，恰恰在这一方面，我们还是非常不够的，三风不正的残余，仍然随处可以看见，主观主义使我们丧失了许多工作机会，吃了不少的亏，碰了不少的壁，受了不少的损失；宗派主义妨害了党与人民的结合，妨害了党员与党外人士的团结，也妨害了党的建设与进一步的布尔塞维克化；而党八股则使我们缺乏应有的生气，损伤了我们的前进精神。假如我们的信心不只是建筑在相信我党中央的正确领导上，而还须我们自己去正确运用党中央的指示的话，那么，认真贯澈中央整风的指示，克服三风不正的残余，就成了解决这个问题的钥匙。假如我们拥护两大文献，不是依靠一些空洞的颂词，而需要实际工作的话，那么，我们就应该首先把整风的工作做出成绩来。

我们有了中共中央的坚强领导,有了自己的正确努力,我们一定能够同过去一样,与全世界的人民一块,"集中自己的力量,以全力支持与积极参加反希特勒联盟各民族和国家的解放战争,以便迅速摧毁法西斯主义及其联盟与附庸。"实现这个共产国际最后的也是最正确的号召!

(原载一九四三年六月五日《新华日报》华北版第一版社论)

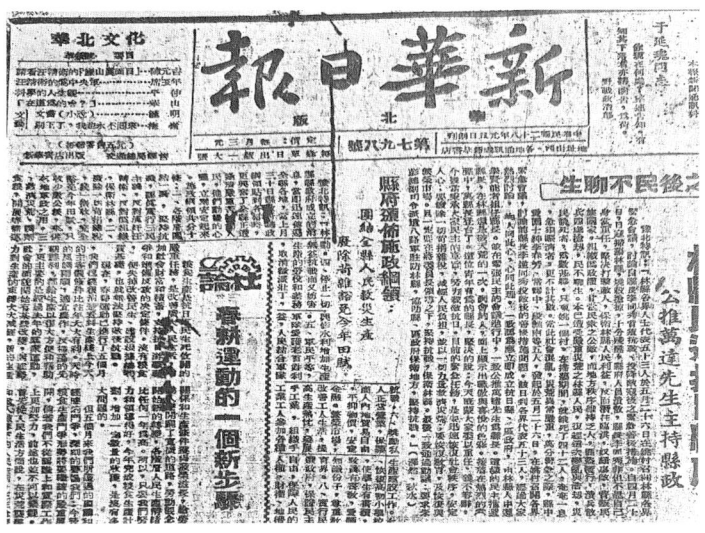

# 春耕运动的一个新步骤

粮食生产是抗日军民生死攸关的严重任务，是改善广大人民生活，增加社会财富和积蓄，支持抗日游击战争和准备反攻的决定条件。没有粮食，便失掉改善民生、建设根据地物质基础，也就无法坚持敌后抗战。

现在，春耕运动已进行了五个月，我们已经很清楚看到生产线上今天的主客观条件比往年大大有利。天时的风调雨顺，适宜农作，反"扫荡"的先期胜利，都给生产以很大的方便和帮助；更主要的是经过去年的群众运动，社会的面貌开始有某些改变，封建劳力对生产的束缚大大减轻，新的生产关系和生产条件获得繁荣滋长，给劳动人民开辟了宽广的道路，劳动观念开始新的转变，各阶层人民生产情绪比任何一年为高。所以，只要我们努力和领导得好，今年完成粮食生产计划，增加一定数量的收获，是没有多大问题的。

但五个月来我们所遭遇的国难和经历的斗争，深刻的警惕我们，今后粮食生产斗争形势将要继续的严重展开，倘若我们不从认识上和实际工作上更加努力，前途也并不可以乐观。首先从人民生活方面说，在灾荒袭击和敌人掠夺下的人民生活，正在急剧的下降，就以产粮区著称的榆武等县来说，于今无法为生的待救灾民已经为数不鲜，好多工人没有得到复业，社会积压一天天在减少，小商人趋向贫困，这已经构成边区生产线上的新困难。再从敌人方面说，粮食掠夺正随着敌人无法弥补的困难而日益加剧。最近，敌在华北已成立粮食管理总局，统一粮食掠夺工作，山西敌伪每月召开一次粮食会议，规定一个月统一的粮食掠夺计划，驻长治的三十六师的敌酋会公开向伪"人民代表会议"发出"谁有粮食，谁就有胜利"的悲鸣……而在敌人这一狠毒意图下，三分区等地敌人已开始有计划的一步一步向前推进的粮食大掠夺，并且采取"一斤也要"的办法，粮食斗争无疑的将随着夏麦上场而更会紧张地发展下去。这些困难正足以说明今年粮食生产的严重性。

但是可惜的，是至今有不少的干部在新的困难面前缺乏应有的警觉和足够的认识，因而也就具体的反映在今年春耕运动的实际状态里。有许多地方，生产动员并未成为群众思想上的热潮，表现空洞无力，流于一般化；在春耕运动发动的程度上表现出十分普遍不深入，甚至未能继续与去年群众运动的成果相衔接。也有许多地方，对于组织生产能力，并没有做到完善的严密的地步，以至贷款过于平均分配，救济常常失时，缺乏对贫雇农应有的实际的援助。……所有这一切，都是由于某些地区春耕运动领导上多多少少还存在一些自流状态，而其主要的病根则又不能不□□于干部在思想上认识上对今年春耕任务还是一个抽象的糊涂观念的缘故。

这就是说，许多干部把生产任务只当做一般化的名词，不了解它是群众运动和根据地社会经济发展上的一个必然的但又是新的历史规律和任务，并不是像他们所想像的那样是一种负规式的中心工作。另方面，他们也未能从实际情况中去认识到粮食生产的严重意义，认识到局事发展中的新困难，自然更谈不上自觉得去解决这个问题，以致造成春耕运动的组织领导，在个别地区不免就落在人民生产情绪和要求的后边。

我们必须下决心的改善这些情况，落后的向模范的看齐，在严重的政治任务前面，谁都不应落伍。

首先要明确确定：生产是全年任务，是贯穿全年的一件中心工作，而同时它又是非常富于季节意义的。因为没有全年眼光、全年计划和全年工作就不能保证生产的最后的胜利。把生产斗争工作，仅仅限制于春天几个月，形式主义的热闹一下，实在是不了解农村实际情况的主观主义想法。但倘若不紧紧的牢记住季节性的一环，则又必然的远离农村，也无法把生产搞好。为了把生产任务贯澈在全年的进程中，我们必须经过当地的细致的调查研究工作来一个全年的生产进度表，每一时期都有一个中心口号来组织群众生产。

而以目前来说，正处在春耕运动新的严重关头，这便是由下种到锄草拔苗的新阶段，当时也要准备夏收。"多锄几遍，顶□一担"，锄草拔苗正□□□今年种地肥料之不足。今年无疑锄草拔苗运动的□□□□□□不起短工，灾区则因壮丁外流而无法进行。这些困难，都应在我们组织工作内有一个解决的办法，决不可任他自流下去。"锄头低下定生死"。春耕成败皆絮于此。

因此，其次需要想办法改善春耕的组织与领导，首先要把干部思想打通，扫除旧思想旧作风，重新认识三大任务中生产任务的重大意义，反对说空话，不要一级一级往下传，纯下命令；而是□干部真正到生产中，到劳动中去学习群众生产经验与劳动技能，然后再具体的组织群众，指导生产。在生产中，要发现劳动英雄和模范实例，再通过这些优秀的人物，如武乡王海威□□□□，去感染群众，鼓舞群众生产热忱。

　　锄草拔苗已经开始了，但是极其不平衡的。我们一定要把时间因素计算好，不要让空话淹没了实际工作。那么，现在就必须在这个新步骤面前，迅速的紧急动员起来，贯澈到最后胜利。

　　　　　　　　　（原载一九四三年六月九日《新华日报》华北版第一版社论）

# 迅速把文化推广到群众中去

## ——纪念高尔基、瞿秋白

明天是高尔基逝世七周年、瞿秋白就义八周年的忌辰。

高尔基、瞿秋白这两位伟大的文学家、伟大的社会活动家、伟大的政治战士和反法西斯的战士，他们虽然死了，但他们光辉灿烂的名字，已经成为先进人类的骄傲的象征；他们的话，还像他们仍然活着一样，有力的震响着全世界战斗人们的心灵。高尔基的口号，给予了苏联人民、全世界被压迫人民无限的勇气，鼓舞着并将继续鼓舞着他们的昂扬的斗志——"敌人不投降，就消灭它！"已经成为苏联红军和全世界反法西斯战士的战斗的口号，他们正为保卫苏联，保卫人类的正义、自由和文化，而和希特勒匪徒一息不停地战斗，直到最后解除它的武装，使之不能再事为祸！瞿秋白也是一样，他的坚毅不屈的气概，大大发扬了我们优秀民族的正气，已经影响了并将继续影响着富有反抗意志的人们继续前进；他们是鲁迅先生最好的朋友，曾和鲁迅先生并肩一起坚持了前进的文化思想阵地，带给了中国人民先进的科学的思想，在我国先进文化史上、革命思想史上，直到今天还保留着它绚烂不朽的光芒！

高尔基和瞿秋白，直到今天以至永久都将为广大人民所热爱，所念念不忘，其原因不是别的，乃是由于他们始终是把自己当成一个斗争不息的革命战士，始终和广大人民紧密地站在一起，始终把自己的毕生精力贡献给革命，贡献给人民。高尔基不是普通的所谓"知识份子"，不是小资产阶级脱离现实的幻想家，而是由劳动人民中产生出来的自己的作家；他生活在各种职业的劳动人民的集群中。他的所有辉煌的著述，都充溢着和劳动人民所共有的爱与恨，他和广大人民具有着同样的思想和感情。他的确是为劳动人民服务和使唤的，他的笔底下描绘出来的是劳动人民的动态，他们的真实的生活和刚强的气息，他讴歌他们的伟大，而又鼓励他们前进。列宁还在一九一三年便指出：高尔基是"用自己的伟大的艺术作品同俄国和世界的工人运动联系着"的，并赞扬高尔基给工人阶级贡献了很多。瞿秋白是第一个努力把文化交付给中国大众的人，他的一切文化活动，都是为了推动革命。

高尔基、瞿秋白应该是我们敌后所有文化工作者、知识份子的榜样。几年以来，我们根据地文化运动的发展，使我们的文化与群众有了初步的结合，而且，我们涌现出了不少年青一代献身革命的文化战士，这都是继承了他们的光辉精神，使他们的不朽的事业得到更广阔的发展领域。

但让我们仔细检查一下自己，纵然我们敌后有着充分条件，使文化与大众密切的结合，但我们做得还不够，还远没有达到实际需要的程度。我们的文化运动，始终没有能真正造成群众性的运动；我们所写的能反映群众真实生活的作品是非常少；文艺作者脱离群众的现象还严重的存在，已有作品很少能强烈的反映战争与群众实际生活的面貌；很多人对于供给大众最急需的初级读物（大众能读懂或听懂的东西）不感兴趣，很多人还迷恋于充满空洞幻想的讴歌。展开群众性的文化运动是早就确定了的正确方针，现在也正在逐步具体实施中。但这种精神还没有深入到各文化部门中，还没有深入到全体文化工作者中间去，还没有被我们根据地所有文化工作者、知识份子所澈底了解。直到今天，某些文化团体、文化人、文艺工作者满足于一知半解，不愿意到下层去，不愿意深入群众，不愿意同实际工作结合，漠视群众痛苦的现象，还没有得到澈底的清算。我们的笔，应该为政治服务，在今天具体的就应该为战争、生产、教育服务，但是我们在这方面所发挥的力量还非常有限，没有完全追上实际斗争的发展。

追究此种现象发生的原因，确不能不归诸于我们许多文化人多半出身于小资产阶级知识份子，群众观念的淡漠，或多或少的存在；口头上虽说承认为大众服务，愿意使文化与群众相结合，愿意使文艺大众化；口头上承认文化服从政治，要与政治斗争结合等等，但一般都只把它停止于空洞的概念，缺乏实践的决心和毅力，缺乏随时随地深入群众、教育群众与向群众学习的决心。象高尔基、瞿秋白生前那样深入群众与了解群众，并为群众的解放斗争而服务；我们许多文化工作者、知识分子，目前是还未注意到这一点的。我们希望，我们全体文化工作同志认真地深入整风，加强并加速自己的思想改造，并认真向我们的导师——高尔基、瞿秋白学习，加强为政治服务的精神，加强群众观念，到群众中，到实际工作中去，随时随地贡献自己的力量给民族和人民，把文化迅速地推广到广大群众中去，使文化与群众真正得到密切的联系。

（原载一九四三年六月十七日《新华日报》华北版第一版社论）

# 空前无比的两年

## ——纪念苏德战争爆发二周年

苏德战争爆发,瞬已两年,我们如将两年前的世界□□(法西斯匪帮气焰高丈,人类的命运遭受到严重的威胁)与两年来的局势(法西斯凶锋顿挫,人类解放的曙光日益照遍世界)□□一下□□不难了解:两年前的六月二十二日,是人数历史上的一个重要转折点,它将为史家们所大书特书,而永远铭记在人们记忆的深处。经过两年的苦斗,苏联二万万人民在伟大领袖天才的战略家——斯大林领导之下,粉碎了纳粹匪徒们一切的进攻与阴谋。希特勒认为最锋利的武器——分化盟国的团结,组织反共十字军,以达其各个击破的企图，如今已为联合国家空前团结的洪流所湮没。经过去年六月的苏英同盟与苏美协定，以及最近邱罗会谈、戴维斯莫斯科之行的圆满收获，使联合国家之间的团结，达到前所未有的巩固，使希特勒与其玩弄的小丑如□戈尔斯基之流，相顾失色，而无由展其鬼技。

在政治上如此，军事上亦然，红色陆海空军的无比英勇，打垮了德寇前年与去年两次大规模的战略进攻，展开了前冬与去冬两次战略的反攻，收复了广大的土地与重要的城镇，给纳粹战争机构以严重的打击和摧毁。德寇兵员的伤亡达九百万以上，装备损失，同样惊人，约计：飞机三万余架、坦克三万余辆、大炮六万余尊。德寇后备力的补充，已逐渐陷于山穷水尽的绝境。尤其是去冬斯城一役，一鼓歼灭纳粹三十余万之众，造成了军事史上的空前奇迹，扭转了战争的趋向，为行将展开的战略反攻打下了巩固的胜利基础。

正因为红军伟大的胜利，吸住了德寇绝大多数的兵力，使英美联盟国得以争取时间，休养生息。现在他们兵员与装备的增长，已获压倒敌人的优势。这些优势的兵力正云集于欧陆外围，准备配合红军的反攻，正式开展欧陆第二战场，东西两面夹击德寇，以便最后消灭敌人。

正因为红军伟大的胜利，削弱了纳粹对欧洲的统治力，大大的兴奋了欧洲被占领国的人心，更加激起了如火如荼的抗德怒潮。如今春南斯拉夫人民解放军的空前大捷，法国人民起义于萨伏亚，以及最近罗、荷、比的大罢工与全欧人民的反对"总动员"，在在展示全欧人民已处在总起义的前夜，他们将配合联合国家东西的反攻，从内部来摧毁纳粹的统治。

正因为红军伟大的胜利，兴奋与鼓舞了全世界爱好和平的人士，兴奋了艰苦奋斗中的中国人民。他们正以各种不同的斗争方式，与纳粹及其盟邦进行着不知疲倦的苦斗，他们以赤诚的心，热烈的盼望着红军更大的胜利，盼望着欧陆第二战场的开辟，并以积极的行动配合这一胜利，消灭人类的公敌——东西法西斯匪徒。希特勒德国毁灭之后，日本法西斯的丧钟也就响了。

苏德战争对于全世界战局的影响，是这样巨大，而苏德战争对于人类的启示，更有其无限丰富的内容。回首往事，展望来兹，我们对摧毁法西斯统治，建立民主自由幸福新世界的事业，更增添了百倍的勇气和信心。

苏德战争告诉我们：一个紧密团结一致御侮的国家或民族，是不可战胜的。称霸欧洲的法兰西，非不强盛；马其诺防线，非不坚固，然而德寇能很快的进占巴黎，却不能占领莫斯科。这里没有旁的原因，主要是苏联有一道比马其诺坚固万倍的防线，即二万万人结成的一道血肉长城。最近苏联发行了一百二十万万的新公债，一天内全部售完，这固然显示了苏联人民财富的雄厚，而更重要的是表现出苏联万众一心的精神，这种精神，是苏联过去能够支持两年斗争的重要原因，也是今后永远不可战胜的铁的保证。

苏德战争告诉我们：法西斯主义是人类丑恶思想的结晶，时代的渣滓，是新世界中所绝不允许存在的怪物。墨索里尼是独裁政治的创始人，希特勒是集独裁思想之大成的魔王，经过两年战争的结果，众叛亲离，日就分崩的不是正义的民主与自由，乃正是这些不可一世的侵略暴君独裁者。时代的趋流，人心的背向，已明如观火，用不着多所解释。两年战争不仅写明了战争为谁，而且已为未来民主自由幸福的新世界绘出了一个鲜明的轮廓。

因之，我们今天来纪念苏德战争爆发的两周年，就应当放大眼光，审察时势，加强全国的团结，加强抗日民族统一战线，亲善中苏邦交与盟国的联盟，以百倍胜利的信心，为打倒日本法西斯强盗，根绝法西斯主义思想而奋斗到底！

（原载一九四三年六月二十一日《新华日报》华北版第一版社论）

# 全区军民动员起来声援陕甘宁边区准备迎击日寇的夹击和"扫荡"!

正当着我们在敌后艰苦抗战了六年,胜利曙光已经在望的时候,突然传来惊人的噩耗,日寇第五纵队反共特务机关发动进攻陕甘宁边区了!华北军民听到这个消息,没有不痛心疾首的。但是,我们并不惊讶,因为抗战以来我们经历得太多了:我们经历过二十八年冬和三十年春的两次大摩擦,我们华北军民六年来几乎没有一天不在一面对日作战,一面遭受反共份子的军事袭击和特务破坏的,抗战时期有侯如埔,接着有张荫梧、潘明礼、石友三、高树勋和朱怀冰,接着又有庞炳勋、孙殿英,一直到前几天,被我们多次解救的二十七军还向我太岳的八路军实行了一次"闪击战"，我们对于这般敌我不分的反共份子，向来是仁至义尽，委曲求全的，因为我们觉得中国人一致团结对敌的原则，在敌后困难环境中，是更应坚决遵守的。可是日寇第一纵队的这些特务健将特务头子，却是勇于对内，而怯于对外的，因此，他们对于共产党、八路军和抗日根据地，是不断采取袭击和特务破坏政策的。许多事实，使我们了解了一个真理。这班反共第一，抗日第二的份子，这班特务走卒，竟然挂上堂堂国民党员的招牌，而实际是专门进行破坏敌后抗战的勾当，如策动维持、组织会门、欢迎敌人、破坏生产、破坏经济、侦察消息报告敌人、割电线、打冷枪等等，都是这些失掉人性的家伙们干的，而且我们清楚的知道，他们大都是反对特务份子又兼日寇特务的走卒，是卑污下贱不择手段的，甚至不惜出卖民族来达到反共的目的。我们手里有确实的证据，庞炳勋这班人早就与日寇消息相通，奴颜婢膝的企图求得日本的谅解，可是日寇所要的是汪精卫王克敏，是抛头露面的奴才。所以一到日寇要他们"明朗化"的时候，他们就只有完蛋了，只有叛国投敌了。随着他们的失败，随着他们的叛国，是一块一块的国土，一批一批的同胞被日寇奴役，的确他们对于日寇主子的功劳是不小的，可是我们敌后人民也从这些教训中，把他们看的清清楚楚的了。

从这里，我们不难认清这次挑拨内战，策动进攻陕甘宁边区的角色们的面貌，他们现在所干的勾当，还不是他们过去命令庞炳勋之流所干的一样吗？！这些特务机关反共份子的日寇的第五纵队，这些法西斯主义的徒子徒孙，向来是甘愿亡国也不让他们老祖宗希特勒东条失败，不让中华民族的人民得到澈底解放的；宁愿跟东条当奴才也不肯放下"独裁""一个政党一个领袖"各种臭架子；宁愿出卖孙中山及孙中山先生的三民主义，任汪精卫辈去侮辱，或者把它变为一民主义，再变而为法西斯主义；宁愿人民饿死以致民变奋起，也不肯改革政治的。他们向来是不肯划清敌我界限的，对于坚决抗日爱国爱民的共产党八路军新四军极端仇恨，对于日寇可以眉来眼去，对于汪精卫王克敏辈不敢得罪，对于庞孙侯于等三十三个叛国将领不通缉不讨伐，还要替他们打掩护。这种人真不知人间有羞耻事！这种人发动进攻陕甘宁边区挑动内战的罪行，又有什么奇怪呢？除了他们这些见不得人的东西以外，还有什么理由进攻陕甘宁边区，进攻共产党八路军新四军呢？！

华北人民是懂得的：共产党万万取消不得，八路军新四军万万取消不得，陕甘宁边区万万取消不得。如果没有共产党八路军，华北人民早已变成亡国奴了，华北不保，大后方早就不能支持了，抗战早就失败了，它的存亡关系于民族的存亡，我们是不能让特务机关反共份子来取消的。陕甘宁边区是共产党中央和毛泽东的所在地，共产党有什么对不住人的地方？它促进了团结领导了抗战，主张释放了蒋介石先生，它领导下的军队坚持了敌后抗战，有什么理由要取消这样好的政党？陕甘宁边区是八路军新四军唯一的后方，你们四年来没有补助一个子弹一个铜板，而八路军还是牵制了日寇在华的一半兵力，有什么理由不让八路军有这个小小的后方？有什么理由进攻八路军的少数后方留守部队？陕甘宁边区是一个真正实行了三民主义，给了人民以丰衣足食的幸福的区域，我们敌后抗日民主根据地，就是学习了它的榜样，才能坚持六年的斗争，而且打下了胜利的基础，试问这样好的边区，为什么要取消它？我们懂得，没有共产党八路军，就没有敌后的抗战，他们进攻共产党八路军就是消灭这样的抗战，今天他们既敢进攻陕甘宁边区，又焉知明天他们不配合敌人来消灭敌后抗日根据地！因此，我们要警告反共特务份子和日寇的第五纵队：我们华北军民是同陕甘宁边区军民一体的，如果你们竟敢冒天下之大不韪，不知耻而勇，真要向陕甘宁边区进攻，我们誓与你们势不两立，誓为边区军民的后盾而奋斗到底。

我们在敌后最艰难的条件下，同日寇汉奸奋战了六年，我们亲眼看到敌人的残暴，我们亲眼看到无数的父母兄弟姊妹被敌人蹂躏，我们亲眼看到敌占区的同胞的痛苦，我们也亲眼看到敌后特务统治区域那种民不聊生的黑暗世界。所以我们从来拥护和执行了中国共产党团结抗战和坚决实行三民主义的正确主张，深恶痛绝那些分裂倒退的逆流。我们身在敌后，希望抗战胜利之心最为迫切，我们不忍看到快要胜利的抗战事业功败垂成。我们热忱地希望那些内战挑拨者良心发现，觉悟到法西斯匪敌和汪精卫之流是要失败的，胜利是属于同盟国和中华民族的，立即悬崖勒马，撤退包围陕甘宁边区的军队，开赴前线抗日。我们要求政府明令讨伐三十三个投敌将领，审判日本奸细吴□先，要求政府严惩敌后抗日根据地内奸细特务破坏份子，希望国民党取消在敌后的特务破坏政策，真正实行三民主义。现在内战危机虽是千钧一发，我们还是热望着和平解决，我们人民要起来响应陕甘宁边区的呼吁，制止当前的内战危机。时机万分紧迫，但是我们还来得及努力，我们的人民是有力量的，我们的努力是会有结果的！如果他们不听，如果他们自绝于民族和人民，那我们只有一个办法，就是用我们的力量痛痛快快的教训他们一顿，一直到他们澈底觉悟为止，那里他们才会懂得中华民族的伟大处，究竟在什么地方！

不管局势如何的变化，我们共产党八路军是要坚持华北抗战到底的，是要与华北人民共生死存亡的，当此内战危机紧迫的时候，我们敌后军民更要有警觉性，不仅要动员起来努力做危亡的工作，还要特别加强对于日寇的戒备，加紧根据地各种建设工作。近日的情况，敌人正在大事调动，太行周围敌军增加不少，敌人将乘国民党军队准备进攻陕甘宁边区之际，对敌后抗日根据地进行更严重的"蚕食"和"扫荡"。我们懂得：日寇既然派第五纵队挑动内战，那有不乘混水摸鱼的道理。特务份子在大敌当前，竟敢撤出河防大军进攻陕甘宁边区，也是值得我们寻味的。因此，我们切不要疏于警惕，要马上加紧备战工作，加强反"蚕食"斗争，加强反对敌人抢粮的斗争，强化群众性的游击战争，随时准备胜利的反"扫荡"作战。同时，在任何条件下，都不要放松了加强根据地人民之间的团结和生产救灾等等重要的工作。我们坚持了华北，我们巩固了华北抗日民主根据地，就是对于陕甘宁边区最好的援助。

全区军民紧急动员起来！摆在我们面前的环境是险恶的，困难是不少的，我们既要坚持敌后的抗战，又要支援陕甘宁边区，挽救内战的危机，挽救中国的危亡！我们既要反对国民党调动大军进攻陕甘宁边区，又要随时准备反对日寇的"蚕食"和"扫荡"，我们的责任是重大的！但是我们共产党八路军是不怕困难的，华北人民也有六年的锻炼了，我们有中共中央的正确领导，有毛泽东这样的领袖作为我们的舵师，有朱彭总副司令指挥我们，我们是能够克服任何困难，走到最后胜利的！环境愈险恶，我们愈坚定、愈镇静、愈有胜利的信心，我们的步伐要整齐，我们唯一的信念就是在毛泽东同志的号令下，团结的像一个人一样，与日寇汉奸和法西斯匪徒们进行严肃而顽强的斗争！

（原载一九四三年七月十七日《新华日报》华北版第一版社论）

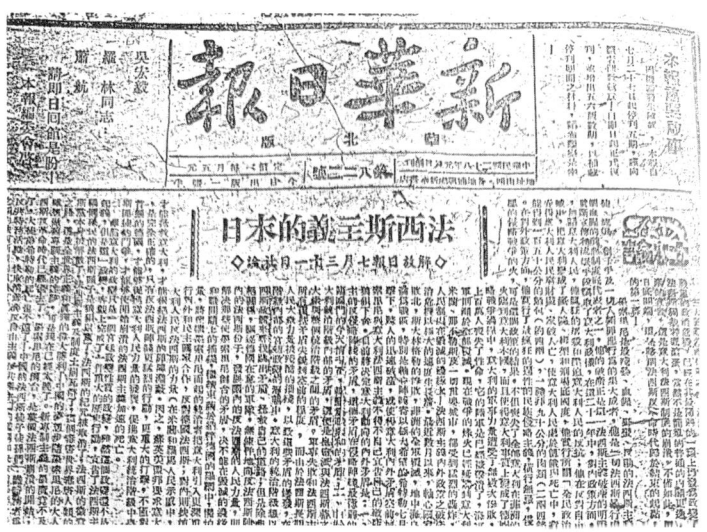

# 法西斯主义的末日

　　三大国际侵略盗匪之一,法西斯主义鼻祖墨索里尼倒台了!轴心阵线底严重的政治危机,已经在其最薄弱的一环上发起政变了!统治了二十一年的法西斯独裁澈底滚蛋,当然不是简单的普通的内阁更迭,这是墨索里尼政治破产的宣告,这是意大利法西斯制度的崩溃。不仅如此,这是整个法西斯主义末日底开端,这是整个法西斯反革命时代归于结束的起点,这是轴心集团总崩溃的第一幕。

　　墨索里尼是最残暴、血腥、野蛮、反动的法西斯主义的开山祖师,他是叛徒、流氓、刽子手及一切人类罪恶行为的集大成者,他是一切法西斯暴行虐政底创始者,他是这个血腥的丑恶制度底代表者之一,他的破产正是这一法西斯主义破产的明证。二十一年前，他以武断宣传和流氓手段窃取了意大利政权，在这二十一年中，对内政策方面，以最残酷的暴刑虐政，加害意大利人民，他疯狂的屠杀和压迫意大利人民的反抗；他在反对自由主义与共产主义的叫喊中，把意大利变成了疯人院、绑架和刑场底国度，他实行所谓"全民政治"和"全民经济"，而弄得意大利人民民穷财尽、家破人亡，使意大利人民处于饥饿与死亡中，意大利人民现在每天只能得到一百五十公分的面包（约四两），一礼拜九十公分的肉类（二两四钱），一个月一个鸡蛋。在对外政策方面，他实行了最疯狂的□性的民族侵略主义，横行无忌，侵略弱小民族，燃点起罪恶的侵略战争的火，可是这个政策的结果，不但丧失了全部意大利在菲洲的领土，并使战争的烽火临到意大利本国，而且使得意大利事实上变成了德国的殖民地。在几年侵略战争过程中，意大利的军事力量遭受了无数次惨败，几十万人成了俘虏，上百万人丧失了性命，它的陆军是已经被击溃了，海军受了严重的损伤，空军则濒于全部覆灭。现在战争的烽火已经延烧到意大利半岛的门口，罗马、米兰、那不勒斯及一切重要城市，都受到猛烈的轰炸，意大利民族与意大利人民都处在毁灭的边缘上！法西斯主义内外政策之破产已为众目所共睹，政治危机以极大的速度生长着。最近数月以来，轴心国家军事上的逐一连二的败北，斯大林格勒的惨败，菲洲的全军覆灭，地中海岛屿的丧失，西西里的沦为战区，特别是轴心阵线寄以极大希望的希特勒七月攻势，在苏联红军猛击下，惊人的迅速破产，就使得意大利内外矛盾空前地尖锐起来，而迫得墨索里尼与意大利法西斯主义不得不自己宣告自己的破产，迅速迫使黑衫首相狼狈下台。目前将决定意大利动向的内外矛盾是：一、法西斯侵略阵线与民主的反侵略阵线的矛盾，这个矛盾在侵略阵线最薄弱的一环的意大利，与兵临国门的今天情况下，转变为战与和的矛盾；二、由于前面矛盾而产生的意大利统治阶级内部的矛盾，这便是皇室派与法西斯蒂之间的矛盾；三、人民大众与整个统治阶级之间的矛盾，军事失败和法西斯主义破产的结果，使得所有这些矛盾尖锐到空前的程度，而由于法西斯长期的恐怖统治的结果，人民大众力量被残酷的摧残，以致这些矛盾的爆发，在最初不得不现于统治阶级内部的宫廷政变的形态中。意大利的统治阶级想以驱逐墨索里尼，取消法西斯政体来寻找跳出矛盾、拯救自己的道路；但是除非坚决地与纳粹德国断绝关系，驱逐德国在意的军队，无条件地向反法西斯阵线投降，澈底肃清国内的法西斯份子，发展国内的反法西斯的人民力量，则任何宫廷政变决不能解决那些使墨索里尼倒台的矛盾，决不能在毁灭的边缘上挽救意大利。对于和战问题上的摇摆，继续束荫于纳粹德国的罗网中，惧怕和抑压人民的民主力量，将使继墨索里尼而起的政治者把意大利引入更深更悲惨的深渊。只有实行对外和民主国家合作，反对德国法西斯；对内扶植真正在开始兴起的意大利人民反法西斯的力量（在米兰和罗马人民示威中，已经开始表现了），才能拯救意大利，才能根绝法西斯的罪恶渊薮。因之，苏英美盟邦要求意大利无条件投降的政策，是完全正确的。只有反法西斯阵线更猛烈的行动，更重大的打击，不仅对意大利，而且对轴心首脑的德国，才能够促进意大利人民力量的发展，促进意大利统治阶级中皇室派、军人派与法西斯匪徒的斗争，才能够使开始崩溃的法西斯主义加速的死亡。

虽然意大利的政变只是一个宫廷政变性质的政变，虽然这个政变还不是人民的、民主的革命起义，但是这一政变，客观上完成了一件重大的历史行动，宣告了法西斯主义的死刑。穷兵黩武、祸国殃民的法西斯头子是狼狈鼠窜了，法西斯的纪元被取消了，法西斯的徽章旗帜被烧毁着，法西斯党本身被解散了，法西斯主义及制度土崩瓦解了，这个毒害世界毒害人类的恶魔已经走上了灭亡之路，这是全世界正义和真理的伟大胜利！中国的梦想步随墨索里尼的大人物和小人物们，你们虽想做旧专制主义的迷梦，可是现在已经太晚了。新专制主义的恶魔竟不及终身而破产，整个法西斯反革命时代已经过去了，墨索里尼的倒台，是整个法西斯崩溃的开始；老师父墨索里尼过去了，大徒弟希特勒的死亡也不远了！中国的法西斯徒子徒孙们：识时务者为俊杰，请收起反人民反共特务活动，快取消这些反自由主义反共产主义的滥调，和快取消那套什么社、什么团、什么营之类的法西斯型的组织吧！不然，法西斯主义的末日已经到来了，你们的殉葬之期也不再远了！

（原载一九四三年八月九日《新华日报》华北版第一版社论）

# 一致起来克服严重灾荒

四年来太行区每年苦旱,去年尤甚,今春三月曾降瑞雪一场,五月又降普雨一次,但自麦收以后,一边又大旱两月,最近虽已普降甘霖,然秋禾的一部份已因久旱枯死,致使整个边区的大多数县份,已复遭了连续灾荒,其中尤以太行五、六,冀南十二、十三、十四,太岳二十四等专区最为严重。以眼前情况看来,不论今后天雨如何,灾荒已成既成的事实,据老年人谈,这是百年来第一个大灾荒。

为什么造成这样严重的灾荒呢?首先是华北大陆,易遭旱灾,而加重此种灾荒,造成这样严重现象,则为日寇汉奸的摧毁和国民党反共特务份子的破坏。

日寇在敌占区挖沟、修路、筑堡、决堤所破坏之良田,仅就敌华北派遣军自供，占地即在二十万亩左右，其抓丁奴役与对我根据地烧杀破坏，损害民间人力物方财力畜力，尤无法计算。仅九路围攻，烧毁沁县武乡粮食就有八十余万石；太北三次反"扫荡"又烧毁粮食二十万石；一九四〇年十月，山西伪新民报公布：从三九年十月到四〇年三月，在长治沁县地区，共抢去米麦一百多万石；就以这几宗来看，其数目已属惊人！如果没有敌人这样封锁、掠夺、破坏，民间积蓄，还不至于枯竭，则我运用各个地区调剂粮食，调度物资，安置灾民，互助救济等，绝不至如今天这样困难，是可以断言的。

其次是国民党的反动派和特务份子，他们对于根据地之阴谋与日寇一样。在敌占区游击区组织维持会帮助敌人，勒索敲诈人民；对根据地是勾引敌人来"扫荡""蚕食"，进行烧杀破坏；对英勇坚持敌后抗战的八路军丝毫不加接济，反而血口伤人，说河北灾情是八路军造成的；对我根据地之灾荒，人民疾苦，即幸灾乐祸，乘人之危，大造谣言，说政府还有三年粮食，鼓励灾民偷抢公粮，转移目标，消磨与灾荒作斗争志气，使根据地人民困死而后快，这是多么卑鄙无耻！但一手难掩天下目，谁人不知八路军和抗日政府，在敌后正与人民同苦共患，与灾荒自然作极艰苦的斗争呢！

今天我们要深刻认识灾荒的严重性，实事求是研究其发展和变化，同时也要□□□□敌人汉奸和国民党反共特务份子的毒辣阴谋，并给以揭破和反击；倘要对灾荒没有更多的克服办法，那末将要大大增加我们坚持根据地的困难；倘要对日寇汉奸特务份子的活动麻痹不仁，就将要招致使根据地受着严重的损害。所以，在与天灾作顽强斗争的时候，还要与造成严重灾荒的敌人和破坏生产救灾、利用灾荒阴谋摧残根据地的汉奸和国民党特务份子作斗争，否则天灾人祸同恶相□，其祸害是无穷的。

我们共产党和八路军是经过灾荒和困难考验的。我们抗日民主政府是救民爱民的政府，我们对灾民是休戚相关的。去年的灾荒，已在我党政军民一起努力之下顺利渡过去了，今年的灾荒，也要责无旁贷的负起责任，用一切力量，与人民结合在一起，共同去克服。我党北方局、太行分局和区党委均早有明确指示与决定，边府与临参会亦早发出了紧急号召和指示。今天唯一的问题，就是如何根据决定与指示，切实去苦干实干，切实去组织群众与深入群众，去进行具体的工作，一切空谈应该从此休止。

在执行决定和指示中，一定还要注意反对和纠正几种不良倾向：首先就是个别干部的主观主义和官僚主义。有些上级机关的领导干部，以为指示写好发出即百事大吉，把一切实际工作的责任，完全推之与下级，自己不愿意到下层去检查与督促，不愿意想更多办法去推动与帮助下级同志工作，而只是消极的批评埋怨下级同志工作作不好，这都是不可救药的官僚主义的领导，这是不能解决救灾中之任何实际问题的。另外有一部份实际的工作同志，却专门等因奉此，依靠上级，自己不钻研上级指示，不依靠自己所住地的具体情况，不同群众商讨一些救灾办法，也不看群众当前的具体要求，始终总是自己老一套，你要想让他停止其他不紧急工作，赶种菜蔬，采集野菜，他们却哭丧着脸，以为打乱他们的"计划"；这些同志不晓得当前最紧急最中心问题就是救灾，因为广大群众所迫切要求的是小米、□皮、菜汤，特别是目前的抢种菜蔬，而不是其他。如果我们对群众这些迫切要求，都随便放过不做，那还谈什么救灾与发动群众呢？这些领导方式，不是脱离现实、脱离群众的主观主义又是什么呢？这当然是不能解决什么问题的。有的同志虽然对于救灾是比较热心的，然而他是完全采取慈善施济的办法，主要依靠上级政府拿钱拿粮出来救济，一等到上级政府不能完满答复他们的要求时，便灰心失望，唉声叹气，认为灾情严重，自己没有办法，便消极起来，甚至请求调动工作。这些不良的表现，都要坚决肃清。我们要提倡上级深入下级，全体深入群众，面向灾情，面向困难，去认真的执行党的和政府的指示，解决灾荒中一些具体的实际问题。

其次，是在群众中对于克服灾荒存有种种不正确倾向：一种是悲观失望的颓废情绪，或则他们不愿辛勤劳动，不愿积极从事生产，不愿意与灾荒作斗争，主要是依靠自己救自己，不想法子活下去，只是"听天由命"，让为灾难是命里注定，"在劫者难逃"，活活坐在那里等死；或则以为灾荒没有办法，于是不以长期打算，而是采取"今朝有酒今天醉"的办法，大吃大喝，一切仰望政府，依靠政府，政府有了救济，立刻就把它吃光。此外还有一种倾向，就是斗争第一，光想不劳而获，只想从斗争中刨些□洞分点利益，两头集中在富有者的身上，只望人家拿出粮款捐助救济；或者是懒汉游民，什么也不愿干，尽想白吃白喝，白拿人的东西，凭着"穷人"的资格，坐以待救等等，都是必须要克服的现象。我们要坚决打破这些思想，要告诉群众：克服灾荒，要靠自己劳力，要亲自动手，事在人为，人定可以胜天，听天由命的办法是会自害自己的。救灾要从长期着眼，一点一滴入手，一切浪费行动，颓废□头，结果是自暴自弃，自己加速自己的死亡。政府只能替人民打主意，指示办法，并不能代替每个人生产，给每个人以吃用，因为这是绝对办不到的。互助互济是我们所鼓励倡导的，但这应该完全出于自愿，或者是经过政府动员，保证借贷，不能用强迫方式，更不能让人家饿着肚子，养活自己。斗争是群众一种合法要求的手段，而非经常谋生之职业。再说政府和社会人士，即有所救济，亦只限于极贫苦的劳动群众，懒汉游民是没有被救资格的，甚至于饿死了，也获不到人们的同情。

再次，在非灾区或灾情不甚严重的区域，还缺乏一种根据地的整体观念，对于生产节约还未引起最大的注意，对于安插移民不愿积极负责，甚有采取拒绝态度者，这都是极端有害的，必须纠正过来。

最后，在救灾问题上也有着关门主义的倾向，只图干部自己努力，不积极的吸收社会广大人士参加，不去与人民共同想办法，因而不能把生产救灾造成为社会的群众的广泛运动，把去冬今春的救灾办法机械的搬用于今天，当然是不会收到应有的成绩的。

总之，克服灾荒，求生作活，是当前刻不容缓的工作，同时也是今后一年内的中心任务。我党政军民要立即动员起来，及时下手，快想办法，反对等待主义，要大量种蔬菜，及早采集野菜，储蓄食品，反对等待救济观念，力行节衣缩食，一切从长期着眼，反对大吃大喝的颓废意识，实行自干自救。末了，引陶行知先生几句诗作为结论，就是："滴自己的汗，吃自己的饭，自己的事情自己干，靠人靠天，都不算好汉。"

（原载一九四三年八月十一日《新华日报》华北版第一版社论）

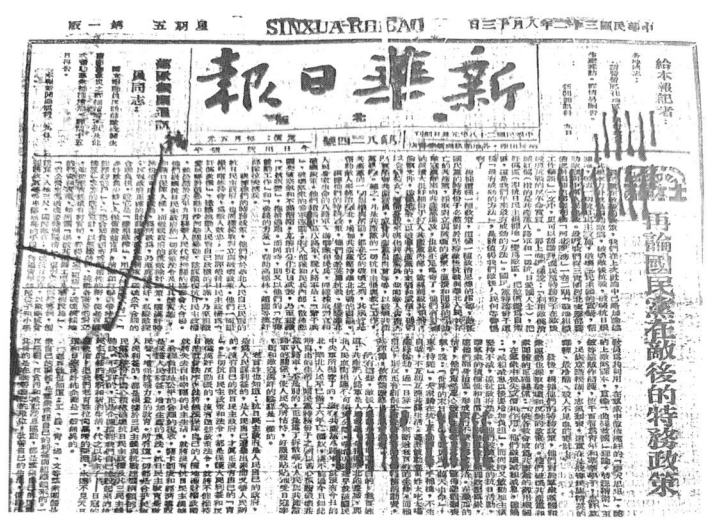

# 再论国民党在敌后的特务政策

　　国民党在敌后的政策，我们在上次社论中已略加论述，其根本方针就是勾结敌伪，破坏敌后抗战，破坏抗日根据地，破坏一切抗日民主设施，破坏三民主义的实践，帮助敌寇向中国人民□□。最近我们从三青团河北支国部筹准处□编印内□□刊物"河北国务"一卷二期"战地组织工作□谈"一文中，更可以认识到国民党特务份子在敌后破坏抗战的反革命实质。那上面这样说："利用敌伪消灭奸伪（指的是共产党八路军和一切抗日爱国人士），把奸伪区（即抗日民主根据地）变为敌区，把敌区变为自卫区，这是我们年来最有成效的方法"。国民党特务份子这种"最有成效的方法"，是该值得我们敌后人民何等警惕啊！

根据这样一种政策,这样一种政治思想的指导,敌后国民党的特务份子,必然对于坚持敌后抗战与华北人民共存亡的共产党,采取对立与破坏的政策,直接和间接的带动敌寇汉奸来向共产党进攻,也就不足为奇了。他们有针对性地派遣大批奸细份子打入共产党内部,阴谋刺杀其领袖,偷窃文件,造谣挑拨,以破坏共产党的主张和威信,他们以金钱美女,酒肉茶饭来腐化共产党员,并向敌人告密。□□陷害共产党员,威胁共产党员自首等等,以破坏共产党组织。总之,凡是共产党的一切抗日主张与救亡工作,共产党的一切组织与活动,都在它的破坏之列,其宗旨是帮助敌人来统治华北,增加共产党坚持华北抗战的困难。

根据他们的特务政策,他们对于英勇抗战、保护华北人民身家生命的八路军、游击队和民兵,同样采取对立和破坏政策。他们造谣中伤八路军,说八路军是:"□子兵",破坏群众的参军运动,打入部队和民兵内部,散布悲惨失望空气和不满情绪,瓦解和分化抗日武装,乃至继续"反抗叛变",拖枪逃跑。而同时,则又以他们的"宣传发动工作"和"金钱的力量",帮助高德林、赵瑞等汉奸部队拉夫扩兵。

根据他们的特务政策,他们对于华北人民自己民选的抗日民主政府,也同样采取对立与破坏政策。他们一面组织明暗维持会,为敌人效忠,一面诬陷抗日民主政权为"奸伪政权",造谣挑动人民对自己政权的不满,乃至组织黎城县卦道暴动和沙河柴关暴动,阴谋颠覆抗日民主政权,并公然于去年九月袭击人民代表机关的临参会大会场。他们破坏抗日民主政府的一切政策法令及其具体实施,如借口保障人权,而破坏政府的抗敌除奸政策,让汉奸特务份子可肆意蠢动,为所欲为,乃至庇护汉奸,私纵敌探;反对政府正确的财政经济政策和制度,破坏公平合理的合理负担,说它是"变相敲诈",用"大村欺压小村","多姓欺负少姓","保留战前富户,消灭和打击战争时期能挣钱的户","把合理负担弄成秘密性的办,使老百姓怀疑"等等的阴毒鬼计,以制造引诱、挑动各种阶层的对立,并使老百姓成日打官司，弄得在家"更穷"，破坏根据地的物资和事业，如所谓"爆破其机器工厂及整个设施"，"对公营事业破坏要特别严密"，更加引导敌伪挖窑洞，刨粮食，入地三尺，尽归敌有；破坏抗日教育，以欺骗威胁利诱收买等等卑鄙无耻的手段，勒逼青年知识分子和小学教员为其利用，在群众中散布汉奸的"变天思想"，秘密的上敌伪课本，灌输"曲线救国"理论，替汪精卫、王克敏等逆贼做辩护，使千百有为青年和莘莘学子，忠奸莫辨，民主意识模糊，志气颓丧。这实在是戕害民族精英的最毒辣、最冷酷、杀人不见血的毒计！

最后，根据他们的特务政策，他们对于群众团体和群众运动也采取破坏和反对的政策的。他们破坏共产党和群众团体的正确关系："使各救会成为共产党的御用机关"，在群众中丧失威信和作用。他们破坏减租减息，造谣说："减租减息以后要增加负担"，而同时又鼓励地主债主坚持不减，违抗政府法令。他们破坏群众的抗日活动，打击群众的积极性和自信心，同时□□无理欺压群众，不让他们翻身抬头，形成横行不□□□统治。在严重的灾情下，他们竟然忍心破坏生产□□□□□散布悲观颓丧空气，说："世界的末日□□□□□□"，"听天由命"，"束手待毙"，大家躺在炕上不动□□□下手补种，不生产自救，不互助互济共谋生活，甚至鼓励老百姓大吃大喝，拦路抢劫，过一日算一日，从而来断送老百姓的生命。而他们自己，则反正有刮削民脂民膏□□□□特务活动费，供其挥霍，依然饱暖终日□□□□□。

所有这些，敌后人民□是□□□□□白的。老百姓知道：共产党八路军是人民救星，是护卫华北的长城，与华北人民血肉相连不可须臾分离。华北人民最早被国民党中央军所抛弃了的，没有共产党八路军，就没有今日的华北，华北人民早已做了六年亡国奴，决不能过今日如此光明自由的生活！国民党特务份子之所以苦心孤诣破坏共产党八路军，不是别的，正是为了拆散华北人民与共产党八路军的关系，使人民失所怙恃，好服服帖帖地受日寇宰割。这和敌寇汉奸的阴谋是一样的。

　　老百姓也知道：抗日民主政府是人民自己的政府，它是为人民谋利益的，是人民自己选举出来而又替人民办事的。没有自己的抗日民主政府，才真正没有自己的"青天"，一切抗日民主政策和法令，都是保护人民利益和反对敌伪汉奸反动派的，没有这些政策法令，就将不能维持抗日的社会秩序，就将无法保障自己的人权地位财权政权，就将失去自由幸福的民主生活，就将没有抗日民主根据地。合理负担是公平的合理的税收，关卡制度和经济建设都是保护人民利益，增加生产的良法，抗日民主教育是改变民智，增强抗战力量的教育。所有这一切都是合乎民□与人民利益的，都是根据三民主义与抗战建国纲领的。国民党特务份子处心积虑破坏抗日民主政权及三民主义的施政，不是别的，正是企图推翻我们自己建设起来的抗日民主的新的秩序和新的生活，代之以其主子——日寇的奴隶统治，把我们老百姓拉向黑暗的深渊，永远不见天日，这和日寇汉奸的企图是一般无异的。

　　老百姓也知道：工、农、青、妇、文等群众团体是群众自己的团体，是群众为谋自己的利益而组织起来的。一切反恶霸、反贪污和减租减息运动，都是群众自己的运动。其目的是在改善自己的地位，改善自己的生活，使自己能更好的与有力地从事生产、从事抗战。至于灾荒，这是自然界不下雨和几年来敌寇汉奸特务所破坏和摧残所造成，共产党八路军和政府已经想尽一切办法，竭尽一切力量在进行救济，而且自己也在节衣缩食，与民共苦，对于老百姓的体贴与关心，真正到了无微不至的地步。今天只要大家共同努力来和自然界作斗争，那末"人定胜天"，灾荒无论如何严重，是可以克服的。国民党特务份子之所以千方百计破坏群众团体，破坏各种群众运动，破坏当前的生产救灾工作，不是别的，正就是想破坏我们人民的团结和组织，压制我们群众抗日力量的生长，使我们的生产和地位得不到丝毫改善，永远过那种牛马不如的悲惨生活，受敌寇汉奸和特务魔王的鞭挞、凌辱和欺压，使我们陷入更深的灾难之中，而不能自救。

应该明确认识：敌后国民党的特务机关，早就与日寇的特务机关混合为一，再也无法区分它是国民党特务机关，还是敌人特务机关。国民党特务份子，往往也是敌人的特务份子，一身二任，两面津贴，很难辨明他们是国特兼营敌特，还是敌特兼营国特？国民党的特务政策，既以"把奸伪区变为敌区"作为基本任务，还跟敌敌人的"把共匪区变为治安区"，也无毫厘之差，说来是很可以赶得上日本特务机关的要求的。根据这种纲领出发的国民党特务的活动的内容，自然会一切有利于敌，不利于我了。凡敌人所要求所欢迎的，他们都忠实执行，并力以赴，虽粉身碎骨，在所不辞，以博其主子的欢心；凡抗日和人民所要求所希望的，他们都一概反对，死力破坏，虽遭群众辱骂，遗臭万年，也在所不惜，与以国族人民对立，其坚决有如此者。至于其特务手段，则更是花样翻新，无奇不有，很难一一枚举。最令人悲愤的，是为了达到特务目的，他们竟忍心残害十三四岁的娃娃，欺骗他们为之刺探情报、割电线，鬼影重重，阴风凄凄，使幼小心灵丧失理智和本性，真是天良何在，人性何去？！

应该明确认识：国民党的这种特务活动，是丝毫不弱于其祖宗日本帝国主义的；而因为他们还套着一张中国人的人皮，甚至抬出什么"中央""正统"等招牌，欺骗部份落后群众，特别是青年知识份子，所以其危害程度，往往有过之而无不及。六年来我们敌后人民受国民党特务的危害是不小的，实在是不小的！

我们要向全华北人民大声疾呼：敌后国民党特务已与敌寇特务合流，他们的政策是联日反共，它所干的是日本人的事业，与敌寇在实质上没有什么区别；它对我们华北人民已经完完全全站在对立地位，把我们华北人民作为唯一进攻对象。我们要求国民党当局取消这种祸国殃民的特务政策；我们要坚决反对危害抗战、危害人民的特务活动的罪行；我们更要百倍提高警惕，防止敌特和国特出卖华北的破坏活动！

我们也要向被国民党特务威胁利诱的同胞，特别是被欺骗麻醉的青年知识份子指明：请你们不要再上什么"中央""正统"等等的当，也不必害怕他们刺刀尖的威胁，坚决摆脱他们的羁绊，走上抗日救国的大道，天是不会"变"的，抗日一定要胜利，法西斯一定要失败！跟他们走是没有道路的，墨索里尼的倒台就是最好的说明。不要说没有办法吧，只要稍微坚强一些，是可以不受他们那套胁迫的，是与非往往只是一念之差！怎可以自绝国人，落一个万世骂名呢？我们相信抗日民主政府是宽大的，只要不与这辈无耻的狐□一块干那些危害祖国的勾当，可走的道路是宽广的，毒药在手，壮士断腕，振作起来吧，前途是光明的！

　　　　　　　　（原载一九四三年八月十三日《新华日报》华北版第一版社论）

# 展开群众性的除奸运动

"太行区战时紧急处理敌探汉奸暂行办法",已经边区临参会驻委会决议通过,由边区政府及边区高等法院联合公布实行。今天敌后根据地游击性增加,敌我斗争益趋尖锐复杂,尤其是在敌寇"扫荡"时,敌探汉奸的活动,较过去任何时候都要猖獗,给敌人引路搜山,指示目标,刨掘物资,以至组织"维持",使我抗日军民遭受到许多不应有的损失。在这种新斗争情况下,战时对汉奸的处理,如仍墨守陈法拘泥于旧的法规,没有新的法律来动员广大群众共同起来除奸,势必助长敌探汉奸的凶焰,而使抗日军民遭受更大的灾害。因此,这一暂行办法的颁布,实为切合时宜的要关。

然而，这种紧急的形势与严重的任务，在我们大多数干部和群众当中，还缺乏明确的认识。表现在干部方面：他们对敌探汉奸特务的活动熟视无睹，他们以为这只是公安干部做的事情，"与我无关"，推卸责任，而且各系统各部门的配合和帮助也是非常不够的。这些都显示着我们在锄奸工作中严重的不负责任的偏向，甚至有些误解保障人权法令，或误解宽大政策，而有意无意对敌探汉奸放任主义态度，表现在群众方面：除了群众已经发动的地区和个别村庄因亲身经历敌探汉奸的蹂躏，已经开始有一些盘查放哨工作外，一般的讲，由于大家对锄奸经验教育与重视不够，群众锄奸工作还是软弱无力，因而给汉奸特务份子活动以可乘之机。

"太行区战时紧急处理敌探汉奸暂行办法"的颁布，它给予下级政权及群众锄奸以新的适当的权力，这首先就要求全区政权及各部门干部在这一新的要求与新的任务下动员起来，研究这一暂行办法的新的精神，学习简单的锄奸技术和办法，了解各时期敌探汉奸特务破坏份子活动的特点；而且要通过所有干部把除奸法令与除奸教育贯澈到群众中去，使群众能识辨奸良，自动除奸，而最好的教育，是将破案的实例，在群众中进行广泛宣传，或者动员犯人在群众面前揭露自己的汉奸罪恶，适当的将群众组织到锄奸战线上来。按群众自愿的原则，把对敌奸斗争的利益结合保护群众本身的利益，组成十家联保或十人锄奸团，不要藉口害怕组织庞杂，因噎废食，事实告诉我们：在襄垣、涉县和武安的若干曾受敌特汉奸荼毒的村庄，妇女儿童都能自动的在生产工作中监视、放哨、盘查行人，捕获了不少奸徒和嫌疑犯，群众都感觉得"组织顶用"，说明了只要结合了群众自己的利益，他们是会热心参加并忠实于自己的组织的。事实也说明：只有形成群众性的锄奸运动，才能有力的根绝敌探汉奸特务破坏份子在根据地的活动。

在执行战时紧急处理敌探汉奸暂行办法中，需要我们十分警惕，拿出对抗战、对人民利益的高度政治责任心。一面我们应时刻提防敌探汉奸特务破坏份子藉滋事端，陷害忠良；一面我们应该坚决革除上述过去若干锄奸工作中不闻不问，推诿职责等不负责任的放任倾向，民□□云："区无捕人权，县无杀人权，专署在路南，咱们无人管。"——这是标准的代表了群众在敌探汉奸特务份子破坏□线下所反映出来的呼声，根据这个呼声和游击战争环境的特点，特别是在"扫荡"与反"扫荡"的紧急关头，实有紧急处理汉奸特务的必要。但在这里我们必须说明，政府目前的对汉奸特务的采取紧急处理办法，并非说今后"人权保障法令"就取消了，恰恰相反，"人权保障法令"一定还要继续贯澈执行的，一切□民都必须确切给予人权保障，只有在战争紧急情况下所捕获之证据确凿的汉奸特务破坏份子，才紧急处理的办法，而不是一般情况下可以采用的。因为只有在战争紧急期间，及时扑灭敌寇耳目，斩断敌寇爪牙才能保证人民生命财产的安全，保证反"扫荡"的胜利。

形势严重，斗争尖锐，记取世界革命文家高尔基的名言：对敌人宽容，就是对自己残忍！锄奸工作没有警惕，不负责任的偏向，正是"对敌人宽容"的表现，我们只有坚决正确执行战时紧急处理敌探汉奸法令，将广大人民组织到锄奸运动中去，才能在战时肃清汉奸特务份子的活动。

（原载一九四三年八月十九日《新华日报》华北版第一版社论）

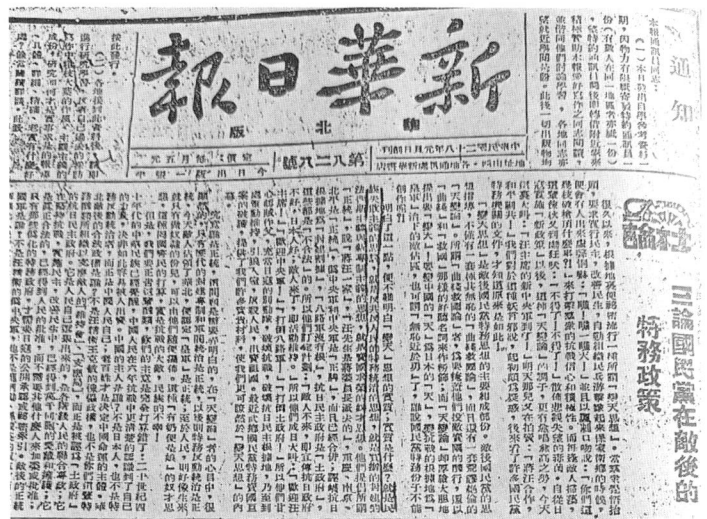

# 三论国民党在敌后的特务政策

很久以来，根据地里便秘密流行一种所谓"变天思想"。当群众觉悟抬头，要求实行民主，改善民生，自动组织民兵游击队起来保家卫乡的时候，便会有人出来虚声恫吓："瞧！瞧一瞧天！"并且以讽刺口吻说："你们这几枝破枪顶什么事？！"来打击群众的抗战信心和积极性。而每逢敌人"扫荡"，这辈家伙又到处狂吠："不得了！不得了！"散布悲观失望的毒菌。自从日寇实施"新政策"以后，这种"天变论"的调子，更有愈唱愈高之势，今天这里大叫："汪主席的新中央军到了！"明天那儿又在拍卖："蒋汪合作，和平剿共！"我们对于这种妖言邪说，起初颇为疑惑，后来看了许多民党特务机关的文件，才知道原来是如此！

"变天思想"是敌后国民党特务思想的主要组成部份。敌后国民党的思想指导,不仅有一套极其无耻的"曲线救国论",而且还有一套荒谬绝伦的"天变论"。所谓"曲线救国论"者,为要掩盖他们投敌卖国的丑行,还以"曲线"和"救国"那样的好听名词来作粉饰;而"天变论"却厚脸大胆地提出要"变天"!要变中国的"天"为日本的"天",变抗战的根据地为"皇军"治下的敌占区,也可谓"无耻近于勇"了,谁说国民党特务份子不能创作呢?!

明白了这一点,便不难明白"变天"思想的实质;实质是什么?就是民族失败主义的思想,就是反共反人民的特务统治的思想,就是买办的封建的法西斯主义与新专制主义的思想,就是卖国求荣的奴才思想。他们提倡所谓"正统",说"蒋汪一家","汪先生是蒋委员长派去的",重庆、南京、北平是"正统",伪中央军和中央军是"正牌",而且已经合并;污蔑抗日根据地为"封建割据","八路军没有根",抗日民主政府是"土政府",这些都是"不合法"的。所以他们订定计划:"敌人不来,即宣传抗日政府不好,日本人好;敌人来了,即活动维持"。所以他们成日大叫:"欢迎汪主席!""欢迎中央军!""打倒八路军!""打倒土政府!"所以他们甘心认贼作父,充当日寇的别动队,破坏抗战,破坏抗日民主根据地,乃至到处策动维持,引狼入室,屠杀人民,出卖祖国。最近武乡国民党特务卖国巨案的破获,提供了我们许多宝贵材料,使我们可了然于"变天思想"的内幕。

究竟谁是正统,这问题是需要弄明白的,在"天变论"者的心目中,很显然的,只有历代的封建专制和军阀统治是正统的,以后则特务反动统治是正统,今天敌人占领了华此,便认定"皇军"是正统;至于人民,则好像生来就只有做奴隶的份儿,可以由他们随便摆布。这种"有奶便是娘"的奴才思想,这种亡国害民的打算,实是抗战的大敌,民族的不幸!

但是,我们要正告这辈丑类,你们的主意是完全打算错了:二十世纪四十年代的中华民族已经觉醒，中国人民在六年抗战中更清楚的认识到了自己的力量，决非如此容易被人出卖。中国的主人是谁？不是日本人，也不是特务反动统治者，而正是中国人民自己；老百姓才是决定中国命运的主体。华北敌后的合法政权是谁？不是汪精卫王克敏的傀儡政权，也不是你们这辈特务丑类所组织以支应敌人的"维持会"、"支应局"，而正是被诬为"土政府"的抗日民主政府。它是人民自己选举出来的，是各阶级人民的联合专政；它在坚持抗战，实施民主，改善民生中，已经得到万千同胞的爱戴和拥护；它是真正合法的，已经得到人民的批准，而不需要其他什么人来加委或批准；只有那些伪化的特务政府，才需要日寇的公开承认或秘密牵引。敌后的正统国军是谁？不是汪精卫的伪中央军，也不是庞炳勋、孙殿英的叛军，而是保卫华北人民身家性命，获得万人崇敬、老百姓呼之为"我们的军队"的华北人民子弟兵八路军及一切真正抗日的友军。八路军坚持华北抗战六年于兹，从无一兵一卒退过黄河，无论敌人和反动派如何"扫荡"和夹击，总无法把八路军驱逐或消灭，就是最好的证明。至于抗日根据地是什么？这不是中华民国的领土吗？这不是抗战和反攻的最好基地吗？不错，这块领地是曾经被国民党的反动派所弃如敝屣的，但我们共产党、八路军和华北人民把它从敌人手里解救了出来。我们不仅解救了它，而且建设了它，在这里实施了孙中山先生的三民主义，成为全中国的楷模，获得全国人民一致的赞誉。如果这样抗战进步的地区说它是"封建割据"，那么难道真要全部国土送给日寇去统治才不叫"封建割据"吗？

今天本来不是争"正统"的时候，要争"正统"得跟日本人去争，但国民党特务份子既然一定要作这种叫卖，那末我们可以明确回答：人民才是正统，抗战才是正统，民族才是正统。谁能坚持抗战，谁能保护民族和人民的利益，谁能获得人民的拥护，谁就是正统。谁要叛背祖国，危害抗战，出卖人民，谁就是民族的罪人，人民的公敌。拿汉奸特别的资格，来与华北人民争"正统"，天下宁有是理，真不怕人们笑掉牙齿。

"变天思想"是无根的梦呓，是倒退落后的思想，它想把历史的车轮拉向后转，把希望寄托于专制主义，寄托于法西斯暴政，寄托于"大东亚战争"的胜利，寄托于汪精卫这只狗头的得势，寄托于黑暗的旧势力的翻身。但是法西斯专制主义的毁灭，已经命里注定。盟军的节节胜利，特别是苏联红军的连续大捷，加上欧陆人民革命运动的风起云涌，说明反法西斯民主势力的胜利已不在远。而法西斯开山鼻祖墨索里尼的垮台，显现法西斯主义已首在轴心的一轴上破产，其整个末日也已临近。这些，连日本人都是看得很明白的，所以最近它所走的棋子，没有一着不是替自己的逃命打算。伪华北政委曾代言人："正牌"汉奸管翼贤，在"反驳中共宣言"中道"希特勒只是轴心同盟的领袖之一，而非全体的最高领袖，假如希特勒失败了，那仅仅是轴心同盟一大损失，而非轴心同盟的失败，更谈不到日本的失败。"这里，对希特勒的必死命运是肯定了的，但是希特勒失败，却决非是只"一大损失"而已，而是整个法西斯主义的总崩溃，是一切专制暴政黑暗腐朽势力的灭亡，日本帝国主义也决不能例外。这道理正如一加一等于二那样浅显，恐怕管逆本人也不会不知道，撒此漫天大谎，不过屈作欢笑，自欺欺人罢了！现在我们倒要请教请教这辈汪精卫的徒子徒孙，这辈"天变论"的英雄们：倘使你们的日本爷爷垮台，你们这辈小奴才该怎么办？

天是不会变的，大势所趋，要变也只能变得更加光明。法西斯主义必然垮台，战后的世界是民主的世界。抗战必然获胜，战后的中国是人民作主人后的中国。这个中国将以今日敌后抗日根据地作为蓝本，而实行新民主主义的政治、经济、文化；将再不会允许汪精卫辈窃篡政权，盗卖国土；将一扫黑暗的恶势力，打倒一切反革命的罪犯。这日子的到来，已经指日可期，两年以内大体可见分晓。国人不妨拭目以俟之。

（原载一九四三年八月二十一日《新华日报》华北版第一版社论）

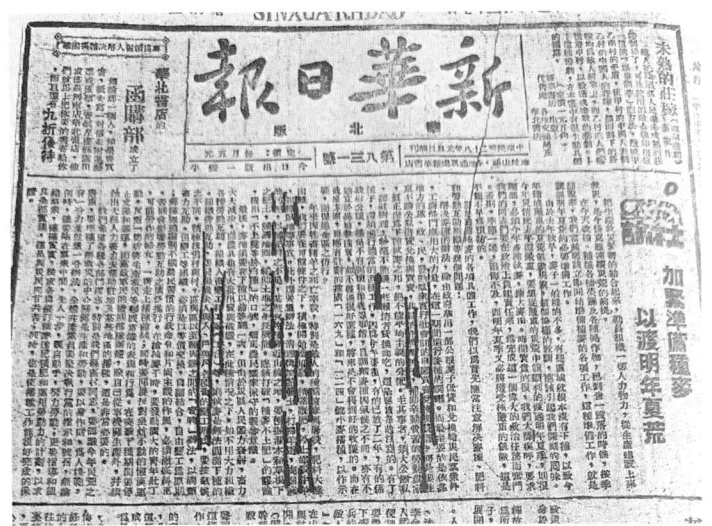

# 加紧准备种麦以渡明年夏荒

把生产救灾紧密的结合起来，动员组织一切人力物力，从生产建设上来救灾，是今后克服连续灾荒的前提。

在今天改种、补种各种菜蔬及各种晚作物，已到告一段落的时候，按季节说来，我们当前应该立即开始种麦的各项工作，这种准备工作，就是渡过明年夏荒的必要准备工作。

由于去年秋旱，麦子一般种的不多，有些区域就根本没有下种，以致今年造成严重的夏荒饥饿现象。这种惨痛的教训，应该引起我们深刻的回味。今年灾情比去年还严重，要想从严重的灾荒中能顺利的渡过明年夏季，则很显然，必须今年多种秋麦，扩大麦田。时间宝贵的很，我们大声疾呼，要求我们的同志们要在政治上负起责任来，为完成这一个伟大的政治任务而奋斗。否则，季节一过，追悔不及，而明年夏季必将遭受极严重的饥饿，这是不能不早为预防的。

关于准备种麦的各项具体工作，我们以为首先应当注意解决麦种、肥料和劳动互助组织等几个问题：

解决麦种的办法，除由政府拿出一部公粮麦子低贷和兑换给灾民群众外，工商部门应用大的力量，在这一期间进行麦种的调剂。而最主要的是依靠地方的党、政、民，发动群众实行社会间的自愿买卖兑换与贷借。可是要注意不论公私借贷兑换与买卖，其目的在调剂种子，补助辛勤贫苦的劳动农家，真正做为下种秋麦之用，绝不能平均主义的分配。主其事者，须大公无私，认真办理，丝毫不能让一些懒惰者贷换而吃，这是应该提起注意的。有了种子，还须进行适当的选种工作，因为今年麦种，有的已放了二年，有的系政府公粮，难免不有腐坏和掺杂等事情，且调剂麦种因气候之不同，亦有不适宜于异地耕种者，如不经过很好选种，将来是不会得到好的收获的。而在政府方面，更应有计划的推广"一六九"和"一二四"号小麦播种，以作示范，而促进全区之仿行。

年来因牲畜猪羊之死亡宰杀，特别是敌人的残酷掠夺与屠杀，肥料大感困难，我们要在可能条件之下，积极开始造堆肥，积蓄厩肥，停止宰杀牛羊，组织卧地等事宜。此外还要想办法，清理街院□脏土，打扫羊道，掏掘麻池污泥，以补肥料之不足，某些有圪稜靠近山坡之地，要刨掘灌木和草根下肥土，铺洒地面，辅助土地之生长机能。应该打破"种麦不上肥"的谬论，提出"不上粪等于白种"的口号，矫正农民群众保守的观念意识。

最后，麦地须要在下种以前耕翻一次，但由于灾区人民体力衰弱，畜力大大减少，而农具也有大批出卖与破毁，在此种情况之下，如不用大力组织各种劳动互助，组织人畜变工利工队（工分）等，则秋麦是无法圆满下种的。组织劳动互助，要发扬过去人与人、户与户各种旧的变工形式，要按气候之不同，积极提倡村与村，区与区以至县与县之间的"实晌"办法，以调剂畜力互助。但变工等组织，必须是以等价交换，自愿结合，自由变工为原则；那种强迫编制不顾农民习惯的行政命令和片面主观的作风，必须澈底纠正，否则会影响劳动互助之广泛推行。在抢种麦子时，要发动广大的青年壮丁，可能劳作的妇女，一齐走上播种前线；同时要开展反对坐炕不动的懒汉运动，反对一切妨害生产救灾等颓废意识的表现和行为。在突击下种期间要停止支差和义运，而党政军民的机关部队团体，除自己从事机关生产外，并须抽出大部人力畜力去帮助驻地及某些地区的播种，这是非常必要的。

我们希望各级各部门同志，特别是我们县区村同志，要认识今年灾荒之严重，要明确了解救灾的中心关键是生产和劳动，要以身作则，为人模范，有一分力量就想一分办法，全体共产党员要坚决执行党的指示和号召，无论何时，总要站在群众中间，先人一步，亲自动手，努力劳动；更要指导和组织群众，确确实实，按家各自拟订种麦造肥和运用劳动力的计划，以求其全部实现，这是与灾民同甘共苦；同时，也是使播种工作能很好完成的保证。

（原载一九四三年八月二十七日《新华日报》华北版第一版社论）

# 连系思想开展反省

本区整风学习中的学风部份已经告一段落,某些地区和单位已经开始投入系统反省,一般都快要总结学风文风,而展开全面的自我检讨,学习空气已逐渐紧张,即将走上一个新的更深入的阶段。

回顾以往将近半年的整风学习,各个地区,各个单位,各个同志的进步,显然是很不平衡的:有的整得好,进步快;有的整得差,进步慢;也有的甚至至今没有好好整起来,以致看不到有什么进步。为什么会造成这种不平衡的现象呢?除了领导的好坏,学习方法的是否得当等等因素以外,还有一个根本问题,这就是反省。经验告诉我们:要改造自己,必先认识自己,而反省却正是认识和改造自己的最重要步骤。凡是反省好，对自己的面目照得清楚的，洗脸也就洗得干净些；反之，就难免依然不干不净。整风要联系实际，但"实际"又是什么呢？我们应该肯定的回答：主要的就是自己的思想（这是与自己的行动不能分的，行动就反映思想）。所谓连系实际，就要从反省自己的思想上着眼。因此，如果不想把风整好便罢，否则，就应该立刻认真的投入反省；并且要由片断的、零碎的反省进入到全面的、系统的反省。目前的学风文风总结，就应该成为开展反省的钥匙，转变整风空气的关键。

但反省自己的思想并不是简单的事，有的思想根源很明显，一目了然；有的思想根源却转弯抹角，曲曲折折，这就要求我们要来几个"为什么"，要有打破沙锅问到底的精神。譬如有的同志感到自己政治兴趣不浓厚，学习不积极，原因在那里呢？经过反省发现常用脑筋去考虑很多问题，考虑些什么问题呢？有工作问题，也有个人家庭问题与私生活问题；某些人特殊的强调家庭问题与私生活问题是什么原因呢？如果提高到思想原则上来讲，那就可以得出这样的结论，这就是个人主义的问题。我们对于这些问题，都必须有深刻反省的精神去穷本追源。当然我们的思想反省重点，不是一般个人家庭与私人琐事，而主要应放在我们对于党和革命工作方面，这才比较更有意义。

要能正确的穷本追源，打通思想，暴露出自己的尾巴根，必须打破一个难关，即真正的忠实坦白；尤其社会经历较深的同志，必须抛弃任何隐瞒、遮掩、打埋伏以至"手拿琵琶半遮面"的丑态，有啥说啥，不隐藏，也不夸大。如上所述，思想表现的道路，有时是那样的曲折，你如在这曲折的道上"打个埋伏"，那就不会暴露出你的尾巴根来。事实一再证明："穿着裤子割尾巴"是不可能的。全面反省等于跳到大海里去洗个痛快澡，不脱裤子还能洗的干净吗？能将自己的病源斩草除根吗？

为适应上述要求，领导方面也不能不有改变。领导必须注重思想方面，而且要从一点一滴的具体帮助同志的思想反省入手。这里主要的办法就是多开小组反省会，详细轮番互相讨论与审查各人所反省者是否正确适当，不正确与打有埋伏者，须展开争辩批评，令其重新反省。再就是批阅笔记，逐级的抽调反省笔记，逐字逐句的阅览，如果反省的离题太远，不确当真实，则可责令重新反省，重新作笔记。每一本都详加批示，指出不正确的地方，指出遗漏的地方，指出那是主要的，那是次要的，指出思想上的根本问题，指出改进的办法。这是一个最细腻的工作，是了解干部、帮助干部、教育干部的庄严任务，是一点也马虎不得的。同时还应以个别谈话、询问、解释、教育，以补批阅笔记之不足。

此外，对外出干部整风的领导，过去一般是放松的，致外出干部在整风中的进步，大大落后。今后领导上亦应抓紧这一环节，以不断批阅笔记的办法，加强思想政治上的领导。

学委会已经决定，今年结束整风学习，掐指算来，已不足四月，我们应如何抓紧时间，加紧反省，找出自己思想上的根源，斩断自己病根，将自己锻炼得更坚强、更纯正、更开展、更锐利，以便在会后开展的局面中，为党为革命尽更多更大的责任。

（原载一九四三年九月十七日《新华日报》华北版第一版社论）

一九四三
YI JIU SI SAN

《新华日报》太行版

一九四三

# 检查减租工作　深入时事教育

各地秋耕运动，正在紧张的开展着，自群众以至部队机关，都热烈的拥上了生产战线，而且取得了成绩。麦子的播种面积空前扩大，荒地的开整也有很大的增加，给明年大规模生产运动打下了必要的基础。

目前的秋耕运动，证明我们的干部已经注意了领导生产运动，组织群众的经济生活，并且已经开始取得一些经验，这都是很好的。但是在秋耕、屯粮直至明年春耕以前，还必须特别抓紧两件事情，即：检查减租与时事教育。

本报十三日社论曾经指出："为着动员群众生产热情，鼓励地主，必须严格检查与澈底减租，并劝导既减租的农民实行交租，即前因歉收少交或免交者也应双方商议，讲说清楚。不把减租进行澈底，不动员群众自己起来减租，想推动时下扩大规模的生产运动是不可能的。只有澈底减租，才好帮助贫农佃农实行按家计划，实现中央土地政策扶助农民的原则"。真的，没有去年比较澈底的减租运动，今年群众的春耕运动、种菜渡荒及目前的秋耕运动是不可想像的，正是为了明年更大规模的生产运动，必须在春耕以前澈底检查减租工作。

去年减租运动中，很多地方是真正减了，对于这些地区，应该检查减了之后是否又有□□？地主是否抽了地？双方是否有租契？双方是否履行了契约？总之要经过检查，保障农民的佃权，巩固农民的既得利益，这样才能使农民无失地之忧而安心生产。同时，在检查中，也要劝导农民按约交租，也只有这样，才能使自己的既得利益巩固起来，也才能使地主无"不断斗争"之忧而安心生产。至于过去减租运动中发生的一些偏向，应该总结其经验教训，但不必过事改变，以免影响社会秩序而妨碍生产运动的开展。

有些地方，在去年减租运动中，也未澈底实现减租政策，凡是这些地区，在生产运动中都露出了破绽，群众的生产情绪赶不上已减租的地区，对于这些地区，必须在明年秋耕以前，澈底进行检查，实现减租。这一减租运动，必须成为群众行动"而不是给群众以恩赐"。"凡不发动群众自动积极性的恩赐减租，是不正确的，其结果是不巩固的。"另一方面，减租运动是为了改善生产关系，为了团结各阶层的抗战力量，为了"加强明年的对敌斗争，推动明年的生产运动"，绝不能企图一经减租就充分改善群众生活，而目前最主要的乃在发动群众生产渡荒热情，以克服困难，这只有□减租与生产运动中才能求得。因此，必须保持减租交租政策的正确性、肯定性，一方面必须把减租政策澈底实现，另一方面又能在运动发展中教育群众，进行社会团结与热心生产。今年灾荒地区，□□利用秋后时期，开展减租运动。凡已经减了而因灾荒交不起租者，应"双方商议，讲说清楚，少交□□交，按照实际收成，加以调解"，但并不变更契约。没有减过的，要按普通年景合同，而今年的租额要按实际年成议定。使检查减租不脱离群众当前的渡荒斗争与明年的生产运动。

同时，劝告地主，说服农民，因灾荒之虞，□□可不退种□□要澈底实现减租，订定新契约，以巩固东佃关系，协力生产。

在检查减租，开展减租运动中，各级领导□□必须"亲手检查几个乡村模范，推动他处"。

在检查减租中，必须配合冬学运动，深入时事教育，使群众了解国民党反动派的反共反人民的内战阴谋，了解中国命运之□□□□□打□"变天"思想，并发动群众反奸运动与保卫自己的既得利益。国民党反动□□□□□特务控制和恐怖，对群众是一个重大的威胁，不弄清群众对于□□□□□□□澈底□□变天思想，减租运动就不能进行得澈底，减租结果也不会真正巩固起来，特别在今天，时局的变化□影响着□□□口常生活，领导者对此问题，绝不能丝毫忽视。

此外，□军运动与拥政爱民，要接上上级工作，准备正月以大规模的形式热烈开展□□□在□是很紧张的，工作的安排上必须每个时期都有其重点，但目的只有一个，□□□□□□□军民□□□□，以利于开展明年对敌斗争与生产运动。

（原载一九四三年十月二十七日《新华日报》太行版第一版社论）

# 把当前整风中的思想领导紧紧掌握起来！

　　热烈的秋季生产开荒运动过后，整风运动又在每一个机关、学校、部队、工厂中蓬勃的紧张的展开起来了。这一次的整风，其决心与坚决性较之过去任何一个时期都表现得更充分，这是预示着将近两年以来的整风运动，将要进入到最后获得伟大成果的阶段。但是任务是繁重的，时间是短促的，以这样短促的时间要完成如此繁重的任务，不仅要在组织领导上采取一些特殊的措施和办法，而且应特别在整风的思想领导上更加加强和抓紧，因为整风本身就是思想改造运动。主要为了达到思想改造的目的，思想领导一被忽视与放松，整风要想获得优良的成果，仍然是很难想像的。

如何去进行思想领导呢？这里不能仅仅满足于解答某些词句与某些抽象概念之争辩，也不能是仅仅作一些"打通思想"或者"连系思想"之叫喊所能解决问题，而是要去具体的掌握每一部门或单位整风过程中发展的每一动向和步骤，诱导其正确深入的向前发展，最后达到思想改造的目的。整风过程中思想发展的状况不是直线的，而是经过曲折变化的过程。在前进中有时会遇到障碍而表现着停顿的状态，便要求我们打破这种障碍，克服停顿状态，诱导其继续前进。如不理解某些文件的内容，就须要作必要的启发报告；如在反省面前发生苦闷的情绪，以及由于领导上不民主，思想上受到束缚，大家不敢说话等，就须要从思想上打破其苦闷的结症所在，具体帮助其进入反省深入反省，以及普遍及时的发扬民主。在前进中有时会发生各种不正确的偏向，向不正确的方向发展，而表现着歪曲的状态，便要求我们及时纠正这种偏向，使其正确的向前发展。如在文件中兜圈子而不进行或放松进行个人具体的反省的偏向，应提倡个人具体反省，揭发具体事实；如反省时只有自我反省，没有相互的集体的批评的明哲保身和平共处的偏向，应提倡和展开集体的互相批评；如反省时企图一下子作全面历史的反省、或发展广泛的检查工作放松了个人的整风反省等偏向，应提倡与改变由片断的局部的反省到全面历史的反省，由整风反省到检查工作。在前进中，思想情绪上有时会发生平庸不振的疲倦状态，这种平庸状态的特点，就是虽然整风有发展但很迟缓，这便要求我们及时打破这种平庸状态，而使其生动活跃，进一步提高与深入化。如因小组领导上老一套，到后期仍然没有及时改变一般的领导，进到有重点的具体领导；如因学风学习过后，由于学风党风之交没有动员，由于过去片面强调学风是主要部份等影响，可能发生的轻视党风学习，以及学风党风过后，可能发生的轻视总结，所引起的疲倦松懈状态；如因反省长期停顿在一般的自我反省，相互批评不开展等发生的平淡状态，均应及时克服。在整风的领导上，有时也可能放松民主而强调集中（特别是初期），或者放松集中而放任民主（后期），也可能着重小组活动，放松集体报告讨论；或者强调集体报告讨论而放松小组活动，均应冷静清醒的依据具体情况的发展，加以及时的适当的配合。

虽然如此，但各部门各单位在整风发展的过程中，由于工作环境的不同，平时对于干部教育的状况不同，与一般干部来历、政治文化水平、斗争经验的不同，各部门各单位在整风领导上工作的不同，在整风思想的发展上必然要发生一些不同的问题和表现不同的情况与不同的形态，决不是千篇一律的。这只有依靠各部门各单位首长负责同志和学委会在思想领导上善于掌握整风的基本精神，根据自己部门或单位的特点，和整风中所发生的情况，加以及时的指导，使其正确与深入的向前发展。这就是说，整风的思想领导是具体的不是抽象的，整风中要实现好的思想领导，整风的领导同志与领导组织如不与整风运动保持密切的结合，深入了解情况，紧紧的掌握整风发展过程中每一过程和步骤，是不可能的，自然整风也就很难收到好的效果了。

我们的口号是：紧握着当前整风的思想领导啊！

（原载一九四三年十一月十九日《新华日报》太行版第一版社论）

# 再论检查减租

　　党中央关于减租生产的指示发出之后,本报迭有论说,根据近来所获情况,觉得有再加论说之必要。

　　近来在某些县份,已经发现了不少在去年减租运动中或减租运动后,存在或发生了许多不健康的现象。有些地方根本没有减过,有些地方是明减暗不减,除成文租约之外,还有口头约定,真实履行的不是文约而是口约;有些群众在去年退租之后,又悄悄送还了地主;而最严重的问题是减租之后很多农民都失掉了佃权,地主假借"困难"或"交公粮",出卖土地,或收回自种。在这种情形下,有些干部不但未曾帮助农民,反而大吃其所谓"盒食",地主即因此而取得"合法"。这不但妨碍了明年的生产,而且威胁着群众当前的生活,迫害着所有农民的佃权,破坏着今后群众运动的开展,绝不容许我们漠然视之。

为什么在减租运动之后,还有不减或明减暗不减的现象,甚至把退还的超额租子悄悄送给地主呢?首先应该看一下我们对于农民的佃权态度如何:晋冀鲁豫边区土地使用暂行条例第二十一条明确规定:"出租人出卖或出典有永佃权或租约期限未满之土地,新地主不得另出租他人或收回自种"。另外还有许多条文保障着农民的佃权。但是竟有些区村干部不能依法支援农民,反而吃人家的"盒食",听任农民失掉了土地。不知道地主的这种行径,不但抵触法令,有碍阶级团结,而且直接威胁着农民眼前的生活,破坏着减租运动和生产运动的开展,这犹之乎告农民说:"看你谁敢减租,你减租我就下地"。如果减租之后农民要失掉土地,那么他宁愿忍受着严重的剥削。这样,农民自然就不敢减租了。

除了眼前生活——失地的威胁以外,还有一个思想的威胁——"变天"。农民常常可以听到某些特务份子的恫吓:"你现在算我的租,我将来算你的头"。在几千年来都是被人践踏的贫苦农民听起来,这确实是有点怕人的。因为他们有悠久的被蹂躏的经验,而没有或缺少做主人翁的经验,害怕是极其自然的事。而我们有些干部,却不检讨自己,反而深深的埋怨群众"落后",好像群众生来就是"奴才"根性,这是忍心害理的剥削阶级思想,是这种思想在这些同志思想中的反映。这些同志至今还不了解真正面向群众,又依靠群众,从而领导群众自己起来澈底实现减租。

也正因为干部思想上还存在着很多不正确的东西,还没有认识减租工作是一件极其艰苦的革命工作,所以在减租运动中不注意教育群众,改变群众的思想;不注意发动群众,培养群众的力量;还没有学会领导群众的工作方式,而简单的采取"恩赐"的办法。在减租运动之后,不注意加强群众的组织,巩固群众的利益,提高群众的信心,发扬其生产热情,却被表面的成绩所麻痹,而以为万事大吉,以致被守旧的地主非法夺回土地威胁增租，沉重的剥削又压在农民的身上。

不贯澈减租政策，明年大规模的生产运动和严重的对敌斗争将无从开展，根据地的巩固将要遭受重大影响。为了准备明年的对敌斗争与生产运动，必须贯澈减租政策，否则所谓"准备"就是抽象的、无根据的空谈。

因此，各地必须严格检查减租的实际情形，贯澈减租政策，严厉的反对官僚主义。

第一，必须严格保障农民佃权。应该劝导那些地主，不要假借口舌，夺取农民的合法权益；特别要帮助农民加强自己的组织——农会，使成为强有力的保障农民利益的组织。行政机关，即应坚持政府法令，不使政府法令受到危害，徒具空文。只有严格保障农民的佃权，保障农民的既得利益，才能解脱农民眼前生活的威胁，扫除对于减租的怯弱心理，也才能够肃清不减或明减暗不减的现象。

第二，必须继续深入思想教育，澈底粉碎"变天"的胡说，不要以为这是轻而易举的工作，对于从来被人践踏的农民，这是一个长期的思想上教育与行动上实践的过程。只有粉碎了"变天"的胡说，才能解脱农民的"算头"的威胁，群众才敢于挺身而起，争取和保障他自己的权益。群众并不是愿意受罪的，而正是怕"惹祸"呀！只要他明白知道惹不了祸，他便会有勇气。

第三，在减租运动中，千万不要采取简单的"恩赐"办法，必须要站到群众里边，把群众发动起来、组织起来。不然你给他减了，他又悄悄给人家送回去，或者表面上减了，实际上并没有减，现实的教训难道还不够有力吗？

此外，应该再一次的提出，减租运动是为了准备明年大规模的生产运动与对敌斗争，一切与此相反的目的都是不对的。经过减租，要求得生产条件与生产关系之合理改善，求得阶级间的更加团结。因此，对于各种具体问题的处理，必须坚持法令。凡未经减租者，照顾灾荒影响，可从今年算起,一律依法减轻。减过又暗自收回者,依法追减,并给予法令的责处。同时,去年已定租约者,应从定租之日算起,按约交租。特殊情形者(如荒歉,或未收正产而只收蔬菜等),由双方协调解决。减租后失掉土地者,必须依法收回佃权;有特殊情形者,加以调处。至于抗属孤寡,因无人耕种而出租土地者,则应在租额与负担方面,都加以照顾。总之要根据实际情况与政府法令,适当处理,但必须认真减租与贯澈减租。

(原载一九四三年十一月二十一日《新华日报》太行版第一版社论)

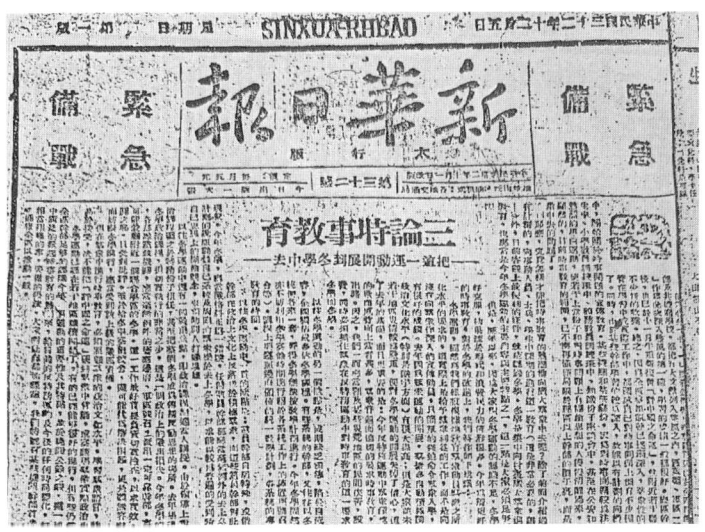

# 三论时事教育

## ——把这一运动开展到冬学中去

□党中央□□□□□□□□□□□□□□□□□□□□□□□□□□□□□□□□□□□□□□□□□部及其机关学校,都把五大文献列入整风之内,区政委、军区一级的机关学校,凡以学习"评中国之命运"作为此次深入整风的第一炮,学习的成绩一般都很好。县区干部在秋收秋耕运动、屯粮等工作告一段落后,也已于十一月半重新复习"评中国之命运",就附近若干县区干部集中学习的情形看来,都较以往有不少新的收获。总之,因为全区整风运动已逐渐深入,群众性的锄奸反特务运动也日益开展,一般干部不管在学习中或实际工作中，都深感自己对时事问题上还有不少糊涂观念，因之也就越感到时事教育的重要了。同时，由于某些干部学习的较为深入，故能以有计划的向机关事务人员、学校学生、及团会知识份子中，开始关于时事问题的宣传教育。某些机关和某些县份，因为对时事问题较为注意，领导上也较为得法，故能以在中学学生中、小学教员训练班中、义务教员训练班中、知识份子访谈会中，甚至在公安和司法部门的看守所中，都初步开展了比较热烈的坦白运动，使若干上当份子和对时事问题上有糊涂思想的人慢慢清醒过来，这些都是很值得表扬的。就全区看来，很显然的，目前时事教育的范围，已不再仅仅局限于县区以上干部的圈子里，而是应当把这一运动，更广泛的开展到广大群众中去的问题了。

那么，究竟怎样才能把时事教育的热潮推向广大群众中去呢？除了前面介绍过的那样，一切机关部队干部应当认真的、有计划的，向事务人员、士兵、学生中深刻的进行这一教育（这是非常必要的，谁对这一点放松，就会在实际问题上吃大亏！）另外，目前客观上最便利的条件，就是经过冬学。冬学是集中向村里广大群众进行时事教育的最好场所，而对群众的时事教育，也应当是今年冬学运动的主要内容与主要特点之一，这一点是大家必须足够认识的。

但是，历年以来，因为大家对冬学运动的认识不足，冬学本身存在着若干弱点和缺点，一直未能很好克服，结果流于形式和浪费民力的情形很多。今年为着更好的推进冬学运动，为着更便利于开展群众的时事教育，对于冬学的改进上，我们特作如下建议：

冬学运动，固然为我们建设根据地教育群众动员群众之所必要，同时也是适合群众提高自己政治文化水平的要求的，这实际上是给予群众利益的工作，而不是向群众片面需索的工作。可是过去因为我们没有向群众作深入的宣传动员，只简单的强迫命令群众入学，以致群众认为是一种负担，结果自然不会有很好的成绩。去年因为群众运动的开展，群众多自动积极踊跃的去上冬学，结果成绩一般很好，群众政治文化水平（特别是识字方面）有很大的提高；但是大家并未真正检讨出这个原因来。因之，今年一见若干地区灾情较为严重，使对冬学运动的开展失掉了信心，这些同志还不解今年的冬学运动，不但有了去年的基础，而且更重要的是：今年反特务运动中群众深感自己对时事问题的不了解，竟被特务份子的欺骗威胁而上当者甚多，群众普遍而迫切的要求时事教育，来给他们解答心中的苦闷，和给他们指明出路。因之，我们一而应当顾及某些灾荒地区的民间疾苦，设法为他们解决困难，尽量避免灯油上的浪费，同时必须抓住群众在反特务运动中对时事教育的这一要求，来开展冬学运动，而不应漫无目的的为冬学而冬学。

以往冬学运动的另一个缺点是，或则缺乏引导，陷于自流，或则各系统干部强调各自系统的训练内容，企图独占或多占冬学课程。有些系统的干部，又往往以冬学作为其布置工作的场所，每次上课各系统个各来一套，弄得冬学无法按教学计划进行。今年冬学固然仍要照顾各系统的训练内容，同时各系统亦不妨利用冬学空余时间进行关于各系统工作上的布置与号召，但必须建立冬学的统一领导（冬学委员会等）。课程上要遵照边府颁布的统一教学计划，各系统的专门教育应当另抽时间进行，不应侵占时事教育的时间。

以往冬学运动中一贯的缺点是：党员干部自居特殊，或借口工作太忙不愿去上冬学，以至有些党员干部在政治上文化上反落后于积极群众，而这些党员干部对此不以为耻反以为荣，这是一个极其恶劣的现象。今年冬学，应当严格纠正这一错误，任何党员干部都应当毫无例外的去上冬学，并且要以自己的模范作用，影响与有计划的说服动员自己系统及周围的群众乐于去上冬学，以求能以较为普遍的受到时事教育，提高政治认识，特别是要先打通自己思想上的糊涂观念，来帮助别人打通思想。

以往冬学运动中还有一个严重缺点，即政治课是由适当人讲授。由于领导上对政务教员□聘的不慎重，有些村子竟把政治课程委之于特务份子担任，甚至把整个冬学成为传递反动思想的场所。去年集镇曾号召部队政治委员及政治主任亲自担任冬学政治课程，但切实执行的非常之少，这是一个政治上的严重损失。今年冬学的时事教育，除主要由县区干部担任讲授外，各部队党政机关，应当毫无例外的响应边府、军区号召，派出一定可靠干部，专门担任驻在村冬学的政治文化课，并且尽可能兼顾附近一个联合学区的冬学。这一工作最好首长负责切实检查，以求实效。任何机关驻在村之冬学不好，应视为□机关之耻，且受到批评。至于给冬学空出校舍，尽可能代为解决困难，更是义无容辞。近来若干机关借故推诿，不能帮助，反而妨碍冬学进行，应当受到该上级的严厉责备。

但在群众中进行时事教育，必须照顾群众的政治文化水平，学习群众语言，特别要联系当地的具体生动的事实，使群众易于接受，决不能把"评中国之命运"硬到群众中背诵，或空谈与群众实际政治生活无关的大道理。

冬学运动已经在若干地区陆续开始了，有的已经能够很好的进行，但有些仍然存在着以往的一切缺点。因之，我们希望全区干部足够的认识今年冬学运动的重要性及其特点，并于晚间公余之暇，尽一切力量去帮助冬学，参加冬学，以期在群众中广泛的掀起时事教育的热潮来，给目前的反特务运动及今后的任何时局变化，打下思想上的基础。但打通群众思想是一件相当艰难的事，要做的得法，大家对此都无经验，我们特号召某些机关干部首先帮助县区干部突破一点，并定时总结经验，通报全区以推动一般。

（原载一九四三年十二月五日《新华日报》太行版第一版社论）

一九四四

YI JIU SI SI

《新华日报》太行版

一九四四

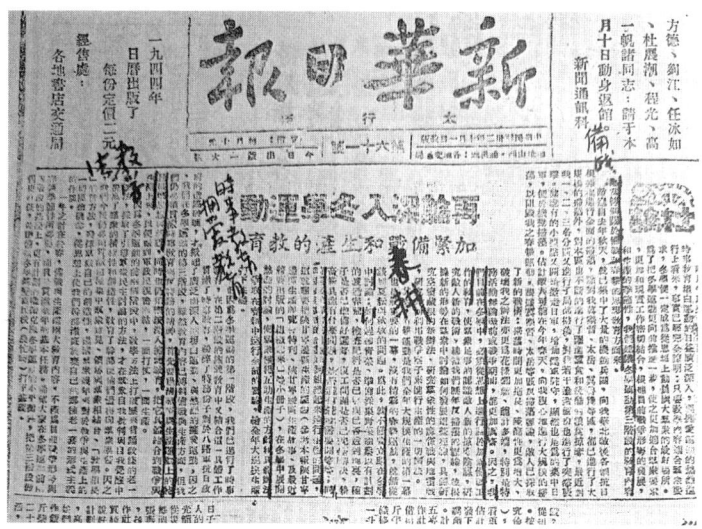

# 再论深入冬学运动

## ——加紧备战和生产的教育

两月半以来，冬学运动在全区各地热烈的开展着，从时事教育坦白运动的日益广泛深入，与拥爱运动的热烈进行上看来，事实已经完全证明：只要教育内容适合群众要求，冬学便一定成为从思想上动员广大群众的最好场所。为了把冬学运动更向前推进一步，使之更加适合群众要求，更加和现实工作密切结合，根据目前战争形势的发展，和生产的季节性，我们建议冬学运动第三阶段的教育内容应当转到关于备战和春耕的思想教育方面来。

敌寇自去年秋天，就已集中了大量的机动兵团，向我华北敌后各个抗日根据地进行全面的"扫荡",除对我冀察晋、太岳、冀鲁豫等区,都已进行了大规模的"扫荡"外,对本区也不断的进行了跃进"蚕食"和残酷的粮食掠夺,最近对我一、二、三各分区又进行了局部"扫荡",对我若干边沿县份也进行了突然袭击。据说有的小据点又开始撤走日军,增加伪军驻守,显然也是为的集中日军,便于机动"扫荡"。估计敌人可能在今年春天,向我腹心地进行大规模的"扫荡",以阻毁我之春耕运动。根据冀察晋、太岳等区反"扫荡"经验,敌人已采取了新的战术:"扫荡"时间更加拖长、残酷性更为增大、破坏我之办法亦更为花样翻新、诡计多端,特别是特务活动无论战前或战争期间,都更加厉害。因之,我们目前在冬学中,必须从思想上进行关于加强备战工作的教育,使群众足够的认识敌人新的掠夺阴谋,研究敌人新的战术,总结我们历年反"扫荡"的经验,并根据新的形势在群众中讨论如何发展这些经验,具体研究空室藏粮的新办法、研究群众性的麻雀战与地雷战,研究讨论利用战争空子来进行生产的一切办法。

其次,春耕运动是我们全年大规模生产的第一幕,也是最重要的一幕,没有精彩的春耕运动,就无从谈到夏耘与秋收的问题。为此,就不仅要立即在冬学中讨论:如何赶种青菜、准备采集野菜树叶以有计划的渡过春荒,检查肥料是否已经与已否送到地里,种子是否已准备好选好,复工问题是否已完全解决,耕畜耕具还有什么问题,是否还有荒地需要开等等;同时还必须严密的计划如何组织起来进行生产的问题,这就需要把陕甘宁边区生产的经验(参考本报陕甘宁边区生产展览会特刊、陕甘宁边区生产故事、及最近将要出版的"组织起来"等小册子),在冬学中展开热烈的讨论,使群众获得互助生产的方针和具体办法,争取在春耕中进行全部的实验,给全年大规模生产打下基础。

正因为冬学运动的第一阶段,我们已进行了时事教育,在第二阶段的拥爱教育中又结合这一具体工作贯澈了时事教育,粉碎了特务份子对于八路军抗日政府的造谣破坏，才掀起了广泛而深入的坦白运动、与热烈的拥爱运动，因之，我们在冬学运动的第三阶段，虽然教育内容已转到备战与生产方面，但我们仍必须贯彻时事教育与反特务的精神，首先要肃清战争与生产运动上的特务破坏思想与活动，同时也仍须继续深入拥爱教育，把它具体结合到战争与生产上来，以便做到军政民亲密团结，一面打仗，一面生产。

正因为冬学运动的前两个阶段中，教学方法上打破历来背诵教条的老一套办法，采取了引导群众民主讨论的方法，才在群众自我批评与自我觉醒中，提高了群众的积极性和创造性，教育了干部使他们懂得向群众学习。因之，我们今后仍必须贯彻这种集中群众意见、领导与群众相结合、"教学相长"的新方法，发挥群众自己的创造性，肃清群众几年来对于战争与生产上的一切糊涂观念，从思想上使我们干部澈底放弃自己的那种老一套的形式主义的作风。

一年之计在于春，备战与生产这两大教育内容，不仅为目前战争形势与春耕季节性所必要，而且是贯彻全年的基本任务。希望大家在冬学运动前两个阶段的基础上，更有计划的继续克服冬学运动的不平衡性，把第三阶段做得更好些，并准备给冬学转变为民校（农忙时）打下基础。

（原载一九四四年二月九日《新华日报》太行版第一版社论）

# 向蟠武线的军民致敬

敌人进占蟠龙与从蟠龙仓惶的撤退，都不是偶然的。

自三八年九路围攻以来，武乡经历十六次大的"扫荡"，尤以四零年的三次"扫荡"与四二年的二月清剿最为残酷，群众的损失是重大的，但敌人也在这里吃过几次大败仗。□冬的长乐村战斗与关家垴战斗都是□□□□□□□□□□所流传"鬼子常常来'扫荡'"，一文□□□□□□□□□是久经战争的锻炼与考验的□□□□□□□□□顽强。

去年□□□□，敌人又遭受武乡军民沉重的打击，它□对武乡□□□□了，是□与武乡特务商量好了一个"大阴谋"，□□□□□□□□，特务的口号是"搬兵回家,收复武乡"，敌人的目的是控制这个产□□与采铁矿产地，他们满以为彼此勾结起来一切目的都可以达到。去年六月十四日果然占领了蟠龙，兵力是伪军三个团，敌军一个大队，共三千余人。他们曾妄想，大概不出两个月，武东就可以达到全面的维持，因为全县××党已经全部改为"新民会"了。但，妄想毕竟是妄想，莫说两个月，整整八个月零十四天（到撤退那天止），也没有一个群众去维持敌人，蟠龙只设立了一个可笑的"专员会署"与"镇公所"，全部汉奸都是从段村搬来的，在它的统治下，除了被俘的群众，没有半个老百姓。

武乡人民是不屈服的，不但没有屈服，且和军队结合在一起，进行了八个多月最艰苦最紧张的斗争，他们自始至终，坚持了一个口号"不让鬼子占蟠龙"。

当敌人开始进入蟠龙的一个时期，我武乡军民在蟠武线上及蟠龙附近举行了不断的伏击与袭击，使敌人整整两个月也站不稳脚，伪军更感到最大的苦闷。伪军说：除了死亡的威胁，"根本看不到一个老百姓"。

去年八月十七日晚，八路军在全县人民及民兵协助下，展开了强大的蟠龙攻势，战斗整整继续了两天两夜，消灭了伪军三个营和敌军一个中队，不是敌人三个大队的紧急增援，全部敌伪就遭受了覆灭的危险。在战斗中我军民也表现了空前未有的牺牲精神与团结精神，每个战士，都感到为人民而死的无上光荣。一切战时勤务，如送水、送饭、运输、慰劳都是自动的有组织的进行，连被俘的伪军也感动的流泪："这里的老百姓太好了"。

蟠龙攻势，我们把敌人狠狠的痛打了一次，但敌人并没有死心，它以为增加兵力，增强堡垒与工事，还可以固守蟠龙；它以为配合着特务的阴谋活动，还可以达到预期的掠夺的目的。于是它就在蟠龙周围，用了半年的工夫，构筑了大小十四余个堡垒，它妄想这样一来，我们就毫无办法了。

但是武乡军民也并没有灰心，他们确定了并坚持着"长期围困、逼退敌人"的方针。在这一方针下，他们进行了各方面的巨大的组织工作。

首先，他们在蟠龙周围组成了强有力的围困部队，这种部队是以正规军为骨干，结合着营兵与民兵组成的。他们一方面派遣飞行射击手、爆炸手主动的到堡垒群里去活动；一方面机动的顽强的打击出扰的敌人，使蟠龙十里以外的群众，得到安然的生活，每个山头都插遍了联络旗，象征着一种平衡的战时秩序。

在蟠武线上，敌人经常要遭受我军的伏击，民兵的冷枪与爆炸，更使敌人感到头痛。怎么办呢？它不得不以一个团的兵力轮番的来掩护蟠武线的运输，因为蟠龙是一无所有的，一切用具、粮食、弹药，都要从段村运来。加上军民不断的政治攻势、瓦解伪军、孤立敌人，予敌人精神上极大威胁。

日子一天一天的长下去，蟠龙变成了一座坟墓，蟠武线变成了一条死亡线，敌人占领蟠龙八个多月所付的代价是敌伪死亡近两千人，伪军逃跑二百余人，集体投诚者四十余名，临逃之前，还留下粮食二千余石。

单是军事上的围困，还不足以战胜敌人。去年八月以来所开展的全县反特务斗争，在斩断敌人的爪牙、孤立敌人，与坚定群众对敌斗争意志与信心上，又起了决定的作用。全县人民在"反对特务份子勾引敌人占蟠蟠"的口号下行动起来了，"搬兵回家、收复武乡"的阴谋，终于被群众粉碎了。如果没有群众性反特务斗争的伟大胜利，坚持八个多月的艰苦斗争，是难以设想的。

在坚持八个多月的艰苦斗争中，蟠武线上——一万多群众进行了有组织的撤退，为了安插这些群众，并组织他们坚持生产与对敌斗争，我们的八路军——这个人民子弟兵，曾掩护群众并亲自动手帮助群众进行了麦收与秋收，一直把碉堡下面的麦子和谷子抢了回来；政府也尽了他应尽的责任，曾用尽了一切办法（如贷款、组织运检、发救济粮）来救济撤退的群众，并指导蟠武线附近的广大群众建立野外生活，坚持生产。全县人民同样也进行了他们应尽的责任，在"发扬乡亲友爱"的口号下，他们把退出的群众当作自己的父母、姊妹兄弟一样的看待着，把房子给他们住，借粮食给他们吃，借本钱给他们□□□，分土地给他们种。这种伟大的友爱，保障了□□□人民的生活，鼓舞了他们的斗志。

□□□群众围困和政治攻势，反特务斗争的胜利，与撤退人民问题的妥善解决，结合起来就成为武乡军民坚持长期斗争、最后逼退敌人的三个基本条件。合起来一个总的口号是："武乡人民誓死不投降"，逼退蟠龙敌人的大功劳，是应该归功于坚决不屈的武乡的军队与人民的。

武乡军民这种精神与经验，教育了榆社军民，以同样的精神，逼退了盘据两年的榆社敌人。

我们在这里向蟠武线的军民致敬，庆祝他们的胜利，发扬他们坚持斗争的精神，及其在战斗生产中的高度组织性。并祝他们以百倍的努力，胜利完成今年春耕运动的巨大任务！

（原载一九四四年四月三日《新华日报》太行版第一版社论）

# 培养公私兼顾的群众骨干 加紧开展春耕运动

谷雨已到，春耕运动逐渐紧张起来了！

去年秋后，各地曾先后总结了四三年生产的经验教训，并根据中央十、一指示方针，和陕甘宁边区的经验，在冬学运动第三阶段中进行了生产教育，今春各地又举行了劳动英雄大会，做了四四年的生产动员。事实证明，那些地区深刻体会了中央方针，他们就进行了积肥、造肥、开荒、移民、贷款等一切有关生产的准备工作，而目前的春耕运动也比较进行得热烈；反之，那些地方没有深刻研究中央方针，他们的准备工作就很差，而春耕运动就迟迟搞不起来。目前春耕运动已至紧张时期，不能再迟延了。特提供两三意见，以供各地同志参考。

首先来讲为谁生产与为什么要积极生产的问题：有些人对这个问题仍是糊涂不清的。比如曾有些机关学校部队的同志们认为：我们是来"干革命"的与"干工作"的，种庄稼是老百姓的事，公家应该保证我们的供给。要我生产，还不如让我回去做"吴满有"。有些干部还放不下架子，觉得干部参加劳动"太丢人"，甚至有些老百姓，也觉得荒乱年头，只求得勉强过去就算了。……诸如此类糊涂想法的存在，便使得许多干部和群众不能积极参加生产，便给了特务份子瓦解干部、挑拨军民关系与直接破坏生产的一个大空子、究竟为什么要积极生产与为谁生产呢？一句话说，就是保证军需民用，改善生活，克服困难。机关学校部队生产，自给二、三个月粮食，减轻人民负担，亲密军民关团结，这就是干革命，干工作，而领导并参加劳动生产，不但不是丢人，正是应当引为无上的光荣。

大家可以设想一下：我们敌后七年来的抗战，特别是连年灾荒，如果没有广大群众性的军民生产，如何能渡过？如何能坚持？去年的晚种运动，只五分区赶种的秋菜，就收了一万万多斤，还救济了多少灾民的性命！保持多少抗战元气！特务份子造谣破坏说："种菜是给八路军生产的"，老百姓的经验会打他的耳光。同时去年以来，我们机关学校部队曾集体帮助群众生产，自己打野菜吃，节省粮食救济灾民，不是共产党领导的军队，谁能如此？同时，也正由于此，我们军民中的劳动生产、照顾抗战利益的集体观念是大大的增强了；一大批"公私兼顾"的劳动英雄空前的产生了。

磁县南贾壁女劳动英雄郭凡子，努力种地，参加运检，成为妇女表率。她并且说："去年我打下粮食，出了百一十斤公粮，我有了粮食，就应该出公粮。"

赞皇劳动英雄侯合小说：我要拥护军队，优待抗属。我现在已经把慢抗粮准备好了，我也要省出时间给抗属耕地。

荣誉军人向玉龙，去年努力生产，九月间自动将今后应领公粮四百六十五斤，菜金九十一元，完全献给公家救灾。

特别像涉县后岩村劳动英雄，"赵林和受困苦两眼汪汪，夜想起袁家坡排开战场；没吃用受饥饿不能行动，村区长救助俺生产开荒；到现在咱有地二十多亩，到秋后我节省也上公粮。"更可以作为一般劳动英雄的典型写照。

我们机关学校部队中，也有不少人于完成交公任务之外，分给贫苦老百姓吃，以上这些人物，都不仅是把自己的生产弄好，而且积极的帮助别人。组织互助。他们不仅是有了新的劳动观念，群众观念，而且是有了崇高的政治觉悟，他们正是当代的新型人物，值得奖励与效法的。

最近总直属队在其驻地附近一个区内，调查有灾民千余将断炊，他们拨给粮食两千余斤，做为渡荒生产之用，这是多么崇高的革命友爱啊！我们各地机关学校部队，应当学习总直，调查自己驻地群众生活与生产困难情形，予以切实的贷款与帮助，把帮助群众生产作为自己的任务之一。

其次，最近滕杨手打的总直生产节约方案，乃是完成部队生产的巨大任务、改善各伙食单位生活、发动每个人生产热情的典型文献。照着这个办法，每个人每个伙食单位的生活均可改善了。

就如本报工作同志，多数是执笔不握锄的文人，但去年个人产超过任务的，按三分之一归私的规定，许多同志弄到了毛衣穿。

边府去年春季每人补助菜金四角，夏秋两季增为八角，九月份起每人每日平均另补助菜蔬斤半，冬季每人每日平均补助菜金两元、菜二斤，过阳历年每人分零用十元，过"九一"又分十元。这些都是从业余生产中来的。

其他机关学校部队的同志，即在去年一般规定个人生产十分之三归自己的情形下，已有许多人吃用不完（如二分区卫生处理发员同志的生产就值两万五千瓦）。如果按今年滕杨方案来说（十分之七归自己），个人所得当然更大，有家的还可以寄回家改善家庭生活了。

生产是为了公，同是也是为了自己，再者都直接间接的是为了每个的福利，为了群众的福利，难道还不明白吗？毛主席的公私兼顾的方针，是无往而不胜利的。在公私兼顾的政策下，将有一大批军民生产英雄产生，像吴满有正是这样的一种人物，他自己得到丰衣足食，还组织大家生产，保证了公家的供给，这样的人物并不傻，并没有吃了亏，而是公私兼顾"名利双全"的英雄。

因此，我们在和平动员时，一方面必须具体说明生产对于集体利益的意义，以提高大家对于生产的政治责任心；同时另一方面，应着重的明确提出：参加生产也是为着私人的直接的具体利益，因为我们以往在宣传上甚至在指导上对这方面的注意更差，而且有一切归公反对私有的绝对主义糊涂思想，我们必须根据政府奖励私人生产的法令，切实照顾群众生产利益，纠正以往工商局、银行、合作社等系统中某些单纯营利、不照顾生产困难的做法。机关学校部队生产方面，应当响应滕杨方案，提倡先公后私，公私兼顾，反对那种"以为共产党员为着供给家庭生活（农村党员）及改善自己生活（机关学校党员），以利革命事业，而从事家庭及个人业余生产，为不光荣不道德"的错误观点，反对片面的强调公的集体利益，片面的强调牺牲个人的一切模范作用，并澈底的打破单纯的任务观点，开展真正群众性的大规模的军民生产运动。

最后来讲一下如何做法、如何指导的问题。在这个问题上，方针和经验是都有了，目前最需要的就是突破一点、推动一般的问题。首先必须培养劳动英雄，使大家都看到好处，跟着来学。没有一批与群众有连系的劳动英雄，大规模的运动是不可能的。这样的劳动英雄，应该是像吴满有那样的，是像赵林和、张尚朝（常乐村）、孟祥英那样的，是甄荣典那样的，他们善于以自己的经验来影响群众、组织群众合作生产，善于根据本地互助习惯和群众自身的利益，组织拨工互助。这样的人物，我们全区各地的春耕运动中正在不断涌现着，但是我们还必须有计划的从群众中培养成公私兼顾的旗帜，并注意经过他们推动群众运动，在群众运动的基础上，发动生产竞赛,不要又走到另一边,只是一些劳动英雄的比赛,那会有陷于"锦标式"的危险。

春耕时间已经紧迫了,一切模范的生产工作者马上行动起来,改善自己的领导作风。让我们开展这种群众性的英雄事迹吧!

(原载一九四四年四月十九日《新华日报》太行版第一版社论)

# 林县人民的解放

接连着临淇、蟠龙和榆社的收复,在我军民密切结合长期围困下,林县城也于本月十一日克复,并肃清水林公路各据点的敌人,这是我边区又一个伟大的胜利,我们在这里谨向参加这次战后的英勇军民致敬。

林县城和临淇镇都是庞孙二逆盘踞以搜括豫北人民的老窝,在其尚未叛变的时候,如一九四一年,林县人民的负担,仅粮食一项即超过了一千五百万斤。四二年,以县城附近的桃园村来说,每亩即负担了六十五斤米,去年三月,他们又改变了压榨的花样,向人民搜刮了八千多万的"基金款"。四月,他们即跪投敌,把林县的人民直接出卖给了敌人,从那时起,我林县沦陷区的人民更悲惨的陷入了敌伪双重压榨的活地狱中。如连淇镇的李家寨，在今年二月份一个月中，平均每亩就出了一十五斤米、八百多元钱，这就难怪，在我军收复临淇时，老百姓好像见到了亲人一样，流着泪向我工作同志说："八路军再迟来一个月，老百姓都要死完啦"！

另一方面，从去年五月我八路军南下继续领导人民抗战，以及抗日民主政府成立以后，经过政府积极救灾，实行民主，组织民众与武装民众，林县根据地人民的生活迅速的安定起来，抗战情绪蓬勃的高涨起来了。去年八月林南战役给予了敌伪歼灭打击，人民抗战信心更大大发扬，人民政府与军队进一步坚持对敌伪斗争，结合成了一体。大半年来，我林县军民，几乎无日不在与敌伪尖锐斗争中。敌伪对于林县是非常重视的，因为它可以作为进犯我根据地最好的前进阵地，同时林县出产丰富，人口众多，正是它大肆掠夺的垂涎对象、庞孙二逆满以为林县的人民还可以像过去一样，任他们欺骗、压迫和剥削，但是，林县人民和人民的子弟兵——八路军是不允许这些混蛋们横行作恶了。如在今年三四月间，当城内的伪军不断到城附近十里地的村子抢粮时，我七分区部队即与之展开了坚决的斗争，如三月三十一日，在东南下庄把出来抢粮的敌保安队三十余人全部解决，俘虏了三十二人，四月一日，又将出来抢粮的伪保安第一、二支队的一路二百余人，在槐树池附近全部解决，活捉了第二支队的代支队长张俊卿。我林县本地民众，也相率拿起了武器，自动与敌伪周旋，仅二三月份，林北×区民兵就参加二四〇次，毙伤俘敌伪八十九名。同时，民兵更深入敌人警戒线内，捕捉敌人，展开了英勇的捕捉战。人民这种英勇果断的行为，实是空前少有的。

由于我军民的这种英勇的斗争与坚持的围困，就使得敌伪对于它所盘踞的林县城及其他据点，成为了一个可怕的境地，最后，在我大军猛烈的围攻之下，敌伪就只有慌慌张张的逃溃了。

很显然的，临淇和林县城的克复、像蟠龙榆社的收复一样，乃是我军民英勇奋斗，拿自己的血肉换来的。军队如果没有人民的支持与协助，战胜敌人是不可能的。同样，林县的人民如果没有像八路军这样爱护人民的斗争骨干，没有边区政府的民主政治，没有共产党的领导，如想获得解放，也完全是不可想像的。这里又一次地说明军民不可分离，及人民群众拥护军队，军队必须拥政爱民的道理，特别是后者，我们党、我们军队必须严格加以厉行，一样不可或忽。

林县城及其附近的人民是获得解放了，但是目前放在我林县人民面前的任务，仍是异常重大和艰巨的。解放了的区域的人民，在敌伪长期榨取之下，灾荒是异常严重，许多人眼前已没有什么可下肚，边区政府已拨下了一笔巨款，救济灾民，这乃是一个非常及时的善政，这笔数目应迅速的分发给真正灾民户，同时还必须立即在群众中组织调剂及互助互救等，这样问题才能完全解决。

其次是春耕生产问题，目前已是耕锄养种趋于紧张的时期，因此迅速组织群众回家，解决生产中的土地种籽劳动力以及提高群众生产情绪等，正迫不及待了。七分区的政府和军队已号召人民将敌人的公路壕沟碉堡平毁，改良良田，交还人民是很好的，同时对于其他有关春耕的困难问题，也望能及时予以具体的解决。

最后，必须趁群众现在情绪正高涨的时候，教育群众，敌人虽然被打走了，但是敌人是不会甘心的，并以群众自己的切身经验，鼓舞群众，号召组织起来、武装起来、保卫家乡、保卫春耕。

（原载一九四四年四月二十一日《新华日报》太行版第一版社论）

# 关于互助劳动中的几个问题

现在各地都在展开互助劳动,并且已获得了显著的成绩,许多群众已从自己切身的经验中认识了组织起来的力量和好处,他们从互助中度过了灾荒,救活了自己的命,在吃不饱,没有力气的困难中,开了很多荒。做了许多平常年景也办不到的重活,并且进一步的改善了群众相互间的关系,改变了旧习惯,旧想法,挽救过来了许多无法可想的二流子,相当改变了生产关系,增加了生产力,涌现出一批劳动英雄,许多模范事迹,这些都是空前的。

但是,正像《解放日报》所指出来的,因为是一股劲组织起来的,不可免的还存在着很多很大的缺点,这些缺点,就在我们能及时进行检查与自我批评,加以克服,以便成绩巩固，并使工作更向前推进。现在有的地区已注意了这一点，正在展开检查，还是很必要的。不过，在已经看到的一些材料中，也已看得出一些问题，虽然材料并不充分，还不可据此来下结论，但把这些问题提出来大家讨论，对于各地的检查工作也是会有些帮助的。

从已有的一些材料看来，组织互助劳动中的行政命令现象还是很严重的。比如像在漳北通讯号召检查互助组是怎样搞起来的，沙河一区村干部的检讨，以及黄岔村的互助组为啥搞不起来等材料中，都可以明显的看到这一点的，而且像这一类的材料在各地还可以找到不少。

为什么今天在互助劳动中还会发生这样严重的现象呢？

第一种是不了解我们今年的大生产运动，只有在组织起来的基础上才有可能；不了解在我们今天的条件下，增加生产，只有改善生产组织，把个体的变为集体的，没有计划的变为有计划的，没有分工的变为有分工的，还是我们完全可以办到的。同时也不了解：组织群众，就必须了解群众，必须与群众打成一片，必须十分关怀群众，注意他们的要求和情绪。也就是说，必须把领导者的注意力和聪明才智集中到这一点上，否则就不会十分看重它，常常也就成为应付公事，或者为了表示一下不落后，随便把群众编制起来完事。

另一种原因，就是把组织互助劳动看得太简单，或者看得太难，于是就用起行政命令的简单办法来。把组织互助看得太容易的，如漳北通讯中所指出来的例子。有些干部以为互助组织的好处是非常明显的，群众过去也有这种组织的，现在经政府这样提倡，还有什么组织不起来的呢？于是在他们登高一呼以后，群众再说两句好话，就认为群众思想已经打通，于是就把他们按"自愿"的"编"起组来。另外把互助组看得太难的，如沙河一区的例子。有些干部认为群众太落后，不用行政命令就无法办事，因此不仅组织是强编的，连竞赛也是强迫的。

这里还必须着重指出的，这种作风是一种主观主义和统制群众的国民党观点的表现，是一种恶劣的不用脑子的习惯，而且在我们的工作中有其根深蒂固的基础的。所以把它看得太轻易，不从思想上加以批评，从实际上反复检查，是不能引起警惕的。

从材料中也可以看到，互助劳动中的自发自流现象也是严重的。有些干部会过份强调了自愿，于是自己就抱着这样的消极态度，反正我把互助劳动的好处和方法都和大家讲了（？），大家组织也吧，不组织也吧，组织了又垮台也吧，一任其自愿，不解决具体问题。七日报上登的西庄农会副主席王志俊他就是一个具体例子。显然这是不了解所谓自愿，不是"由他"，而是经过具体指导，使大家达到自愿组织起来，自愿不退出组织。

有一些同志现在对于互助劳动中发生的自私自利的问题，感到很苦恼，觉得农民就是自私自利，没有办法的事情，只有慢慢教育吧！其实自私自利这个问题，虽然是个最主要的偏向问题，但是利己和利人并非截然分割的，由互相有利达到自利，正是互助运动的基础。问题在于如何因势利导，如何使农民的自私自利心不与大家（别人）的利益相矛盾，而且与大家的利益相结合，也就是利己利人；而不是在于把农民的自私自利心消灭。如果不是这样，那所谓公平合理，老少无欺的等价交换制度，以及在这个基础上的互相帮助的发展还有什么可能呢？有许多地方已摸索出了这个关键，因此已能很好的解决了所谓自私自利问题。

有一些地方，一出发就强迫强的人带领弱的人，有牲口的户带领没有牲口的户，富有的带领贫苦的等等，还以为这是照顾了贫苦群众的利益，是合理的，而不知道这正是违反了互利自利这个原则，是脱离群众、脱离现实的主观主义，是要把互助组织拖垮台的，究其实际也正是违反了群众利益的。事实证明，尽管群众表面在说"吃些亏没啥"，而最后必然弄得怨声载道，散伙垮台完事。这种事实不是已经见过不少了吗？这还不是只看表面，不究实际，只图形式，不管内容的主观主义是什么？

因此，我们今天无须怕农民的自私自利，而在于我们的办法是否合理公平，是否能从群众的实际经验中，使群众都称心如意。只要照顾事实，从群众中讨论将来，又用到群众的实践中去，再经过群众实践去修正，去充实，办法一定能为群众所拥护，所采纳，所传播，只有"群众"最公平的，就是有个别的自私自利的份子，群众也会把他们纠正过来的。那种强调"农民自私自利"而束手无策是不对的，应该从思想上和实际上加以克服。

再次，是干部亲自动手，亲自领导，以身作则的问题。许多地方，如林北二区，干部已认识了这个问题的重要，也都参加了互助，这对当地的互助工作无疑将起很大推动作用。但是干部不亲自下手以身作则的地方，恐怕还有不少。干部不亲自动手的理由，一般是工作忙，这当然是不成为理由的。今天我们的主要工作，就是生产运动，那么除了战争外，还有什么工作使我们忙得不能参加生产呢？除了生产还有什么主要工作呢？实际上，正是在参加群众的生产运动中，才真正能深刻了解群众，了解问题，找到解决问题的办法，也才能真正把其他工作推向前进。

其次，就是以身作则，真打真的劳动的问题。有些干部也参加互助劳动了，但不好好的干，只挂上一个名，这实际上是剥削别人的劳动啊！如果是这样参加，那不仅不是推动互助，而是拆台。磁武九区种春菜的经验里提到，一般群众不愿与干部互助，说干部忙，其实恐怕就是这个原因。这是值得每一个参加互助劳动的干部严重注意的。

最后，关于组织竞赛，必须在群众运动高涨的基础上进行。积极份子的作用，核心的意义，正在于吸引广大群众——他们中间的中间份子、落后份子参加运动。这个问题值得再度引起起同志们注意，最近似乎有了这种片面性的偏向：连篇累幅的订计划，喊竞赛，而□作的实际却不多，甚至和很远的地方、根本无从检查的地方去竞赛，这就有脱离当地群众，走向形式主义的危险。不注意这点就会重踏过去覆辙，竞赛不能持久，变成没有下文、没有意义的东西了。

由于以上一些问题还没有很好的解决，因此我们的互助劳动今天还没有更好的、更快的展开，而且存在着形式的、空头的、不起作用的严重现象。正像报上"互助组里还有一些什么问题"中所提到的，互助好是好，就是互助不起来。甚至有一个地方共有三四百个互助组，但真已起作用的，却只有三四个组，这恐怕主要是形式主义在作怪，我们需要向形式主义来一个清算。

互助劳动中虽然还存在着以上一些问题，并且还有很多问题没有提出，但这是不足怕的，只要我们已发现了这些问题，我们已注意到这些问题，我们就能解决；可怕的倒是那些满于现状，发现不出问题，那就非常危险了。让我们大家深入去检查，发现很多很多问题吧，以便把这些问题能很好解决，把我们的互助劳动和大生产运动迅速向前推进一步！

（原载一九四四年五月十九日《新华日报》太行版第一版社论）

# 敌后根据地生产运动的开展

自从去年十月一日，我党中央发布发展生产的指示以后，敌后各抗日根据地即着手准备着大规模的生产运动。许多地区举行了战斗劳动英雄大会，奖励了大批的战斗英雄和劳动英雄，总结了他们的经验，确定了推广劳动互助、劳力与武力结合的方针，并订出一九四四年生产的目标。在艰苦的战斗环境中（有些地区，如太行等地，还有严重的灾荒），党政军民各方面负责同志，一致以身作则，亲自动手，领导广大群众进行了冬耕、积肥、收集燃料、修筑水利、发展合作、减租减息、训练民兵，以至安置难胞、救灾救荒等繁重工作。由于这些准备工作做得好，所以一到春耕开始的时候，各抗日根据地的生产运动便蓬勃地开展起来了。各种劳动上的组织，如变工队（晋西北）、拨工队（晋察冀）、搭工队（山东）、换工队（苏北）等纷纷涌现。经过冬训的民兵，踊跃地参加了劳动互助组，组成为它的战斗骨干，不仅男女老少人工牛工都变起工来，而且站岗的工和耕种的工也变起工来。这种劳动互助、武力与劳力结合的组织，一村一村地推广联合起来，建立了许多村子的"联防"（晋察冀）和"运环哨封锁线"（晋西北），敌人侵扰一村，村内民兵立即起而狙击，掩护群众转移，其他各村民兵亦即火速集合援助，敌人抢夺耕牛，民兵即截击夺回。民兵在敌人据点周边安放地雷和打击出来的敌人，敌人吃了亏便心惊胆战，不敢随便出来。我根据地，特别是边缘区的人民，有了这样的组织，所以能够抓住空隙抢耕抢种，往往一直耕到敌人碉堡前面还不肯休，使敌人缩在碉堡里束手无策，敌寇千方百计想把我们根据地变为"无人区"，我军民则不容地土荒芜。现在抢耕抢种以后，还要抢锄抢收。经过了这样艰苦卓绝的斗争，敌后各抗日根据地的春耕，大都胜利的完成了。如在晋察冀原定把百分之十的劳动力组织在拨工队内的计划，已被超过；去年敌寇大"扫荡"后，群众曾担忧今年会荒不少地，可是现在都很快地耕完了。这种惊人的奇迹，又表现了敌后根据地的人民，在共产党领导之下，是有办法去克服一切困难和争取胜利的。

敌后抗日根据地的生产运动，是为了根据地人民的利益，同时也是为了敌占区内饱受敌寇蹂躏的人民的利益。对于敌占区饥寒交迫、流离失所的难胞，我抗日根据地不断地收容救济，使其安居乐业。在敌占区的绅商，其财产遭受敌寇的侵占威胁，我抗日政府欢迎他们回根据地投资（如皖中临江等地，我根据地合作社办理得好，敌占区许多绅商就来投资）。华中各根据地广建水利，敌占区人民同样受惠。如皖中巢南我军民修建二个圩，一个是在根据地内，一个是在敌占区内，二者都是在我武装掩护之下修建的。敌占区同胞感动地说："抗日政府到我们这里来就好了"。太行一带蝗害的威胁颇大，我根据地进行了广大的群众灭蝗运动；同时在敌占区活动的我武工队，亦积极帮助人民进行灭蝗工作。我根据地生产运动的开展，使敌占区与我根据地的对照，格外分明：一面是敌寇的无厌掠夺，人民陷入痛苦的深渊；一面是人民在自己的政权下，享受民主自由，不仅得免冻馁之苦，而且生活日益上升。正因为如此，我抗日根据地的生产运动，不仅得到了根据地内人民的热烈参加，而且也获得了敌占区人民的同情和拥护。

尤其值得注意的。敌后根据地军民在与敌斗争和生产运动的过程中，正在创造出不少的新的工作方法。在这里我们只举一个例子：晋察冀张瑞同志在沟线外敌伪据点林立的游击区内，进行工作，他领导敌占区人民用拨工的办法，纺线、榨油、织布、破坏敌人的抢棉毒计，保护人民的财产，组织了人民的生产，建立和发展了人民的合作社，人民非常信任张瑞同志所办的合作社。张瑞同志便更进一步发展他的合作社事业，发动敌占区人民，从敌人交通线上砍下电杆木卖给合作社。这样一来，张瑞同志的合作社，不仅消极的在敌人铁蹄下，保护了敌占区人民的利益，而且成了积极组织敌占区人民对敌斗争的机关。张瑞同志这种办法，告诉了我们一个对敌斗争的新原则，就是要把敌占区人的爱国心和他们的切身利益结合起来。已往我们组织人民对敌斗争，是根据群众的同仇敌忾和爱国义愤，但是仅仅靠敌占区同胞的爱国心，虽然可以在一定情况之下，把对敌斗争闹得轰轰烈烈，究竟是难于持久的。敌人的"治安强化"以来，敌占区人民的对敌斗争曾一度低降。近几年来，我们的武装工作队深入"敌后之敌后"打击敌人，成绩不小。武装工作队在敌占区的斗争中，不但依靠武装和政治宣传，而且能时时刻刻照顾到群众的眼前利益，又打击了敌人，又不使群众受到敌人的报复与摧残，因而群众喜欢武工队，爱护武工队，武工队也就在"敌后之敌后"行动自如。但是武工队以往的工作中，对于群众的眼前利益的顾及，多少还是消极的。即是说，还限于不使群众受到敌人的报复与摧残，而受到额外的损失。张瑞同志的合作社，就更进一步破坏敌人的经济掠夺，并且进到发动人民去掠夺敌人、掠夺掠夺者。所以张瑞同志的合作社，一方面是生产运动劳动互助的新发展，另方面又是武工队工作的新发展。它告诉了我们一个新的原则，就是用合作社的办法，把敌占区人民的爱国心与其经济利益结合起来，把敌占区人民组织起来，这样来对敌人进行积极的和消极的斗争。这种合作社与武工队配合起来，我们在敌占区和群众的联系一定会更加密切，在那里的工作也就会更好地开展起来和坚持下去，把人民的爱国心和其切身利益结合起来，这是一种新的敌占区工作方法，也是一个新的方向，值得大家来研究和推广。

在这里，有一个问题，需要特别说清楚。有些同志怕去发展敌占区人民的经济，以为发展了敌占区人民的经济，就等于替敌人发展了经济。这种看法是不大对的。我们的抗日政府，应该帮助敌占区的人民发展经济，应该在那里开展合作运动，把敌占区人民的爱国心和其经济利益密切结合起来。这样不但不是发展了敌人的经济，而且使敌人在经济上更加困难。

各抗日根据地，数月来生产大运动的初步成绩，已开始使各根据地的面貌焕然一新，对整个敌后人民发生巨大的影响，这正是毛主席"组织起来"的指示，在敌后实施的具体表现。这对于准备反攻有极其重大的意义。希望敌后军民加倍努力，并预祝他们完成今年生产计划的光辉成功。

（原载一九四四年六月一日《新华日报》太行版第一版社论）

# 全力保卫秋收

白露节屈指将届，若干早熟作物，已经开始收割，大规模的秋收，不久就要到来，这是一个非常急忙的突击季节；而历年证明，这又是一个与敌伪进行武装争夺粮食的最紧张的季节。

我区连年灾荒，今年雨水较好，收成可望较往年好些，虽然今年夏季麦收，一、五、六分区已得到相当丰收，但其他各分区种麦不多，不能普遍济事，而且"好科不如赖秋"，只有今年的秋粮拿到手，才能初步克服历年灾荒所给予我们的严重困难；同时，今年秋收是我们今年大生产的最后果实，只有今年的秋收到手，才能给明年更大规模的生产运动和将来的反攻，打下物质的基础。但也正由于此，敌伪必然更加残酷的破坏我之秋收。以增加我之困难，掠夺我之粮食，以图解救其粮食危机，苟延其垂死的命运。这一切都说明：今年保卫秋收，有着更加重大的意义。

或许有人会这样想：以为国际反法西斯的胜利，在急转直下的迅速开展着，我们敌后根据地又在不断的给敌人以严重打击，"敌人已经不行了"，或者说敌人正忙于正面战争，没有时间来向我们进行大规模的"扫荡"了……。必须指出：这是一种非常错误的想法，这是一种麻痹自己的侥幸心理，不了解敌人的主力还并未遭受到致命的打击，他仍有力量来向我进攻，敌人虽然忙于对我正面战场进攻，但它决不会一丝一毫放松敌后，敌后仍是中国的主要战场，事实已经告诉我们：敌人一面在张牙舞爪的向我正面进攻，同时不断的向我敌后边沿区侵袭，特别是今夏以来，我区各边沿地区的抢粮反抢斗争，一直在残酷的进行着，包围村庄逮捕群众勒索粮食的暴行最近更加厉害起来。必须了解：一年多来，敌人之所以未能对我腹心区进行大规模的"扫荡"，主要的仍是依靠于我们边沿区军民经常不懈的对敌伪斗争，和我们主力不断对敌主动的袭击，而不是其他。任何麻痹，都会遭致不必要的损失。今年春耕期间，三分区敌人曾经利用我们麻痹的空隙，一度侵入我们腹心区的上下广志和芹泉一带，给了我们以部分的损失，这是值得我们回味的一个教训。

请大家严重的注视一下最近的情况吧：自豫西战役告一段落后，敌人已不断向北抽调，本区周围之敌亦屡有增加，有的地方已经开始派出敌探汉奸，并积极准备民夫，企图对我进行大规模的秋季"扫荡"（去年冀察晋的敌人就是在这样布置之后，突然侵入我腹心地区，打了若干临时据点，控制了周围的粮食，给了我们秋收运动以非常严重的困难）。数日前晋中之敌集结千余分数路向我腹心区进犯，我二分区军民正在一面生产一面与敌进行激烈的战斗中。与此同时，平汉路两侧敌占区的飞蝗，最近又大批侵入我腹心区的林北涉县等地，并且仍在继续西飞，磁武等地已有数百亩秋禾被吃光。因之，我们必须立即打破长期侥幸麻痹的苟安心理，紧张的动员起来，对敌伪及其所制造的蝗灾做坚决的斗争。

所有机关、部队、学校和全体人民，必须记取我们几年来灾荒中的困难，失去了今年的秋粮，我们的困难仍会继续产生的；同时，我们今年的秋禾，是在和敌伪以及水旱蝗灾的严重斗争中，在大家亲自动手互助合作中取得的，我们决不能让眼看就要到日的秋粮，被敌伪和秋蝗糟蹋了，我们必须灭蝗，我们必须为保卫秋收而立即战斗化，马上整顿生产互助组，而且要整理我们的战时组织，加强情报联络，整理民兵自卫队，检查窑洞，检查地雷、石雷和一切武器，准备布置地雷网和游击网，把战斗和生产更加密切的结合起来（无论是边沿区或腹心区），那里发现敌人，就在那里给他以打击，也像那里发现飞蝗，就在那里消灭他一样！不让敌人抢走我们的一粒粮食，毁坏一个窑洞，拉走一匹牲口，杀害一个人，这就要展开普遍的军民杀敌运动，人人杀敌，村村杀敌，把敌人杀怕，把它杀出去。边沿区的武装、民兵、武工队及一切工作者，要打到敌后去，保卫敌占区同胞的秋收，反对敌人抢夺，开展我党和敌区群众的联合杀敌运动！

秋收关系着每个人的生活，当然也是每个人最关心的；保卫秋收，也只有广泛的群众的力量和智慧，才能把敌人打败！几年来我们已经学会运用群众运动战胜敌人和灾荒的经验，今年的保卫秋收运动，我们必须运用与发扬这一宝贵的经验，首先是全区的劳动英雄们，杀敌英雄们，地雷石雷能手们，快枪射击手们，以及一切模范工作者们，要以你们的模范行动，来动员一切群众，团结与组织一切群众，与群众共同商讨办法，最大限度的发挥的热情与力量，群众的智慧与创造，用此以推动起机关群众和战士群众、学生群众、人民群众们的保卫秋收的群众运动热潮来！

最后，国际和敌后的战争是空前有利的，敌人的死期是愈益接近了，这是值得我们兴奋的。但这只有更加增加我们胜利的信心与提高我们战斗的勇气，而决不应有任何的骄傲与麻痹。再重复的说，有了骄傲与麻痹，便没有幸福的将来，而且立刻就会吃到大亏，必须把这个道理做为这次保卫秋收运动的精神警戒。我们希望"九一八"的全区民兵检阅大会，同时成为这次保卫秋收的庄严誓师，并敬候在将来的全区劳动英雄杀敌英雄大会时庆祝各位的辉煌战果！

（原载一九四四年九月一日《新华日报》太行版第一版社论）

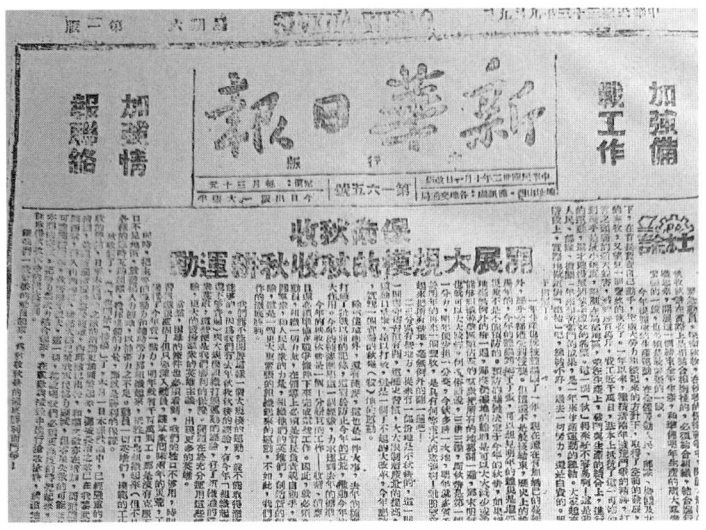

# 保卫秋收 开展大规模的秋收秋耕运动

紧急动员，保卫秋收，在秋收的保卫战争中，开展大规模的秋收秋耕运动。秋收秋耕在实际上是相结合相衔接的，必须结合组织，结合进行，把一切劳力组织起来，开展这一个结束全年生产，和准备明年生产的广大群众运动，这将是最紧张的一段，也必须是最紧张的一段。

今年根据地的生产运动，在全体劳动人民、部队、机关及其英雄们的努力之下，在首长负责自己动手，把广大劳力组织起来的方针下，取得了空前的发展，创造了一个丰收的麦收，又望见一个丰收的秋收了。一年以来，继续着两年渡荒斗争的精神，打破了有史以来即言之头痛的滔天蝗害，灭蝗几百万斤，费工近千万日，基本上抵抗了这一可怕的灾害,把它灭低到几乎是最小限度,限制在局部地区,并在生产上,战斗与生产的结合上,进行了"组织起来"的运动,这才获得这个秋季丰收的希望。这一个"秋"得来好不容易啊!这是我根据地全体劳动人民、部队、机关一年来艰苦奋斗的成果,是一年来生产运动的总结。大家起来,在这一个最后阶段上,实际地做这个"总结"吧,总结不好,过去一切努力,还是白费的。明年的一切也就难于指望了。

一年生产也就被蝗虫闹了一年,现在还在有加无已的蔓延时期,除二分区外,几乎全都遭受到侵袭。但这还不是最后结束,历史上的蝗灾从来是一闹好几年的,今年的蝗虫到处下了蛋,可以想见明年的蝗灾是还要来到的。然而蝗灾并不是不能预防的。预防的关键决定于今年的秋耕,如果把根据地所有的土地毫无例外的耕一遍,那么根据地的蝗卵是可以大大减少或消灭的。如果我们能够组织游击区敌占区的群众把所有的地都翻一遍,那末明年外来飞蝗的威胁也就可以大大减轻。何况俗语说,三耕三锄,而秋耕是第一个关键,今秋多费一分力,明年便少担一分忧,今秋多耕一次地,明年就多省千百万的工。这对于明年的再来一个丰收,是具有何等重大的意义啊!谁盼望着明年丰收,谁就起来把所有耕地,毫无例外的翻一遍吧!

二三分区有些地方,从来有一部份是不秋耕的,这一则是留以种豆子,一则与守旧习惯有关,这历史习惯,大大限制着产量的提高,也妨害防蝗,必须动员群众,给予打破,这是一个了不起的大改革,今年应该实现这一个改革,实现一个普遍的秋垡(杀)地的运动。

除秋垡地而外,还有种麦,这也是一件大事,去年的种麦面积,各分区都打破了抗战以前的记录,这对于防止今年的夏荒,推动今年的生产,都起了极大作用。今年的种麦应学这一个经验,力求达到去年的标准。

今年的秋收秋耕是一个十分艰巨的工作——收割、种麦、翻地、打蝗、而且还必须准备在战争条件下来完成这些工作。因此,就必须全根据地来一个总动员,组织一切力量,在领导上必须是首长负责亲自动手,发动战士群众、机关群众，和人民群众的力量，组织他们的英雄们，创造新的组织经验，技术经验，这是一个更大更紧张的组织起来的运动，不如此，我们将不能保证这一工作的澈底胜利。

我们能不能开展这样一个大规模的运动，能不能取得澈底的胜利呢？完全能够的。因为我们有去年秋收秋耕的经验，有今年"组织起来"的经验（虽则还不够普遍）与大规模组织打蝗运动的经验，有了组织过的群众，有一大批群众英雄，这些便是我们胜利的保证。问题在于充分运用这些经验，发挥这些经验，更大的发扬群众的英雄主义，出现更多的英雄。

当然，困难的条件也必须看到，我们的牲口不够用，时间很紧迫，传统的习惯还很凝固！但只要深入动员，让群众回味两年的灾荒，了解蝗灾的可怕，懂得了今年费一点力，明年就省了百万个工。那是没有克服不了的困难的。同时，把主要的劳动力和辅助劳力都组织起来，把牲口也组织起来（但不是编制、强迫）牲口不足地区，就发扬人力刨地，以补畜力之不足。动员一切英雄们，模范的工作者们，组织各式各样的临时互助组织，发挥集体的力量，那就是胜利的保证。

秋收到了，敌寇也开始"扫荡"了，本月一日本报社论中，已经严重的敲起了武力保卫秋收的警钟，日来本区周围之敌的活动更加频繁起来，潞城长治之敌已在我黎武襄边三角地区进行清剿，并围渡浊漳□□□□腹地，内邱敌已出动，和顺之敌亦在增加，而飞蝗更不断由敌占区源源西飞，侵入山西地区，虽然大部已被我军民协力剿灭，但零星失散的可能在各地下蛋，并且还可能继续飞来，危害明年很大，这一切，都说明我们必须更高度的警觉起来，抓紧我们的时间或空间的空闲，把劳力与武力结合起来，在杀敌与灭蝗中进行抢收抢耕，边沿地区，更非如此，不能取得秋收秋耕的澈底胜利。

让我们一致紧张的动员起来，为秋收秋耕的澈底胜利而斗争！

（原载一九四四年九月九日《新华日报》太行版第一版社论）

# 再论全力保卫秋收 加强计算和组织工作

我们必须澈底打开长期侥幸麻痹局面，紧急动员起来，全力保卫秋收；必须有计划的组织动员在备战灭蝗中，完成秋收秋耕这一繁忙而紧张的工作，关于这几方面的严重意义，和在具体工作的布置上必须注意的一些问题，本报九月一日和九日两篇社论中，都已先后详细说到，旬余以来，许多地区的干部和群众，曾经反省了自己在这些方面的糊涂观念，做了具体布置，在打击晋中、冀西、太南等地敌人的"扫荡"中，在消灭林北、安阳、左权等地飞蝗的突然袭击中，又一次取得了新的经验教训，大大的提高了警觉，对备战、灭蝗、秋收秋耕工作，重新做了检查和布置，在新的布置中，创造了许多新的办法，这些都将是我们今年秋收秋耕工作胜利的准备条件；但我们还必须力戒骄傲和新生的麻痹，反对组织工作中的任何粗心大意。在此次秋收秋耕运动日渐进入高潮之际，除望那些尚在麻痹侥幸和听任自流的人们，应即迅速引起严重注意外，为了更加推动这一运动的胜利开展，谨再提供以下几点建议。

首先是足够估计敌情的问题：有些人虽然在观念上已经重新认识到敌强我弱的基本形势尚未变更，认识到敌人仍有可能向我进行大规模的"扫荡"，但在战争的实际发展中，却又被部份的现象把自己迷惑起来，譬如有人认为敌人最近在各分区的"扫荡"仅仅是分区扰乱。并非大规模的"扫荡"，或者在某一地区的"扫荡"刚一结束，便又很快的乐观起来，认为大"扫荡"已成过去。总之，侥幸麻痹心理并未最后根绝，不了解敌人这些小"扫荡"，正是大"扫荡"企图的序幕。敌人的毒辣阴谋，在于利用我之忙于秋收秋耕，先以试探性的分区小"扫荡"掠夺我边沿的粮食，布置特务活动，疲惫我外线兵力，麻痹我腹心地区，如果我们不在边沿区广泛的开展政治攻势和游击活动，给敌伪以打击，如果我们腹心地区没有很确实的准备，则敌人很可能在外线打好一二据点做为跳板，趁我腹心地区之不备而突击袭入，形成大规模的"扫荡"，并且很可能照去年晋察冀大"扫荡"的办法，长期驻我腹地，以破坏我之秋收秋耕。事实已经在证明着：太南之"扫荡"尚未完全结束，而豫北之敌又已出扰我林辉地区，本区周围之敌屡有增加，其活动亦日益频繁，最可注意的是各地都增加了特警部队，大肆其特务活动。这一切都在预示着敌人阴谋的全部，我们必须从最困难处做好准备，才能避免不必要的损失，任何侥幸麻痹心理都必须最后的清除，一切备战工作都不应有丝毫的马虎！

我们半年多来打蝗的经验已经证明：主要由于敌占区的蝗虫未能根绝，便随时都有飞入我根据地的可能，所以我们除向敌占区介绍打蝗经验（特别是涂毒法）并帮助他们打蝗外，我们必须做长期防蝗的准备，此次林北等地又吃了麻痹的大亏，是很值得我们记取的惨痛教训。其次那里发现飞蝗，就把它消灭在那里，否则不会蔓延全区，有人以为我的庄稼已熟，只把飞蝗轰走先收割完我的庄稼就可以了，殊不知仅仅保存了自己的庄稼，让蝗虫吃了别人的庄稼也必造成全区灾荒，何况不打死蝗虫，自己的也未必能保，而且飞蝗正在下蛋的时候，在别人地里下了蛋，明年变成蝗蝻后仍会吃自己的庄稼，这就是说，即使眼前轰赶仍是免不了在明年大生产运动中还要受害，谁都不应只顾自己不顾全局，只顾眼前不管将来。因之，必须反对那些单纯鸣锣打鼓暂时轰赶飞蝗的不澈底办法，仍是必须坚决的打。同时，其他地区也必须做防蝗的准备，最近飞蝗之袭入左权，已经打破蝗虫不能飞过太行山的说法了。

关于备战秋收秋耕工作的具体布置，有些地方因为迫于时间，有很多是采取了去年的经验，自然在这方面，我们两年都有很多丰富的经验，我们吸取这些经验是完全应该的，但必须照顾到今年是"组织起来"的新的条件，不能因为时间紧迫简单的因袭陈旧的经验，必须反对简单的经验主义，特别要反对某些地区旧经验中的强编人力畜力的办法，应当采取完全自愿的等价交换的互助方式（合理的折工）。目前最主要的缺点，是缺乏精确的计算和具体的组织工作。有些地方只粗枝大叶的估计了一下，便以为可以按时完成计划，但实际做起来，则不可能；另外是虽然也做了调查和计算工作，但因为没有具体进行细密的组织人力畜力，特别是没有适当的配备这些力量的使用，结果也会被挤的徒然手忙足乱一气，无法完成任务。每个群众自己是有他们自己的计算的，领导干部必须根据每个群众自己的计算，进行全村的计算，群众自己也有他们自己的变工换工习惯，领导干部必须善于适应这些局部的临时的组织习惯，把它尽量的组织到全村的组织里来，在计算中要照顾到连年战争与灾荒中人力畜力的减少与劳力的减弱，照顾到万一敌人"扫荡"，飞蝗袭来，淫雨连绵等意外的耽误。在组织工作上，除了对场里、地里、收、割、打、耕等不同工作的合理排列，主力劳动和辅助劳动，在这些不同工作中的适当调剂，以及备战组织和劳动组织的适当结合外，必要时有计划的组织买晌或卖晌，机关部队驻在村要进行军民互助变工，某些机关只顾自己运输赚钱，不去以自己的畜力和群众变工，以补群众畜力的不足，这是不对的。总之，在这些工作的领导上，必须反对粗枝大叶，官僚主义，而应当具体帮助他们进行计算和组织工作，最好先以一二基点村做为示范，用以推动全般。

最后，真正的杀敌英雄只有在群众性的游击战争中产生出来；真正的打蝗英雄只有在群众性的打蝗运动中产生出来；真正的劳动英雄只有在群众的互助生产中产生出来；一切模范工作者技术发明家，只有在为群众的具体工作的计算和组织工作中产生出来；而一切的杀敌英雄、打蝗英雄、劳动英雄和所有模范工作者发明家们，正是目前推动备战打蝗秋收秋耕工作的最好旗帜，这些群众的旗帜，绝不是坐在家里或说几句全话就可以形成，谁要想在将来的劳动英雄杀敌英雄大会上成为名手被群众选成状元，谁要想在将来的生产和战利品展览会上摆出自己辉煌战果来，谁就必须首先在这备战灭蝗秋收秋耕运动中，推动起群众运动的热潮来，胜利的完成这一艰巨的任务！

（原载一九四四年九月十九日《新华日报》太行版第一版社论）

# 开展全年生产总结运动

秋收基本上已将结束，麦已种上，秋堡地正在突击堡尾中，各地正在热烈的开展着关于全年生产的总结运动。这一运动结合着和历年生产比较（和抗战前特别是和减租前比较），显得更富有历史教育意义；结合着劳动英雄的选举，也显得更为实际。

几千年来，农民在封建高租额的重压下，每年生产所得，入不敷出，一向没有心事总结他们一年的生产。抗战以来，由于敌伪不断"蚕食""扫荡"对生产上的破坏，连地主富农也没心事算他们的生产账了。可是，因为我们根据地实行了减租交租，实行了毛主席的"组织起来"，今年的生产收入显然是增加了。霍家窑平均每人打粮食三石多，岩头岭每人平均增加粮食一石五斗，这自然表现着根据地经济建设的进步，表现群众建设其家务的热心，所以算他们一年生产的总账，总结一年生产，就成为每一个生产工作者和广大群众的要求了。他们想从这个总结里算出个道理来，看究竟为什么会如此。

各地的生产总结，正像霍家窑所进行的那样，他们不仅详细的算出谁家打了多少粮食，全村打了多少粮食，每家和全村以及各个阶层都比去年多打了多少粮食；而且他们都详细的研究了多打粮食的直接原因在那里，即他们首先在生产技术上看他们多上了多少粪，多锄多耕了几遍，怎样进行了选种，进行温汤浸种、池拌种，发明了什么农具，如何进行了深耕细作。其次是看在耕地面积上，开了多少荒，垒了多少堰，修了多少滩地。再次是看生产组织领导上，是否合埋的进行了互助合作，贷款分配的如何，如何调剂了人力畜力，是否进行了精密的计算，是否注意了劳力和武力的结合，从生产成绩和生产方式上对照来看，最容易看出怎样做最有利。

每个村的生产总结，也应该像下村所进行的那样，把今年的生产成绩和以前的比较一下，特别是像岩头岭一样把它和三十一年的生产比较一下，这样比较是很有意义的。三十一年前还没有进行减租，因之，就不能提高生产技术和效能，不能扩大生产耕地面积，也不能改善生产的组织与领导，这样就不仅对敌斗争无力，而且不能多打粮食。有人说：减了租只是贫苦农民可以增加粮食，富人是吃亏了。今天看来，显然这是不对的。只要是热心参加互助生产的人，不论农民和地主谁家没有多打了粮食呢？倒是没有减过租或减租不澈底的村子里，不只是贫苦农民生产提高不大，连地主富农的收入也受到影响，道理就是如此：要想富就互助，不减租也难于互助，这道理大家细心想想就会清楚。

和生产不可分离的，还有救灾、打蝗和战斗几个问题，各地还在生产总结时，一算就会知道：不仅没有救灾、打蝗和战斗，生产便不可能，而且没有非灾区对灾区的救济，灾区的生产不知要困难多少倍，没有蝗区的打蝗（特别是左权最后一战歼灭了越过太行山的飞蝗），非蝗区也不可能安然丰收，没有武力和劳力的结合，边沿区的生产将不可想象，没有边沿区群众和部队艰苦的对敌斗争，任何地区的生产都不知要困难多少倍。"根据地一家人"，"军民是一家"，大家一算起一年的生产账来，不由得要愈益增加亲切之感。

像涉县和若干地区一样，把总结全年生产和选举劳动英雄结合起来进行是完全必要的，只有这样选举出来的劳动英雄才是真正的劳动英雄，才能更加充实全区即将举行的劳动英雄大会的内容。同时，在总结生产中，应和每人的生产计划以及他和别人竞赛的计划对照起来，郝二双已经邀请评判人检查她的生产计划和竞赛条件，其他地方是否也在这样做呢？

生产总结中还必须注意到以下两点：一是今年的秋收秋耕必须做得澈底，必须检查一下粮食是否已都打好、晒好、藏好，麦子是否也都种上，秋垡地是否已都耕完，窑洞、石雷及一切备战工作是否已都做好，丝毫不应有任何有头无尾，侥幸麻痹的心理，应当足够的认识到敌人常常在我们胜利时会趁虚来袭击我们的，还必须估计到飞蝗还可再来一次。像去年好些地区那样，咬食麦苗下蛋，遗害明年。另一是今年虽然丰收，还必须防止将来的灾荒，不可有任何浪费，有的地方已开始建立义仓，这是完全必要的。同时，每个家庭，还需要从按家计划中多做积蓄防荒的打算，把这些与贯澈减租和发展互助结合上去做，就给明年大生产运动打下切实基础了。

今春我们若干地方已经有过群众性的生产计划，今夏武乡等地又曾有过群众性的生产检查，目前我们若干地方生产总结的特点，也是一个群众性的总结，这说明目前的生产总结，乃是今年群众性的生产运动中的群众运动的最后总结。我们认为散漫的农家能以集合起来算大家生产的账，算各家自己和互助组织的账，这是共产党领导下新民主主义社会所特有的标志，只有我们的抗日民主根据地才能有的，历来的封建社会是没有过的，现在蒋介石国民党统治下的大后方也绝不会有。同时，这个总结运动，又表现着建设公私家务的运动，将与生产运动密切结合，从思想上实际上都变成更广大的群众的运动，这是根据地建设发展上的一个新的标志。因之，我们必须重视这一运动，每个干部都必须有计划的参加与领导这一运动，并结合目前进行的负担工作，把这一总结运动进行到底，把我们根据地的家当来算个清楚，把每个农户建设家务的要求提高一步，把按家计划，把按队按组按村计算，精密计算的作风与总结的方法更加发扬，并把总结运动中得出的每一宝贵的经验教训提高到思想教育上来，借以检查自己的领导并以教育群众，这对于明年的生产运动将会有很大的裨益。

（原载一九四四年十月二十九日《新华日报》太行版第一版社论）

# 认真贯澈减租法令

今年生产运动开展后，证明了一件事情：凡是生产好的地方，就必有好的互助合作，而凡是互助运动好的地方，也就是已经减租较好的地方；反之，如果过去减租工作做的差，即使互助起来也不巩固，发挥作用不大，若干地区在检讨互助不起来的原因时，都已找出"病根"在于没有减租或减租不澈底，在检查中并且发现农民对租入的土地上粪很少，原因是"还不知明年能不能归咱种"。从目前生产总结运动中已经看得明明白白：要想富先互助，要互助就得先减租，高额的非法租养，就是妨害社会团结和提高生产的绊脚石！

目前租佃关系中最主要而最严重的问题，有以下三种：

一种是始终还没有减租：这个数字还相当不小，除七、八分区以及某些新收复区全部未减外，即使像武乡那样减租比较澈底的地区，还有百分之十未减，平顺潞城等县还有租额高到百分之八十至百分之一百五的；第二种是明减暗不减，这在工作较为薄弱群众发动不好的地区，是相当普遍的现象；第三种是减租后地主非法夺农民佃权，这情形在明减暗不减区域都已普遍发生，黎城东关四十八户中就有十二户被夺了佃权。

这三种问题，在四二年减租当中就已经发生了。几年以来，由于主观客观原因，不仅一直存在，而且已经在发展着。检讨其中原因大概是这样：四二年的减租运动，虽已取得了决定的成功，但在许多地区，因那年后半年就遭到了严重灾荒，整个工作重心不能不到救灾运动方面来。去年中央十一指示中，明确提出了减租生产方针，但仍以灾荒的延续更加严重，我们的工作重心又进一步转为生产渡荒。这样就使若干地主和佃农以及某些干部，在思想上发生了错觉：有些地主对减租运动抱了"过关"的想法，以为减租运动已成过去，不减也没事，甚至可以随时非法夺地；没有减租的佃户，以为时机已过，不好再提；最主要的还是某些干部一直不了解减租的重要，在另一种中心工作繁忙时，便把它"忘了"。即使在减租较为澈底，在工作中已得减租的好处，在过去并非灾区的地方，也没有认真检查来贯澈减租，这就给予若干守旧地主以钻空子的机会，企图以拖延和暗中反攻来破坏减租法令。

这里我们明确的提出：减租是一个既定的不可动摇的法令，经验证明它是保证地权、租权、佃权的必要步骤，是社会各阶层团结民主、增强对敌斗争、提高生产、走上新民主主义不可喻越的一步。虽然两年来为着热切的关心人民生活，用了最大力量来注意救灾生产（这是对的）；但是决不能因此便把减租轻易放过。自然，在两年来的生产救灾中，不仅在老区的五、六分区，即在新区如七、八分区，也在政府的热烈帮助下，开展了互助生产的紧急求生运动，而且确实在社会互爱互济互助方面有了大大的推进。可是，必须认识这种生产互助和减过租的地区的生产互助，是有本质上的区别的，我们同志仅仅迷于现象，便以为不减租也可以，却是非常错误的。

因之，今年来收秋耕结束后，全区必须无例外的认真进行减租，没有减过租的地区（如七、八分区新收复区及因灾荒没有进行过减租的），必须减租。曾经进行过减租的地区，仍必须进行详细的检查。检查的办法，最好是经过生产总结、按家计划、负担计算、及直接调查几件租佃纠纷上，去发动群众，以开展群众性的检查和减租运动。应当足够的认识：检查减租是一件很不容易的事，任何官僚主义脱离群众、主观主义粗枝大叶都是不会有结果的。涉县赤岸村的减租几年来都一直认为是没问题了，但今年领导上亲自动手，经过群众初步（仅仅是初步的！）的检查，发现一百一十三户中没有减租的尚有三十七户，明减暗不减的尚有十六户，而减租后夺地的竟有四十五户！

赤岸村过去曾认为确实减了租，只是群众没有真正发动起来，并且一个时候认为有这末一类村子，许多人苦恼着这类村子无法子发动群众，现在该是按照赤岸经验着重检查一番了。赤岸的经验，是领导机关亲自动手，从负担与生产总结的计算上进行初步调查，以及抓住几件租佃纠纷给以深入调查，明确处理，即迅速开展起来。而后如今佃户和地主双方出席的大会给以推动，随即在群众热烈运动中一件一件给以具体解决。看来这已比之毫无减租酝酿的地区，有了很大的不同了。减租中切实注意保障佃权，贯澈执行，同时又注意依法交租，并照顾双方具体困难，在一切经过群众路线的条件下给以适当的调处。赤岸村，曾成立佃户与地主双方派代表参加的减租委员会，提出：一、认真实行减租；二、检查租额，重新算账，退回额外收租；三、保证佃权，收回夺地，重订租约，依法交租。在运动发展中群众情绪不断高涨，新的租佃纠纷就陆续发现，问题发现的过程和解决处理的过程则密切地相关系的。各地可根据自己的情形参考这些办法。

总之，对减租的态度必须是坚定的，而办法必须是实事求是的。

四二年的减租时若干地主以为是对自己没有一点好处，几年以来，特别是在今年内的生产运动中，断然可以看出，减过租的地区中，地主无论在社会团结上政治上及经济上都是有利的，这对于今年的减租是一个很大的便利条件。今年秋冬各地工作任务虽较繁忙，但必须加以适当调度，把减租贯澈下去。否则，不仅影响将来的反攻胜利与新中国道路的顺利前进，对于十二月份民主选举的社会基础亦将失所依据，而对于明年更大规模的生产运动之开展，更将是一个重大的包袱！

（原载一九四四年十一月九日《新华日报》太行版第一版社论）

# 应当怎样认识和准备二届参议会的选举运动

第一届边区临参会建立以来,我太行根据地工作的发展,经历了一个整个的历史阶段。四二年全区规模的减租减息运动,大大减轻了几千年来农民身上的封建压迫,使根据地阶级关系更加适合于抗日民族统一战线的要求。四三年的反奸斗争,粉碎了所谓"变天思想",争取了大批的上当份子,清除了一些真正的民族暗害份子,更其增强了各阶层的团结。在这一基础之上,今年的大生产运动与规模空前的打蝗运动,取得了辉煌的成绩,使各阶层人民的生活得到显著的改善。四二年以来根据地工作的这些发展,实质上就是民主政治的胜利,它使我们的民主政治不只是形式的,而是具有非常丰富的内容的。当然,我们并不能以此为满足，为了巩固这些历史的成果从而扩大这些成果，政权组织方面的民主建设就成为非常必要。这不仅足以体现几年来根据地建设的成果，而且对于今后根据地建设有巨大推动作用。第二届边区参议会的选举运动即将展开，我们应该重视这一运动，加紧准备，并以我们当前实际工作的成绩来迎接这一运动。

即将展开的第二届参议会选举运动，与四一年的选举有很大不同。其基本不同之点，就在于两届参议会之间，曾经经历过全区规模的减租运动、救灾渡荒运动与今年的打蝗运动、生产运动，并在这些群众运动的基础上强大了我们的力量，增强了军民团结和社会团结，粉碎了敌人多次的"蚕食"和"扫荡"，把根据地大大的巩固起来。四一年以前因为没有经历过这些运动（特别是减租和生产运动），所以民主的内容是不够充实的，很多流于形式主义，因而当时的民主运动虽曾给予后来的工作以不少好的影响，可是它一般与根据地各种工作的结合是不够紧密的，一般干部和群众也很难了解民主对于根据地建设中的实际意义。今年的选举运动则不然。它和三年来的斗争不可分离，它是三年来根据地建设的当然果实，它是民主政权在组织上所应有的体现。正因为如此，所以在这次选举运动中，必须检查四一年的经验教训，真正发扬民主，发扬群众民主的创造性，使群众回想几年来的情形，注意与当前工作的结合，引导群众慎重的选择自己的政治代表。

事实完全证明：我们敌后根据地，是中国境内最民主的地区。然而这并不是说我们的民主精神民主作风已经得到充分的发扬，不，尽管我们在政策的实施上取得很大收获，群众对于民主方法有很多创造，可是我们干部的作风，仍然有些是不够民主的，群众民主的发扬仍然不够广泛，不够深刻。在这次选举运动中，必须最大限度的发扬民主作风，学习民主的工作方式。这就是说要尊重群众意见，发扬群众的积极性，善于宣传自己的主张，通俗生动地讲通道理，而不是用组织力量来代替政治的思想的力量。要教育群众，领导群众，以克服某些群众的落后和少数坏份子的破坏，但绝对不应对群众碍手碍足，而是真正让群众选举自己愿意选举的人，这是今年选举中必须特加注意的。

当然，充分的民主并不等于自流，相反的，必须加强对于选举运动的领导，特别是领导选举，使所有的候选人和候选人的赞助者，在群众中充分表现自己，发表自己的主张，使群众了解每个候选人的情形。只有这样，才能真正发动群众认真的参加选举，保障民主的最大发扬。只有这样，才能保证了三三制的实施而又不对群众碍手碍足。

在今年的选举运动中，还必须注意和其他工作的结合（如检查减租），不要把选举运动孤立进行，使每一个竞选者不但能发表自己的意见，而且有在行动上表现自己的机会。使选举运动在整个当前工作不要成为一个"负担"，而成为其他工作的一个推动力。

对于选举运动，以及选举运动与其他工作的结合，在整个根据地工作中还是比较缺乏经验的一个题目。各级领导机关，应该细心的研究，在领导上要有重点，真正深入几个村。普选的县份，更应特别注意。

（原载一九四四年十一月二十五日《新华日报》太行版第一版社论）

# 庆祝全区杀敌劳动英雄战绩生产展览联合大会的成功

全区杀敌英雄、劳动英雄、战绩展览、生产展览联合大会，于上月二十日举行揭幕，作为联合大会最中心内容的杀敌英雄、劳动英雄大会，于二十一日正式开始，整整开了十七天，于本月七日举行给奖典礼后开幕。为满足各地观众的要求，战线、生产两展览馆又延长展览七天。现在联合大会已全部圆满结束了。在战争频繁的敌后，在连年严重灾、蝗的本区来说，大会能以依照预计甚至超过预计的顺利进行到底，并获得很大成功，这是值得我们全区热烈庆祝的一件盛举！

正如参加大会的人们所亲见，和本报所择要纪载的那样，大会的规模是十分宏大的。

战绩、生产展览馆内容之丰富，远远超过了四零年西井展览会和去年南□泉展览会不知多少倍。这次两展览馆事前曾经过了长期的调查与搜集、精密的□□与布置，进行了多次的预展与修正。值得特别提出的是：两馆的布置上，一面用纵的历史的方法，叙述了共产党八路军抗日民主政府如何与广大群众结合，在与敌人的残暴与严重灾、蝗的搏斗中，一步步的胜利的站了起来，准备着反攻胜利和建设新社会的基础。另外从横的方面主要用了比较的方法和突出的表现形式，明显的对照与衬托出那些政策方针方法是对的，那些是错的，敌人为什么失败，国民党为什么败退，我们为什么胜利，大后方人民何以处在灾荒苦难中，我们何以能渡过灾荒、克服困难、日渐富裕，"不怕不识货，只怕货比货"，究竟谁有力量，谁有办法，谁有前途，具体的数字、图表，还有活生生的实物可以作为铁证。

三百多位英雄，是大会的主人，他们来自全区各个地区、各个单位、各个角落里，负有各自不同的经历与不同的经验。发现这批历史上的新人物，正如发现与搜集他们的业绩来布置两个光辉灿烂的展览馆之不易一样，他们是从各个战斗的场面、各个劳动生产的所在，从各部队、各机关、各村、区、县、各专署的群众中民主选拔出来的英雄。这次这批新人物济济一堂，经过座谈、大会，大家报告与争论了各自不同的经验，在经验的相互交流与研讨中，大家深深感到"能人背后有能人"，"能人相遇提高了能人"。领导同志们倾心听取了英雄们的经验，和他们共同研究总结与提高了这些宝贵经验，大家更加明确了过去不同地区的具体路径和将来的共同方向，最后民主选举了全区英雄能手，初步订出了明年的计划，燃烧起大规模杀敌运动的生产运动的友谊竞赛。整整十七日进行中，不仅对于英雄，对于参加的人们也是一个新的教育。

大会组织之庞大与复杂也是空前的，在四百余职员的分工合作下，保证了大会每日千余人的食宿和开会的一切条件，专有部队负责防空和陆地的警戒，根据路程远近和住宿条件，有计划的组织了全队干部、战士和群众每天三千人左右到大会参观，每个展览室都有专人说明。听过了英雄的业绩的经验，以及来宾和敌占区参观者的座谈，进行了社会调查。动员了全区的剧团、出版界、新闻界、摄影、漫画、木刻、广播……等进行向大会内外的宣传。由于大会把各方面的负责干部都吸引来这里来，大家得以在大会空隙间交换了各种工作上的意见，举行了各种有关的会议如各界□□□□、通讯员大会等等。

为确保大会的顺利进行，边府一级党政军首脑机关的领导同志，不仅事前曾经参加了□□的□□工作，而且一直全力参加大会到底，北局总部同志的就便指导，更使大会的进行得到了有力帮助。

正由于此，大会所获的经验是十分丰富的，而且在我们的感觉上是异常新鲜的，限于篇幅这里难以一一道及，兹举大家所□而且印象最深的来说。首先就是一切通过群众与群众运动的问题：凡到会的都会亲切的感到；群众力量是伟大的，群众的建设与创造是无比的，大会最生动的群众业绩和群众心愿，都是几年来全区群众运动的成果，而这些散处在各地的零片的业绩如何调查搜集，如何合理研究布置与一一向观众说明；英雄们不同的经验如何使之交流总结与提高，这样规模宏大与内容复杂的大会如何合理活动，都不是一二人之力所能为，没有一个群众运动是不可想像的。大会正是运用了群众的力量与群众运动，所以一切工作做得好，大会职员中显出了很多创造能手。大家围绕着大会来活动，观众、来宾、英雄、职员互相造成一个群众性的学习运动。从各地到会的人来说，也证明那个分区事前形成运动而且当作一个运动为参加，他在大会的收获就大，反之，就要差一点。

正由于大会的基础精神是"从群众中来到群众中去"，所以大会也是最民主的。每个英雄可以自由谈述自己的业绩和经验，自己讲不来还可以由别人补充，对别人的意见可以争论，依据于大会的表现，也依据于平时的调查，有领导上的号召，也有群众的讨论，有批评也有自我批评。对英雄的选拔，基本上是完全民主选举，另外还可根据调查给以评奖，以便从群众运动中发现出真正英雄，而又不致埋没了英雄，结果大家都能以口服心服。另外大会职员虽然都是临时由各个不同的系统中抽来，但都能在统一领导下积极发挥自己的创造性，有的同志说："像这样大的会我参加过很多，但没有见过大家都能够这样一条心！"

正由于大会是群众路线的民主精神，所以一切都是为群众所需求的、现实的。不论展览、座谈、以及大会的活动，都是围绕一个中心，而且能以互相配合，不仅展览和座谈相配合，连戏剧也改变了单纯娱乐观点而表演了若干英雄事迹，基本上克服了形式铺排的作风。

总之，大会是我区几年来游击战争、减租、渡荒、打蝗、生产、整风、时事教育、拥军拥政爱国……各种群众运动的总汇与结晶，是战争与生产结合，科学与经验结合，部队与人民结合，领导与群众结合的具体表现。充分证明了这是一种总结自己、改进工作、培养干部、教育群众的新的组织形式和工作方式。

应当如何把大会精神及其内容贯澈下去，并把它变成新的东西呢？这仍是一件大事，这里我们且向各地提供几点建议：

首先是把大会的一切向广大群众进行宣传教育的问题：关于纪载大会内容的报纸和文件，各单位应完全保存下来做为这一时期干部和群众教育材料。另外这次参加大会的有英雄、职员、各地负责干部、参议员、敌占区参观团、各地整风班和群众，总计有组织的约八万人，连同无组织的将近十万人。其中除了干部的传达，和英雄们在沿途和归到原地欢迎欢送中，利用一切机会进行宣传外，应当经过七千多份报纸和十万张嘴，向敌占区和各个机关、部队、学校、工厂、村镇山庄、向干部会、冬学，利用读报、闲拉、新年娱乐等广泛的进行关于大会内容的宣传。

其次，凡是看见过大会或听过的人，一般都会有很大的反响，据说黎北岩头岭群众参观后，已在自动反省出听信特务谣言说八路军不打仗是胡说，报社整风班反省群众观念很成功，军分区参观团对于左权工作，各地对于黎北工作（特别是对于五十亩工作的赞扬），七、八分区对于老根据地的羡慕，总之，不仅对于大会，连在沿途所见都成为自己所在地工作的经验，引起了热烈的反省运动。我们应即珍贵与推动这种运动，并把这些□□□□和反省内容开展一个通讯运动反映到报纸上来。这样可以把大会的运动创造成为全区各个角落的运动，并且经过报纸来具体的组织这一运动。这次大会经验已经证明：那里的通讯工作做的好，那里的英雄及其业□□便易为人所了解，易于参加到大会运动中去，反之，那里的英雄便□□□□，易于落后在运动之外，希望各地在这次不要再落在由对大会所引起的反省运动之外。

最后，对于大会民主公认的英雄，应该尊重，领导上应加以有计划的培养与教育，使之自然成为推动群众的□手。除了英雄□应本在大会自我批评的精神、虚心征求群众意见外，群众对英雄有意见时也可以提出建议与批评，但一切都是善意的为了爱护英雄的。目前主要是根据当地具体情形，对大会决定的明年工作在群众中展开热烈的讨论，首先在杀敌方面要贯澈在大练兵运动中，劳动生产方面要贯澈在减租民主运动中。总之，要在群众中经过宣传运动，反省运动，再经过英雄的推动造成大规模的群众性的杀敌生产实践运动。这次大会在我们是初试，缺点自然还不少，我们谨心至诚，预祝明年实际工作和下次大会更大的胜利！

（原载一九四四年十二月二十一日《新华日报》太行版第一版社论）

# 一九四五

YI JIU SI WU

《新华日报》太行版

一九四五

# 立即动手加紧模范文教工作者会议的准备工作

　　边区政府于日前作了决定，要在今年四月初举行太行区模范文教工作者会议及文教展览会。关于会议的意义，准备工作重点等等，边府决定中，都已有简要的说明。同时，对于模范文教工作者的选举与奖励办法，也作出详细的规定。各地于接到边府指示后，自应立即讨论，认真准备。不过，当做文教工作上新的组织形式和新的工作方式来看，这样的会议，在太行区还是空前第一次，在我们还是一种试验，因特再提出几点意见，以供参考。

　　太行区的文教工作，过去虽然有脱离实际的倾向，而且直到现在仍未能与根据地的各项建设工作相适应，但它毕竟是作为根据地各项建设运动中一个运动在发展着,并且在各种工作经过减租生产运动有了新的发展与新的创造时,与之相随的文教工作也在其本身的发展中创造了若干新的内容,新的形式,涌现出若干新的人物。即以冬学来说,它已经成为全区广大群众开脑筋与学习经验的最好场所。由于四年来运动中的改进,在内容上,已由最初的单纯认字和唱歌,改变为今天进行时事政治教育、减租生产教育、拥军教育、民主教育的新内容。在方法上,已由过去的死板注入,改变为今天的自我批评的反省与民主自由的漫谈。在形式上也创造了按照具体情况的集中与适当分散的形式。而且在四年来的冬学运动中,已经涌现出一批模范义务教员和模范学习者,逐渐走向自己管理自己学校的自学运动、在小学教育中,也由过去脱离实际的教条主义教学中,在去年延安提出的新的方针和新的方法影响下逐渐在转变着。在农村戏剧运动中发展和创造更为出色。比较先进的村庄,每逢年节或欢送新战士,都要出演新戏。这种新戏的最大特点,就是群众出演群众自己的事情。在脱离生产的农村剧团方面,也出现了若干新型剧团,人人称道、誉满太行的襄垣农村剧团,就是其中之一。在报纸通讯工作方面,在本报、战场报以及各专县地方小报配合组织领导下,也出现了数千名通讯员,其中有很大一部分是"做什么写什么"的工农通讯员。在医药卫生方面,我们的公营制药厂和朝鲜国际友人所开的大众医院,在为群众服务的路线下,利用太行山土产药材,创造了不少可与西药媲美的土药。这种土药的制造,今天虽然还没有大量推广,但却为我们的农村卫生工作,开辟了一条光明大道。综上各方面的情形看来,固然文教工作上旧的偏向依然严重的存在,但不论那一方面,我们都有若干新的经验、和创造这些新的经验的模范工作者。而这些新的创造和新的经验的特点,却在于服务于现实的和战争生产,服务于群众。因之这些经验,需要总结交流,发扬光大,使之成为指导今后文教工作的方针。这些模范工作者,需要培养提高,使之在今后文教工作中更大的发扬其带头、骨干和桥梁的作用。而模范文教工作者会议，就是这样一种会议。因之，这个会议是带有划阶段的历史意义的。

为了将来会议开得成功，现在各地必须立即用大□进行准备工作。这里首先要求各地党政领导同志，根据去年群英大会经验，足够认识这一工作的意义与重要，实行首长负责、亲自动手的原则，亲自主持这一准备工作，其次要认识到文教工作的方面是很宽广的，这次会议的中心，根据边府指示精神，主要是放在群众性最大而又比较有基础的冬学（义务教员）、小学（小学教员）、农村戏剧（农村剧团领导者与创作者）三个方面，在先进地区可适当照顾报纸通讯工作（通讯员）和医药卫生工作（医生、兽医），切忌平均使用力量。第三，在方法上，要切实掌握"从群众中来"的原则，从检查总结工作中，在群众中发现各种典型和模范人物。如冬学各种地区（先进区、落后区、边沿区）的典型，各种地区中大村小村的典型，并进行细密的调查研究。第四，为了把准备工作做好，还需要临时组织一批力量。我们建议各地以党政文教干部为中心，吸收一批整完风的文教干部及小学教员参加，组织文教调查团，进行调查研究工作，没有这种调查研究工作，各县文教会议将无法充实内容，全区文教会议更无充实的基础。

对于文教工作各个战线上服务的战士，我们希望大家更进一步明确为群众服务的观念，发扬新英雄主义的精神，在工作中大大发挥创造性，争取模范文教工作者的光荣头衔，为迎接文教大会而努力！

时间已只有两个月，大家必须以新的精神，新的方法立即动手！

（原载一九四五年一月二十九日《新华日报》太行版第一版社论）

# 开展普遍的拥政爱民拥军优抗运动

旧历新正即将来临,在这一年一度的中国人民最珍重的时日里,每年都洋溢着根据地的团结气象,显现着军政民的战斗的谐和。意识的承受了这样的传统,我们去年第一次举行了全区热烈的拥政爱民拥军优抗运动,更加推进了军政民的团结。过去的一年胜利的过去了,来到的将是更大的胜利。在这除旧迎新的时候,今年的拥政爱民拥军优抗运动,应该更普遍更热烈的开展起来。

的确,我们根据地军政民的关系从来是很好的,从来是团结的。依靠着这种团结,我们才能粉碎了敌人无数次的进攻而屹立于敌后。我们的军队、政府和全区人民,同甘苦共患难,在战争条件下度过了连年的灾荒,消灭了滔天的蝗祸，也取得了去年的两季丰收。根据地已经成就的事业无一不是历史的奇迹，而这种奇迹之所以可能，正由于军政民的战斗的团结。

当然，这并不是说根据地军政民的关系已经尽善尽美，完全无缺。我们的关系基本上是好的，和国民党区域有本质的差别，但也还有很多的缺点。旧的传统的因袭像灰尘一样侵袭着我们，军阀主义官僚主义的影响在很多人身上还是相当深重的，而人民对于军队和政府的看法上，也往往残存着某些旧的看法。而且我们所处的环境还是困难的，在困难条件下既要战斗、又要生产，既要顾民、又要顾军，既要顾公、又要顾私，在这样情况下，相互关系上发生一些问题是必然的。可是由于我们相互关系基本上是好的，是战斗的团结，所以我们完全能够解决这些问题，而且从问题的解决中更加促进亲密的团结。

怎样求得问题的解决，更加促进我们的团结呢？一方面要反省自己，着重反省自己的缺点，同时还必须了解对方，着重了解对方的困难。如果真正了解了对方的困难，在反省自己的时候也就更容易深刻，双方不了解，就一定是各说各有理。而认真反求诸己，也就会更加体谅对方。所以今年的拥政爱民拥军优抗运动中，除了反省而外还应该调查（访问）对方。调查对方是为了借镜子，着重了解对方的困难，如果只注意人家的缺点，那便不是借镜子，而是借□子——只看见人家看不见自己的便失掉了调查的意义。在了解了对方反省了自己之后，就应该纠正自己的缺点，发扬自己的优点，同时，也应该正确的解决自己的困难，并帮助对方解决困难。做到军民兼顾、公私兼顾。

根据上述原则，部队、机关在动员的时候，就应由领导方面收集材料，向部队、机关群众报告人民生活状况，特别是负担情形——财粮负担及力役负担，从具体计算中了解人民对于战斗的贡献，对于部队、机关的支持。经过这样的动员之后，进行反省，发扬过去的，特别是灾荒时期的优良传统，反省自己违反群众利益的行为和错误思想。回忆我们在灾荒时期如何和群众一同吃糠茹菜，而在一个小小的丰收之后便在群众的麦地里走路……用自己的优良传统来克服自己的错误倾向。当然，除此以外，也应该允许反省部队机关本身的困难，允许提出对方的缺点，经过大家的讨论，克服不正确的意见，设法解决真正的困难。因为违犯纪律的行为，十九是由于困难而来的，如果拥政爱民不结合困难问题的解决，便不能澈底解决问题。同时，部队机关所反省到的困难问题，应该由领导方面转给一定的地方机关，以供对方的了解。但是反省的重点绝不能转移，重点依然是反省缺点，检查自己。

在地方干部和人民方面也是一样，动员时期，应该由领导方面报告部队的战斗、生产和生活状况，使地方干部和群众了解部队是如何为了减轻人民负担，而在繁重的战斗任务之下还努力进行了生产，使群众了解了我们的军队真正是人民的子弟兵。然后在冬学中进行反省，区村地方干部也要参加这些反省，反省自己对于军队的错误想法，对待军队的态度，特别要反省公粮的屯积埋藏与对于伤病员的关照等等。当然，在反省中间，同样应该允许反省自己的困难，允许讲出自己所感受到的对方的缺点，然后经过群众的讨论，克服不正确的意见，设法解决真正的困难。并把自己所反省到的困难，由领导干部转给部队机关的首长。

在双方反省之后，也就是过年以后，紧接着就是相互的拜访，拜访的时候都应该说吉庆话，而不应该说对方不好，注意发现对方的困难而不要发自己的牢骚，大家要狂欢的渡着军民同乐的时日。等到元宵前后，应普遍举行军民联欢大会，在大会上总结我们过去一年的相互关系，消除一切那怕是微小的隔阂，谐和地开始新的战斗与生产。

今年的拥军，不应在物质方面铺张，除经过反省、联欢解决一些实际问题和思想问题而外，应响亮地回答献铜的号召，发展我们的军事工业，充实我们的弹药供给，这一着应及早准备。

今年的优抗，也应该采取新的方向——帮助抗属建立家务，帮助抗属发展生产。这一方向在去年生产运动以来已经出现了,但还未能为全区所采用,今年必须把它普遍起来。在新正期间,就应该帮助抗属订定生产计划,并确实解决生产的困难问题。当然,这并不是完全否定过去的优抗办法,过去的办法有很多是好的,应该加以保留。但是还并不完善,除了原有的优待办法而外,还应该积极的扶持抗属的经济,使抗属从生产中争得好时光。至于形式主义的东西,当然就不很必要了。

机关的拥政爱民,今年应特加重视。我们应该把机关拥爱工作,当做去年机关整风的总结,也是今年整风的开头,是群众观念的具体考验。凡是机关所驻的村镇,麻烦群众的事情是会比较多的。而所谓机关又都是领导机关,如果领导机关不决心搞好所在村镇的军民关系,即全区的拥爱工作势必成为形式的或暂时的,拥爱时期的成果便很难巩固。所以不管我们机关与人民之间的关系过去如何,都一定要痛切的检讨,求得澈底转变,给各地军政民同志作表率。决不要怕因为我们的缺点而减低了我们今后的表率作用,相反,如果我们依然是一再委蛇,熟视无睹,那才是莫大的过错哩。各地机关首长应加以充分注意。

(原载一九四五年二月九日《新华日报》太行版第一版社论)

# 克服财政制度上的某些混乱

我们看到边府关于整顿财政制度，奖励有力人员处分有过人员的命令以后，我们认为是非常正确而且必要的。

我区地少民困，又加连年灾荒，我们的财政，从来就是在非常困难的情况下努力支持着的。大生产运动以前，在我们没有领会毛主席群众运动的生产学说，及从经济到财政的路线以前，虽然我们走着消极的从财政到经济的道路，但是我们曾克服了抗战初期的混乱局面，与一九四二、四三两年灾荒，而且相当的保证了军费。在财政上，我们是获得了显著成绩的。这就是由于我们的正确的执行了党的财政负担政策，党政军民节衣节食的艰苦作风，精兵简政，严格的审会计制度，以及人民的抗战自觉，勇于负担等所致。

大生产运动以来，我们意识的确立了从经济到财政的发展道路，发展人民经济，人民生产，部队机关全体动手发展生产，建立家务，取得了很大成绩。由于一年的努力，我们得到了一个丰收。但由于我区社会经济基础的贫困，与我们财政经济工作上的努力不够，如何克服我们的财政上的严重困难，依然是一个重大问题。这具体表现在：我区人民负担虽逐年减轻，但依然是相当重的。今年必需品价格与粮食农产品价格的剪刀差形势（这是过去我们没有很好发展自给工业，没有十分提倡种棉纺织的结果），给我区人民生活带来了非常的困难（去年丰收中许多地区的群众换不起季），给我们财政上也带来了新的困难。这是一种新的情况，不容我们丝毫麻痹和忽视的。

在这几年来长期的财政困难当中，我们是锻炼与教育了我区党政军民对公私财力的节约爱护与严格遵守制度精神，像边府命令中所奖励的那些同志们，以及党军民其他许多的同志。可是这种长期的困难情况，还没有为我区党政军民全体同志所明确认识。我们几年来努力经营建设了的财政制度，在一九四三年冬季以来的一年当中，陷入非常混乱，财务行政上，有一些专区和县呈现着松弛的现象。像边府最近的命令中所指出的，专署和县府这两级在财政上的浮支滥借竟达一千三百余万元之巨，几等于专署一级以下全年行政费的二倍，这是何等惊人的事情！

为什么发生这种现象呢？首先是由于对根据地财政困难了解不够，照顾整个利益不够，只看见自己的困难，看不见整个的困难，认为下级有困难，上级没有困难。因此一方面把边府拨付军费的支票顶回，使整个军费开支，一再推迟交款期限。一方面发展本位主义，公开的或隐蔽的扣留款项，浮支滥借。沦陷区物价一日三变，以很快的速度上涨，迟拨一天军费，预算上就要受很大的损失。一年来由于这种情况所受的损失是很大的。这就更加重全区财政的困难。

其次，是由于某些同志对机关生产工作的错误了解，即错误的认为从商业上可以得到大利,而不是踏踏实实更多的从农业手工业运输业等方面,亲自动手,增加生产,以克服困难。借支款项绝大多数是投入机关商业生产,因物价变动,结果赔累不堪。另有些单位是没有量入为出,根据机关生产的可能收入的程度,作机关补助和生活补助的计划,而是采取先花了再想办法的态度,以致一再借款,愈陷愈深。有些县政府就是这样情形。

再说,是由于对军政关系的不正确了解,政权方面一些同志,认为借支一些款可解决部队困难,而不了解这是增加全区军队的困难,不了解这对军队系统的审会计制度客观上起了破坏作用。军队方面亦有同志狭隘的了解政权对军队的责任,认为在借支粮款上方便的专员或县长是好专员好县长,否则就是"不照顾军队困难",是"唯心论",是"机械执行制度"。不了解只有执行制度,才能保证军费,只有保证全区的军费,照顾整个的军队困难,才能保证各单位部份。因此,不守制度,随意出借款项是不对的,而走小路,图方便,随意借支款项的,无论军政也都是错误的。

最后是由于有些政权负责同志的独断思想,对制度纪律毫无顾忌,以及其直属上级在领导上很少检查的粗疏作风的原故。

我们必须了解目前的这种混乱现象,是具体的对人民负责的精神非常不够的表现,是有抛弃我们财政制度优良传统危险的表现,是行政纪律非常松懈的表现,是严重的本位主义的表现。这种混乱现象,已经使财政上受到很大损害,我们必须予以严重的警惕与注意,绝不能允许再继续发展下去。

我们必须有明确的自觉,我们是人民的勤务员,我们应该时时刻刻为老百姓兴利除弊。就财政工作上讲,我们是人民的会计员,我们应该时时刻刻为人民算账。不只要计算怎样负担才能合理公平;有着同样重要意义的还要计算人民负担了的这些东西,怎样地去使用才能更得当、更有效。如果说过去的一年当中,在计算负担的合理化方面,还有一些进步,但在计算财政的运用方面,我们的缺点是更多些的。正是因为我区有着长期克服困难的经验，正是因为我们要加紧准备反攻，就需要我们更加正确的处理财政问题。这就要求党政军民全体同志时时刻刻为人民算账。目前财政混乱现象如果继续发展，或者不加以整顿与清理，就势必要走上增加人民负担的道路。我们能不为这些现象警惕么？

健全财政制度，是政权建设当中不可少的一部份。太行区在这方面是有很大成绩的，我们能够克服了抗战初期的混乱局面走上正轨，以及能够在一九四二到一九四三年灾荒的威胁中，有效的减轻人民负担，健全的财政制度，是一个很重要的因素。我们必须长期的贯澈这些制度。党政军民都应该遵守本系统的制度，都应该互相尊重对方的制度，同时要共同遵守政府的制度。

各级政府财粮部门的同志是掌管各级财粮工作的，只要他们是一个积极负责的同志，他们就会严守制度而毫不放松，这是应有的职守和工作态度，无论谁都应该尊重他的意见，连各级政府的负责人都不例外。各专员县长不只要以身作则遵守制度，而且要帮助审会计人员坚持制度，审计制度上的紊乱如浮支滥借的现象，必须是专员县长首当其责，只有在会计方面的错误，才能单纯责备财粮干部。有些地方借口会计人员离职整风来解释财政混乱是错误的，因为不经专员县长的批准，而任意支借粮款的事，还是很少的。

为了及时把目前的混乱扭转回来，重新再走上正常的道路，各级党政军民应该依照边府命令中的各种决定，进行清理步骤，各系统的具体问题与具体困难，各经自己或其直接上级解决，不应以任何理由来拖延这个命令的执行和贯澈。

（原载一九四五年二月二十一日《新华日报》太行版第一版社论）

# 庆祝道清线的辉煌胜利

毛主席向我们敌后军民提出了一九四五年扩大新解放区的号召，这一号召，在道清线的连续胜利中得到了回答，这是我们太行区新胜利的开端。

道清线南北两侧地区，八年来在敌伪及反动势力的欺榨下，人民所受的灾难是非常深巨的，他们过去遍尝各种徒刑，负担重重，妻女被随意奸淫，几年来他们的眼泪没有干过。他们虽久已渴望着国军能解救他们的苦难，但国民党军队驻防豫北数年，没有给他们解决了任何痛苦，相反庞孙相继投敌，结合敌人给他们增加了双倍的压迫和灾难。我太行军区为拯救该区广大的群众出于水深火热之中，乃命令七、八军分区之主力兵团，于一月初旬同时出动，向该区挺进。他们在五十天内连续进行了多次攻坚战斗，并击溃了敌人两次报复性的合击，在这些战斗中，将道清线两侧，沁河以北，及卫河以北（除辉县城）两大块地区的敌伪大小据点，全部肃清，收复七千平方华里土地，解救七十五万人民，俘虏敌伪一千八百人，缴获轻重机枪四十余挺，步枪一千五百余枝，并在新解放的土地上建立起四个抗日县政权，这是一九四三年秋林县作战以来，豫北最大的胜利。这一胜利大大的削弱了豫北敌伪的实力。减轻了群众的疾苦和充实了我军的战力，这是太行抗日根据地发展史上值得大事庆祝的胜利。兹特代表太行全体军民谨向顽强作战功绩卓著的道清部队和全体参战人员致以崇高的敬礼！

这次胜利，对我全区军民提供了许多宝贵经验，这里提出四个比较重要的问题以供参考：

第一由于我们对于情况的调查和研究作的比较好，过去一年中我们虽也曾有不少的部队进出于道清线南北地区活动，但由于对敌伪情况研究的不够多，掌握敌伪行动规律较差，以致收效不大，经过这一年的摸索，经过多次经验的总结与进行了深入的准备，大大改善了我们这一方面的工作，于是我们能够在一进入一九四五年之初，就迅速改进了我们军事斗争方式，提出了有效的对策，获得预期的胜利。

第二由于我们在战术行动上采取了大踏步的闪击式的动作，突然集结主力予敌以出其不意的歼灭打击，又突然转移新的地区进行新的进攻作战，使敌伪完全难以捉摸我之作战企图，以致猝不及防，为我一一击破。除这些大兵团作战以外，我们还组织了许多小型武装进行广泛积极的活动，有力的牵制了敌人，予主力兵团以多方面的配合。他们在战斗中，许多行动是非常艺术巧妙的，如修武北东板桥的战斗，焦作北十里红沙岭的战斗，焦作东三里瓮涧的战斗等，还有些战斗是由新发展的民兵单独进行的，在这些战斗中，我们都有较大的战斗收获，但我们的伤亡却非常轻微，甚至很多战斗完全没有损伤。此外在此次整个作战中，应该特别加以表扬的，就是我们能够在不断的胜利中随时提高警惕，注意经常的转移，不给敌以合击的空隙，并当我充分掌握了敌行动规律与弱点后，适时坚定不移的对合击的敌人以反击，造成樊庄辉煌的歼灭战。我们的这种指挥艺术与各部队间良好的协同动作，及战斗团结相结合，就是这次胜利最主要的经验。

第三由于我们有各方面工作的配合，军事胜利后，能迅速建立抗日政权与地方武装，恢复社会秩序，予作战部队以有力的协助，并初步巩固了军事上的胜利。同时我们有着灵活的政治工作配合，特别是敌伪工作，部份的作到了里应外合。

第四由于我们取得广大群众热烈的拥护和爱戴，我们的军队一进入这些地区以后，即着手救济群众的工作，军队的一切食需都是公买公卖，毫不向群众索求，真正作到了秋毫无犯，群众感动到流泪，烧香许愿来欢迎我们，称我军为"拨路军"，说"再不派官饭了"。我们的军队于是在作战上得到了极大的方便，很多在敌伪统制区的人民，偷偷来送情报、带路，我们的伤兵员得到很好的救护。

这些胜利斗争中，所取得的经验是很宝贵的，希望其它各分区根据当前的敌情、我情，灵活运用于本身的实际任务与斗争中去，但决不是生吞活剥，机械的搬用。同时我们根据这些经验，再对新解放区坚持斗争的军民提出若干意见：我们认为敌伪已遭受相当大的创伤，但决不会即此罢休，它必然会总结其失败的经验，重新调整力量，多方面窥视我们的弱点，准备报复，过去它已进行了两次报复的合击，新的不断的报复"扫荡"和进攻，还有可能到来，甚至对某些解放的地区可能重新构筑据点，也还可能玩其它的花样，如加强特务的攻势等。我们必须对此作深入的准备，继续提高警惕，不苟安自骄，不留给敌人以任何可趁的机会。为了巩固我们的胜利，我们还有四点建议：第一点意见是要在所有的干部中，继续巩固斗争的意志和胜利的信心，不管敌人如何进攻，环境如何困难，要使每个干部均有决心把新解放的土地缔造成坚固的抗日根据地，也一定要变成巩固的根据地。第二点意见是要深入根据地各项工作的建设，一切要从长期建设着眼，这要趁热着手两大建设，即群众工作建设和武装建设，迅速了解群众的痛苦和要求，布置救灾，恢复生产和组织春耕，迅速培植生根的地方武装，发展群众游击战争，同时要从各方面爱惜人力物力，只有当我们军事胜利后，紧接着布置第二步工作，我们才能巩固既得的胜利，不怕敌人的任何打击，我们才是不会被战胜的。第三点意见是要继续深入敌伪工作，过去虽然有些成就还是不够的，还必须继续集中大力来进行，以精确了解敌伪内部情况，争取大批伪军反正，奠立我新胜利的基础。第四点意见是要继续对活动的部队进行拥爱教育，要和群众真正打成一片，建立血肉联系，不仅作到秋毫无犯，而且要进一步帮助人民建立政权，发展武装，救济灾难，发动群众进行减租减息，帮助生产，为人民兴利除害，求得中央的拥政爱民指示，在新区普遍实施。

我们热烈的庆祝道清线重大的胜利，我们也同时预祝新解放区的各种建设工作，能猛烈开展起来，迅速变成巩固不拔的根据地，粉碎敌人对它一切可能的进攻。

（原载一九四五年三月一日《新华日报》太行版第一版社论）

# 武力劳力结合加紧保卫春耕

当此春耕运动即将开始的时候,敌伪的阴谋活动也正在日益加紧准备与开始进行着。据各方情报:本区周围之敌,正在进行较大的调动,集结机动兵力。前锋段据点敌兵已增加两三千人,扬言四月间开始向我大举进犯,本月中旬已在我晋中地区一度进行了小规模"扫荡",某些地区也有继续出动的征候。其次,最近半年来,敌人小股部队结合武装特务(特警队)和伪军,不断的向我边地包围奔袭,由于尚未遭到我们致命打击,近来这些活动也更加频繁起来,仅祁县阎漫村半月中就被包围了五次之多。再次,敌人在奔袭包围的暴行中,不仅大量捕捉我干部,杀害我人畜(其中微子镇敌二十五日合击孔掌一次即杀死群众十九人），且大量捉捕我壮丁，辽县城敌人于本月十五日前已抓走壮丁达八十人之多！

以上情况，一方面说明在盟军胜利反攻，盟机猛烈轰炸，特别是敌后我军为扩大解放区的胜利出击下，敌寇在惊惶之余，企图进行攻势防御，对我施行报复"扫荡"，同时，更重要的是敌人企图于此际全面扰乱我之春耕时间，摧毁我之劳动生产力（主要的是壮丁和畜力），破坏我之大生产计划。几年以来事实证明，粮食和壮丁的争夺是敌后斗争的重要焦点之一，去年由于我们对这方面的注意不够，某些地区吃了些亏。据说山西敌人仅大米杂谷两项即掠夺去三十九万吨，河北四十万吨，襄垣敌政令所及的二十余个编村，就掠夺了五百余万斤，每亩平均在八十斤以上。今年敌人于一月底已明令实行"以粮代赋"制，原征出赋十三元五毛者即缴粮一斗，即比原田赋实增七倍。今年敌人掠夺计划可能于四月初即行公布，王逆阴泰于二月登台时，答应给敌人强征二十万青年。很明显，敌我对粮食和壮丁的争夺是贯穿全年的斗争（包括春耕、夏收、秋收、冬藏等），而春耕季节正是这个剧烈斗争的开始。这种斗争的最好方式，各地的经验已经一再证明，就是武力与劳力的结合，即战斗与生产的结合。

首先是基干兵团、地方武装方面，应把扩大解放区的任务和保卫群众生产的任务结合起来，组织大的力量向敌薄弱方向进行积极主动的出击，使敌陷于只能招架无法还手的被动状态，退缩于点线之内，无法破坏我之生产。在主动对敌斗争中有计划的组织力量进行生产自给，帮助群众生产，和群众变工，学习一分区的与群众易地生产的办法（即把群众在危险区的地换给部队种，或部队种了，和群众按股分），在生产中随时提高警惕，做好充分准备，坚决打击敌包围奔袭的活动和任何"扫荡"企图，即要一面生产，一面战斗，绝不要因为埋头生产而遭受敌人袭击，或使群众生产受到不应有的损失，以致得不偿失；同时一面战斗，一面在战斗空隙中进行生产，克服那种以为有战斗任务就不能生产自给的糊涂观念。

其次，发挥群众性游击战争的威力，把敌人据点用地雷、石雷和冷枪、土炮严密封锁起来。这就要把互助组、拨工队等组织形式，在群众需要与自愿的原则下，按战争具体情况，作一番调整，最好做到民兵、自卫队能以轮番进行情报、放哨、埋设地雷、射击等战斗活动，对敌人任何行动都能事先发觉，掩护群众转移生产，并主动打击小股出扰之敌伪，特别是镇压特务汉奸的活动。磁武××、××、×××三个村于二月十七日击退千余敌伪进攻的例子，是可以学习与发扬的。他们的经验是：（一）建立联防制，互相策应支援，保卫共同利益；（二）开展地雷封锁；（三）地方基干武装和民兵配合密切；（四）群众战斗组织健全，行动统一，人人参加作战。

第三，配合主力出击，组织敌后一切小型武装，在格子网内全面的进行对沦陷区群众的宣传组织工作，帮助群众进行反掠夺、反抓丁的斗争，打击敌人心脏，打击敌伪的清□和特务活动，要把敌伪机构和秩序打乱，使其被动的消极的维持"治安"。与此相联系的，要广泛的宣传国际国内形势对我的有利，说明他们那里将要变为根据地的一部份，启发他们自动的组织地下军，积极保卫自己的生产，要广泛的发展劳动英雄庞如林卖工队的形式，把沦陷区群众组织到对敌斗争和生产战线上来。

第四，健全各级指挥部的一元化领导，掌握全面情况，统一步调，来解决武力与劳力结合中的一切其他问题，争取时间，早日完成春耕。这里我们特别提起腹地机关和群众的战争注意，绝不要因为敌人长期没有进行全区性的大"扫荡"，时局对我有利和我军出击的不断胜利，便冲昏了头脑，以为敌人不行了，不自觉的麻痹自己，必须把认真的备战工作，和加紧生产连系起来。要知道只有做好备战工作，才能安心工作、安心生产，要克服那种战争来！再备战的仓惶应付办法，否则那就一定要影响生产，而且那种临时应付一定不会应付好的，而且遭受重大损失。我们的干部必须对此清醒自己的头脑，了解群众中长期严重存在的麻痹现象，必须反复的教育群众对战争的认识，绝不要只抱"敌强我弱这一基本形势未变"当做连自己也不相信的口头禅！

最后，我们再三再四的说明一个平凡的道理，即战后的特点是战争环境，敌后的生产就是在战争第一的条件下、在战争空隙当中进行生产的，没有战争的胜利，就不仅根本谈不上生产，而且我们要失掉一切，因之，我们必须严正的看清我们所处的环境和敌人的阴谋，必须坚决的实行军区关于武力与劳力结合，大力保卫春耕的命令，以便造成群众性的对敌斗争和普遍的生产运动，争取对敌斗争的胜利下生产运动的同时胜利！

（原载一九四五年三月二十九日《新华日报》太行版第一版社论）

# 组织起来开展春耕运动

三月份以来,敌寇破坏我春耕工作的阴谋活动,和我们武力劳力结合保卫春耕的斗争,正剧烈的开展着,目前的问题是:我们如何广泛的"组织起来"开展一个普遍的热烈的春耕运动。

许多县份都不约而同的召开了劳动英雄座谈会,检查与重新订定了全年的生产计划,讨论了有关春耕工作的各种问题,据说这些英雄们座谈归去后的第一件工作,就是整顿已有互助组织。这似乎已是一个自然的规律,因为组织互助在去年还是初次提倡,自然难免有许多不妥当的地方,其中主要的是:有些地方没有很好的照顾自愿与等价交换的原则,而账目不清、欠工不还,或迟还的情形,更是相当普遍，这就是这些互助组织无形垮台，或根本不起劲的原因。因之，在今年春耕之前，必须毫无例外的整理旧有的互助组织，否则旧有组织就不易巩固，新的发展也将不可能，诚如本报"三月减租生产"所说，检讨过去互助中的问题，乃是开展今年大生产运动的一个中心关键。

据左权榆社等县经验，整理旧有互助组的办法，主要是清理账目、总结去年经验，在进行中决不要因为大家说"没有什么"，便真以为没有问题，这样便永不会发现问题，而且会把问题弄的更糟了。必须诚恳的进行自我反省与民主检讨，启发大家倾吐心中所有不满的话来，然后加以合理的解决，在问题解决之后，再根据去年经验，改进与重订今年的互助办法，这不仅对巩固旧有互助组十分必要，对于扩大新的互助运动也是个最好的引线，黎城流行的"赵起仓的民主作风故事"和"王福水的计工折工办法"就是根据这些需要编出的。

根据去年的统计，我们组织起来的人数还非常之少，地区上也极不平衡，开展今年的大生产运动，必须在春耕运动中，就普遍的把一切劳动力半劳动力都组织起来，即使是临时的也好。但在大量发展中必须严格遵守自愿的原则，而决不许强编。这就首先要从说服动员着手，比如有的人因为去年迫于灾荒，曾不得已的参加了互助，但在去年小小丰收之后，今年便可能对生产有些放松，以为自己一个人随便些，想干就干，不想干就休息，免得受互助纪律的拘束；有的人因为去年没有参加互助，还没有体会到互助的好处，今年也不愿参加；有的虽然已经减了租，但不一定就积极参加生产，特别是恩赐观念下减了租的。因之，今年发展生产的客观条件（如更加普遍深入的进行了减租运动，有了去年互助的成绩和经验，产生了一批出色的劳动英雄等）虽然很好，但思想动员的工作仍然必须加紧，必须再三再四的说明参加互助是由贫变富的必由之路，说明古人年年防荒的道理，并指出今年挖蝗卵打蝗仍是一个严重任务，没有互助是难以消灭蝗虫的。特别要总结当地去年互助的经验，用具体事实来进行广泛的宣传教育，平顺在减租当中和减租之后，深入了李顺达道路的教育，是可以引为参考的。

不管是巩固已有的互助组，或者是发展新的互助组，都必须适当解决群众生产当中的具体困难。首先是对于赤贫，即使他们减了租，仍然没有必需的生产工具和种子，老弱抗属和荣退军人，他们很多是人手不全，畜力缺乏，应当把他们吸收到互助组中来互相调剂，帮助他们建立家务，但决不能违反自愿和等价交换的原则，强迫别人去负担。去年改造二流子曾有很大成绩，不仅增加了生产，而且安定了社会秩序。今年仍应继续进行这一工作，但决不可强迫，去年经验证明互助中的说服教育和帮助鼓励，是完全可以收效的。对于糠菜半年粮地区的春荒，今年仍必须注意，应当根据去年救济春荒与生产结合的原则进行。目前挖蝗卵工作正在开展中，也应当照顾到贫苦无食群众的困难，必须克服去年某些地方曾经发生的强迫和乱罚的现象。以上这些具备的困难，除了政府的帮助之外，还可以经过合作社来解决，但互助组应当有计划的组织与调度，使自己的组员安心生产。

总之去年的经验已经告诉我们：个体经济基础上的集体互助，乃是一个极其艰巨而复杂的工作，必须根据群众需要与自愿的原则，进行精确的计划与细密的组织工作，要善于处理各种矛盾中的困难问题，从机关群众、战士群众、人民群众中，从不同地区、不同阶层、不同工作岗位上组织到生产线上来。这里我们特别提到党的支部，□当在总结减租中，研究出如何从思想上行动上在减租中把群众组织起来，解决了群众的问题；目前又将如何运用这一经验，把群众组织到生产战线上来，领导群众进行生产；并如何把减租中的积极份子，在生产运动中加以提高，如何把减租中所遗留的问题，在生产运动中加以解决，这还是一套新问题，需要我们同志联系支部整风改造作风，加以发扬和发展。

至于组织起来进行生产中的那些具体工作，以及在那些具体生产活动上才能把群众更广泛的组织起来，各地可以根据戎副主席宣布的生产计划，定出按村按组按户的生产计划来，做为自己努力和互相竞赛的目标，不过不要流于形式，这里应当提出的是：去冬由于减租、练兵、民主等任务繁重，主要由于我们满足于小小丰收，而对冬季生产抓的不够紧，以致今年春耕的准备，多少有些影响，因之，目前必须抓紧时机，用一切办法继续进行积肥和打柴，并根据群众这一迫切要求更加扩大互助。某些地方根据当地农时，停止支差，正是一个正确而适时的措置，各地都应反复教育干部珍爱民力。在工作安排上，减租运动没有做完的地区，应继续加以贯澈，准备迅速过渡到生产运动。当然在中心工作转移之后，减租工作仍须注意，并随时加以解决，不过不能再形成与生产运动相平行的运动。

机关部队，同样由于冬季生产松弛，春耕准备不够，加以今年耕地缺乏，战斗部队扩大解放区的任务繁重，目前必须加紧思想动员，加紧已有土地的春耕，并学习某些部队组织生产远征军，到边沿区去与群众结合一面打仗一面生产。机关方面要学习军总机关生产的办法（见二月二十三日本报一版），争取在二三年内做到毛主席提出的第二个标准。

广大的边沿区，也必须广泛的组织起来——没有这一点就不是普遍的生产运动。而边沿区的组织起来，必须是劳力与武力结合的，是生产与反掠夺结合的。这一方面的经验，去年的生产运动中也已经创造了一些（如联防互助，卖工队，战斗生产合作社等），必须加以发扬。此外，边沿区沦陷区的打蝗工作，也必须努力开展，如果边沿区和沦陷区也能够消灭蝗蝻，才能像反对蝗灾一样从自然的灾害中保卫生产，也才能克服打蝗运动的跛足现象。

我们军政民今年都有那么一鼓劲，就是要搞一个轰轰烈烈的生产运动，这是好的，但仅有热情还是不够的，最后仍再重复的说，一定要组织起来，在春耕动中首先就组织起来！

（原载一九四五年四月七日《新华日报》太行版第一版社论）

# 庆祝全区文教会议的成就

全区第一次文教会议,从四月五日正式开幕,到四月二十五日止,共开了二十天,会议的进行,一般运用了去年群英大会的经验,而且有许多群众性的新创造,如座谈经验与参观展览及文化表演相结合,模范比选与研究问题学习经验相结合,组织会议与调查研究帮助选举相结合。此外还利用休会时间,进行了关于编辑、出版、发行等各方面与群众关系的漫谈调查会,收集到很多从来不易听到的意见。在宣传方面,除与展览说明相结合外,还举办了"文化棚"、"新华坊",以街头诗、"古话正误"、壁题等代替标语,演剧、演幻灯、发动巫神当场"现身说法"等,这些可以说是历来宣传工作上教条主义、形式主义、洋八股的一个初步变革，因之，能以吸引了附近观众将近两万，引起大家对于新文化的热烈爱好，干部学到了一些新的宣传办法，特别是对于迷信和疾病死亡的情形，大吃一惊！

大会的收获是很多也是相当重要的，值得大书特书的：

第一是简单总结了过去文教工作发展的道路，使大家明白了在过去不懂得为谁和如何为法的糊涂观念下，工作如何走了弯路，个人如何没有出路。充分证明了我党文化政策与团结文化人政策的正确和成功。

第二是结合延安新方针，具体总结了本区文教工作的初步经验，因为大家的经验多是摸索而来的，所以经验是多方面的、很丰富的，虽然这些经验还只是萌芽，还多是片断的一技之长，但大会都珍贵它，把它加以总结提高，使大家明确了新的方向与新的任务，克服了某些偏向，这些对于今后文教工作的发展是很重要的。

第三是在去年群英大会后，先进区产生了一些自满，不少地区都或多或少的产生了一些山头情绪和个人锦标主义，这些旧的庸俗习气，固然有其社会的传统因袭，而且是带有相当群众性的，但必须指出这与某些负责带队的同志思想是不无关系的。应当承认这些旧习气对于群众性的互相学习运动、新英雄主义运动，是极端有害的，因之，大会从始到终，一直在发扬新的文教工作者的正气，启发群众自我批评来和他自身的旧思想做坚决的斗争，提高了大家对旧思想旧习气因袭的警惕，使一部份人能以最后清醒，感动的流下泪来。

除以上三点，大会总结报告中已经着重讲到外，还应当指出的，就是大会对于"上层"文教工作者的教育意义也是很大的。首先是一部分机关部队的文教工作同志，他们一般已经整过风，思想上已做了今后为群众服务的准备，但是还未和实际接触，这次大会中他们看到各代表在为群众服务中的新鲜业绩，更加坚定了他们努力的新方向。这首先表现在服务于大会职员的绝大部份文教干部，都能以团结相与，虚心向下学习的精神上。

其次一部份文教工作的领导干部（带队干部），这些同志过去对文教工作，或则是不管，或则是管的不够，或则是管的不得法，自以为是却走不通。但过去却强调所以搞不起来的原因，系单纯由于机构的不健全，中心工作太忙，顾不过来，下面落后，困难太多，而大会所得的真实反映，却并不如是。当然大会同样证明：下面的条件依然是很困难的，上级的帮助是必要的，但并不是单纯眼睛向上要干部要办法或一味诉苦所能解决的，主要还是和群众一块儿想办法，只要群众自愿，他们就一定会去想办法，领导者的责任，就在于帮助群众想办法与及时纠正偏向。其次文教工作不仅配合、同样也是服务于其他中心工作的，文教工作必须与中心工作密切结合才能开展起来，如果脱离中心工作，单独去进行文教工作，那并非重视文教工作，实际是孤立了文教工作的力量，也是脱离开群众的需要，必然流于形式主义，不能前进一步。

在大会胜利闭幕之前，除李厅长宣布了开展全区文教工作的计划外，各专区、各县、各代表都已订出了自己的工作计划，我们认为一般都计划的很好，归去后各代表不自骄自满，领导上如何随时督促检查帮助，发现与培养更多更好的模范文教工作者，来开展更大规模的新文化运动，却仍是一个极重要的问题。关于传达此次大会内容的步骤和办法，一般应当是各带队同志回去，先经过领导集团的讨论与研究，再经过五四或六六节，作总的传达，然后分别到各个文教部门逐步深入的传达下去。义务教员则因生产季节已忙，不便再召开大会，最好以此次出席大会代表或以联合学区为中心，分区去传达。不论那种传达，都必须与工作检查总结相结合，不要流于形式。这里我们希望各代表归去马上能进行以下几件较为紧迫的工作：

一、各村冬学应即转为民校，已散的由小学教员帮助设法恢复，仍是动员说服坚持自愿的原则。

二、大会告成，适值旧金山会议揭幕，苏联红军打入柏林，我们扩大解放区的工作正在胜利的展开，特别是辽县、陵川的收复，把我们根据地更加打成一片，我们应当立即展开关于时事的教育，宣传我们的大胜利，特别指出红军打入柏林，对于反法西斯运动胜利有着决定的意义，对于太平洋战争和中国抗日战争的胜利将更为加速，这说明国民党的"先亚后欧论""欧亚平等论""西困东攻论"的完全破产，说明苏日中立条约的废除，有着更直接的意义。为澈底粉碎一切法西斯主义制度，必须坚持克里米亚会议的方针，为推进中国抗战的迅速胜利，坚决反对国民党的法西斯政策，反对任何反民主反人民的反动势力，早日促成联合政府的实现。但同时我们不应有任何骄傲自满，对于即将死亡下去的法西斯的最后挣扎，应当提高警惕。

二、当此春夏之交，时疫流行，我们应结合各地举行庙会，进行关于群众卫生运动的宣传。

四、更重要的是要密切结合生产，推动春耕运动、打蝗运动。

经过这些与目前实际结合的宣传教育工作，将大会所得东西一步步的贯澈下去，给今冬明春的较大规模的文教工作的开展，打下进一步的基础。

（原载一九四五年五月一日《新华日报》太行版第一版社论）

# 加强我们的民兵工作

看了边武关于加强民兵工作的指示后，觉得有些问题，确实是值得提起我们注意的。

据说入春以来，由于我区不断的取得辉煌的军事胜利，收复了许多重要城市和据点，使我根据地愈臻巩固，加之国际国内局势的巨大变化，于是乎麻痹自满的太平观念便随之而大大的发展起来了。在若干腹心地区中有的同志觉得民兵已没有事情可做，好像民兵的历史任务已经完成，尽可以放下武器了；至于边沿地区，虽然我们屡遭意外，但对于敌人的突击与特务活动却不加警惕，这都是不应该容许的现象。

我们完全同意边武指示中，对目前如何加强民兵工作的意见，即：首先必须使我们全体干部和人民都懂得：形势虽然空前有利，但敌人仍然是强大的。反攻的时期愈加迫近，民兵的任务便愈加重大。我们必须取得最后胜利，为此便一定不能中途放下武器，我们必须保护既得的革命成果，为此就一定要随时准备好反击一切敢于向我们进攻的混蛋。这些，都必须依靠我们自己的武装。因此，我们的民兵不但丝毫不能削弱，相反的，必须大大的加强。

去年冬季的练兵运动，曾给予民兵以很大的锻炼，必须珍贵这些锻炼，在这个基础上更加提高，在生产的间隙中，开展自愿的自学运动，只要大家闹起兴趣来，便会把自学成为一种高尚的娱乐。但在领导上应当注意，一定要是自愿的，而不能是强迫的。

其次，我们的民兵数量还少，还必须大大的发展，没有足够的民兵，就不能适合反攻时期的形势，就不能争取最后胜利。所以在自学运动中，还要有计划的发展民兵，而且必须要取得成绩，达到更高的发展标准。

现在，麦收已到，敌人的抢劫是不可避免的，也许会比往年更凶恶一些。保卫麦收是当前的重大任务。各地区在这方面都积累了不少的经验，问题在于领导上的警惕与认真组织这个工作，而不是官僚主义地去空喊。

劳力和武力的结合，是一个确定不移的方针，不但在目前保卫麦收的时期要这样，就是在春耕夏种时也必须是这样，在这方面，需要更多的创造，大大的发扬。

今年我军几次出击中，有很多腹地民兵，随军助战，取得新的经验，新的发展。今后每遇作战机会，即应争取这种配合以为锻炼，对这方面的作战组织、纪律与政治工作必须加以总结并大大加强。这是一种新工作，新的任务！

（原载一九四五年六月十一日《新华日报》太行版第一版社论）

# 紧急任务紧张工作

日寇投降，苏联占领伪满各要城，形势急转陡变，在我们面前摆下了许多紧急的新问题，提出了紧急任务，一方面必须迅速组织一切力量（武装的、政治的、经济的、文化的……等各种力量的结合）到前线去。迫使敌伪缴械，扩大解放区，消灭一切反动的支持者与组织者，放手发动与武装新解放区的群众，干脆澈底的摧毁敌伪及其一切走狗的任何活动，以达收复城市之目的，必须认识这是一个突击的任务，不可有一点迟疑与迟慢，迟了就会给我们将来遗下重大困难。

另一方面敌伪虽已陷于溃乱不支，但没有足够的抗日力量来直接威胁他，大部仍是迟疑不愿自动缴枪，因之我们必须足够的认识敌人的狡猾与伪军伪员的投机心理，不可有任何粗心大意。另□□□□国民党反动派，正在用各种流氓无赖的卑鄙手段，企图与日伪合流，继承日伪法西斯的统治，并以内战形式，掠夺我抗战胜利果实，准备全面内战，谁要仅仅满足于敌人口头上的投降，谁要仅仅满足于扩大解放区，而不去澈底消灭敌伪的反动力量，不去随时揭发打□□□□的内战阴谋，打垮汉奸阎锡山的无耻活动，那就会使我们的最后胜利功亏一篑，而且会吃到不应有的苦头。

为此，我们就不能徒然乐观于前线的胜利，必须以最大的力量加强后方的工作，以实际力量来支援前线。首先就是紧急号召广大青壮年踊跃参军，大量发展民兵，组成正规兵团来收缴敌伪武器，武装正规军和民兵，看管大量的俘虏，巩固抗战后方，随时准备好足够的力量，来制止内战，消灭内战。

其次是运送弹药粮食，保证前线供给。加紧培养干部，根据前线发展情况，随时准备好一批得力干部，去接受新解放区的工作。诸如保管资材，清除奸细，管理城市及交通要道，必须事先进行详细的研究，指定专人按计划去接收管理。

必须正确认识根据地是支援前线的一切力量的泉源，决不应因前线一时的热闹而对根据地工作有任何疏忽，根据地的工作有一刻放松，前线便会受到架空失所依托的影响。因之，便应当在支援前线工作中，有计划的节约民力，用精确计算来看需要多少民力到前线去，更加组织民力进行生产，很好的完成秋收秋耕，以及准备冬季生产。特别新解放区要动员群众清除敌伪一切残存的活动，清算过去投靠敌伪剥夺群众财产的旧账，近期诉敌伪罪行，放手发动群众，武装群众，指出现在如何巩固解放的胜利，打碎反动派的阴谋，必须自己武装起来，壮大自己的力量。同时无论新老区域，凡减租不澈底或尚未减租者，必须认真的准备今冬明春的减租工作，充分发动农民，这是一个巩固胜利成果的基本关键。

最后，我们奋斗七八年来盼望的最后胜利时机已经到了，近日来大家表现了极度的兴奋是应该的；对□□□民党反动派无耻的企图窃夺胜利果实，表示极度的愤恨也是完全必要的；但是仅仅有情感上的兴奋和愤恨，还是很不够的，必须立即把头脑冷静下来，把我们热烈的情绪变为紧张的实际行动，那些坐待胜利徒事喧哗，反而不安心工作的倾向必须克服。愈是紧张的时候，愈要遵守秩序紧张工作，愈要老老实实的把一定的工作按期完成。只有如此，才能更好更快得到胜利，而不致自己扰乱了自己的步骤。那种认为日寇投降便万事大吉了，或只看见前线的胜利便不顾后方工作，有了新的解放区便不要老根据地，有了城市便想各自下山不要乡村的想法，都是错误的。我们也不能有任何骄傲，不应以空谈代替实际的努力，我们还必须更有组织的进行这一段紧张而又带有持久性的斗争。

（原载一九四五年八月二十三日《新华日报》太行版第一版社论）

《太岳日报》

一九四〇

YI JIU SI LING

一九四〇

# 怎样调查合理负担

合理负担办法为敌方抗日民主政权财政政策的主要部份，三年来因为没有一定的标准，县与县不同，这一次与那一次不同，以致形成□次数的摊派制度，影响了国家财政收入及人民生产情绪。最近三区专署公布了新的统一累进的合理负担摊派办法并决心在真实调查与民主动员基础上，来保证其实现七月八日即为调查合理负担分数的时期。此种进步法令□能否见诸实行，主要的要看这次调查工作进行的程度如何，□特就此点论列如下：

第一，各级行政干部必须澈底明了政府所定合理负担办法，并忠实于政府财政政策之执行，为了达到此点县区政府应会同各救干部依据各县实际情况提出本县实行特之特殊问题，分别讨论并拟出工作计划。村级干部（如村长合理负担安委会主任），应由区召集调查合理负担会议，详尽讨论此次进行之办法计划及如何向群众解释反对各种不良倾向等。

第二，村长村合理负担委员会，及村各救小学教员必须保证村民切实了解合理负担之真实意义及办法，让它们了解负产五十元以下收入三十元以下不负担，一年只摊派一次，最高额不得超过百分之三十；让他们了解怎样填表，给他们解答难题；让他们了解政府财政政策之正确，而为了进行这一工作，应首先由村长村合理负担委员会召集各民户代表会议，详细积极以邻为单位分组讨论。村干部亲自参加小学教员及各救□□用民革室及群众组织，进行积极讨论工作。

第三，选举公正热诚敢于发言的村合理负担评议会评议各家户应摊派之分数。进行了普遍宣传工作之后，一面由村公所散发合理负担分数调查表，让人民自行填报，一面即由各邻推举合理负担评议候选人一个，然后召集各民户代表会议，在各邻推选之候选名单中逐一选举，以得票最多者为当选。组织村合理负担评议会，为了保证公正起见，评议员必须是公正热诚敢于发言且为村民所信仰的人。评议会在进行工作前应协同村行政民□干部将村中各项财产总数作一估计并按当地之平准物价将各项财产价值有一划一之规定以作为评议审校之标准。评议时，各民户列会，村合理负担委员会派员列席，均只有发言权但无表决权。

第四，经过村民代表会议或村民大会作最后之决定，评议会将各民户应负担之分数逐一评定后，即将其公布，发动人民讨论，于二日内提出意见，由村干部整理，在村民代表会议或村民大会上讨论通过。在大会中对于报复自私及其他不良倾向应该加以解释纠正。

第五，严格的会议会报检查总结制度，是保证调查工作正确执行的有力办法。在每一个工作□行之前（解释选举评议会评议代表会议），村干部应举行详尽之讨论在每一工作完结之后，应作总结县区在工作进行中，应分区派员检查相助,指导解决临时发生之问题,并纠正错误倾向,尤其应倾听人民意见,随时提起村干部的注意。

第六,各救尤其农会,必须有计划的来领导群众进行这一工作。各级政府必须与各救配合一致,协同进行保证公正热诚敢于发言之评议员当选,及整个调查工作之完成。这一合理负担调查工作,是整个合理负担办法的基础,我们如能胜利的完成调查工作,即等于完成整个合理负担工作的百分之九十九,望全区军政民各界,一致对此问题付予最大之注意。

(原载一九四〇年七月十七日《太岳日报》第一版社论)

# 反对挑拨者造谣中伤

近来政府颁布了许多新法令，并且有很多的设施，如保障人权法令的颁布，如合理负担的实行，如国民教育的逐渐正规化等，都是很好的，都受到了全区群众的赞扬和拥护。因这些新的法令□□□施，都是巩固抗日根据地，和团结广大人民共同反对敌寇的最切实际的办法。这些办法，减轻了人民的战时负担，保障了各□级人民的利益，使根据地的建设走入常规，对于抗日根据地的建设，对于人民生活的改善，都有不少贡献。

然而竟有些人，对于抗日根据地的每一设施，故意散布流言，造谣中伤。譬如保障人权的法令，本来是一个最进步的抗日民主的法令，是保护一切抗日人民利益的法令，是保护一切抗日群众团体，是发展一切抗日群众运动抗日群众组织的法令；却偏偏有人借故散布□□群众团体的流言，来恐吓群众团体的干部，破坏群众团体的发展。譬如太岳中学本来是一个进步的正规化的培养青年学生的中学，然而偏有人来散布流言，说太岳中学是强迫入学，是招兵机关，来破坏国民教育的发展。譬如这次反"扫荡"的战争，在第一天便有人□□吓人的谣言，恐吓群众□□人民胜利信心，来制造社会秩序的紊乱。另外像对春耕运动、夏收运动、囤积公粮及根据地一切建设，都有过极离奇的谣言，这些谣言听它散布下去是有害的，是会使抗日根据地的建设事业受到很大损失的。

发生这些谣言的原因，是什么呢？第一，就是我们的根据地是处在战争的环境里面，将特别□是与敌人作着残酷的斗争，敌人汉奸和反动派，为了破坏抗日根据地的建设，摧毁抗日根据地，除了□□进攻经济破坏政治侵略以外，利用□□办法打入到抗日根据地里来。□□在抗日根据地里阴谋活动刺探军情，破坏政府，组织汉奸机关进行□害利用机会散布谣言，摇惑人心，阻挠政府的法令，勾引不肖之徒，挑拨人民团结，制造社会不安，以配合敌寇的反动派的进攻破坏我太岳根据地。第二，就是极少数的一部分人，对政府军队或群众团体，常常疑神疑鬼，妄加揣测，因此使挑拨者有了挑拨造谣的机会。第三，就是群众文化水准低，容易受人蒙蔽，交通不便，容易以此传讹，各级干部对根据地各种建设宣传解释不够，群众对各种设施还没有澈底了解，所以使谣言更容易流行，使汉奸敌探反动份子更有机可来。

反对敌寇谣言进攻的斗争和反对敌人军事进攻、经济破坏、政治进攻的斗争一样的重要。也可以说，这是对敌斗争巩固根据地斗争的一部分。因此在各种工作中，忽视这一斗争是不对的，是会受到损失的。所以各地军政民必须提高民族的警觉性，号召各级干部在各种工作中展开这一斗争。第一，在各种工作中，应注意敌寇汗奸反动份子的造谣破坏，分辨谣言的来源，并且□时在群众中揭破造谣者的阴谋，对一般群众则应进行深入的解释，使群众了解事实的真相，清除群众的顾虑。第二，对群众的□传和群众的疑虑与误解，则应耐心解释，不能疑神疑鬼。第三，对每一个工作，应该在群众中进行足够的宣传解释工作，使群众对每一个法令，每一个运动，都有充分的了解。第四，则应经常注意提高群众的文化水准和政治觉悟，使敌探汗奸没有法子蒙蔽群众，恐吓群众，并且可以随时揭破敌探汗奸的造谣。第五，应深入工作检查运动，即时纠正工作中的缺点，使造谣者无法藉口。最后则应深入群众的锄奸工作，消灭潜藏的汗奸敌探，使他无法存身，以杜绝谣言，粉碎敌寇的谣言进攻。

（原载一九四〇年七月十九日《太岳日报》第一版社论）

# 如何完成半年建政计划

  为了建设巩固的根据地,政府方面决定了半年的建设计划,其内容包括财政经济、文化教育、生产建设、村政建设等几个重要部分,这个计划值得赞扬的地方很多。第一,最重要的一点就是这个计划是一个进步的计划,不是一个开倒车的计划,为了实行民权主义,建设民主政治,他规定了还政于民实施民主的具体步骤,他规定了半年□真正完成村长民选,建设村的民主政治,扫除农村的黑暗,奠定民主政治的下层基础。然后逐步民选区长县长专员,实现全区的民选。第二,就是这个计划很切实的规定了繁荣国民经济改善人民生活的办法,如合理负担办法,提倡手工业办法,合作社事业以□□□的整个等,都是巩固根据地,改善人民生活的重要工作。第三，就是这个计划真正是根据地合法□的原则，能照顾全体人民利益，从全体人民的利益出发的计划，如合理负担自累进办法，一方面根据□□出□的原则，减轻了一般人民的负担，一方面规定了最高累进率不得超过百分之三十以保障□有者的利益，可以说对于全体抗日人民，不论贫富都是有利的。

但是要想使这一计划能够澈底实现，不仅要靠政府人员的刻苦奋斗，而且要靠全体人民的赞助和努力，决不是一帆风顺的，决不是空谈一套就可以实现的，今天的政府已经和过去的政府不同了。今天的政府是抗日的人民的政府，是真正为群众服务，代表人民利益，实行人民意志的政府，所以第一他是体现人民的意志的，所谓体现人民的意志，就是政府要尊重人民的意见，重视人民要求和愿望，□民意机关时当然要尊重民意机关的意见，就是民意机关没有建立起来的时候，就要尊重群众团体的意见，因为群众团体不是别的，他是当地最大多数抗日人民的□□，他们代表着大多数抗日人民的要求愿望和意志，没有群众团体的地方就要虚心体谅群众的要求和愿望来拟定办法，检查自己的工作。漠视群众团体或轻视人民的意见，□情是作不好的，是会变成官僚机关的。第二就是要依靠群众，所谓依靠群众就是要同同级的群众团体共同商量按照大家讨论的结果取得群众团体的赞助，定出协同工作的办法和步骤，向群众里面深入的解释，使群众都知道都了解都热烈赞助，这样来取得群众的拥护，我们的政权所以和过去政权不同的地方，就在这里，过去的官僚政府，是强制人民压迫人民去执行，我们的政府是要取得人民的赞助。第三，就是要纠正个别政府工作人员的缺点，加强政府工作人员的□□，及对高高在上的□□作□，反对"有□"□权在手就是作威作福的观念，□□潜入政府机关借公营私欺压乡里鱼肉乡民讹诈群众贪污腐化不真正执行政府法令的不良份子，培养政府人员大众的民主的，为抗日群众艰苦服务的优良作风。

其次就要深入工作，所谓深入工作，第一对计划中的每一个实际问题，执行计划中的每一个实际步骤，要以实事求是的精神，闹个清楚明白，弄个澈底，不能以几个公式为满足，亦不能以几条空话为满足。第二就要□一定时期深入的去检查工作，搜集材料，研究办法，纠正解释，解决工作中的实际问题，不检查则□管上面喊的响，但下面还是依然不动，结果是空的。不检查则仅管上面的□□很好，但是下面□对重□错误□□不能即特时□特别不良份子不能□□□不但计划不能实现反而工作出相反的结果。第三就是要听取各方面的意见，搜索各方面的意见，自以为是结果必坏。

最后各群众团体应□领导群众来□□这一计划，□政府如以切实的帮助来完成这个计划。

（原载一九四○年七月二十一日《太岳日报》第一版社论）

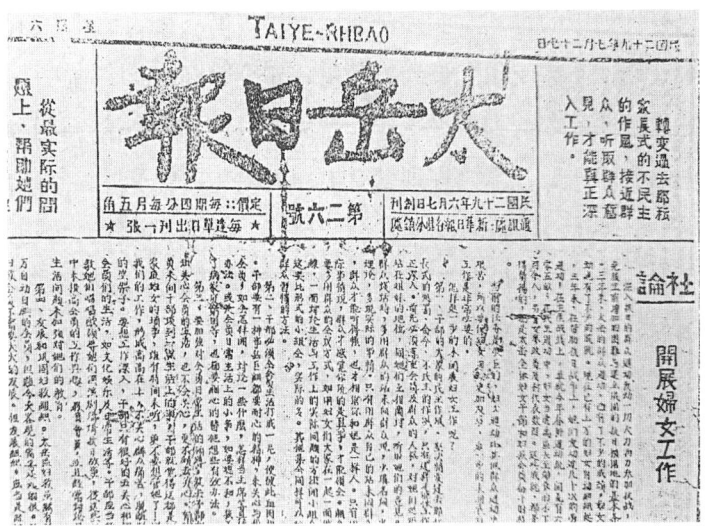

# 开展妇女工作

深入抗日的群众运动，发动一切人力物力参加抗战，是克服空前增加的困难与建立巩固的抗日根据地的基本条件。三年来，太岳的群众运动，已有了不少的成绩，妇女运动也有了不少的成就。现在已有上万的妇女自动组织起来，三年来，在帮助抗日战争上，她们发动过几十次的劳军运动，在生产战线上，单就今年春耕运动说，开荒有六百零五亩；在民主运动中，妇女当选为区长至乡长的不下二百余人，另有女参政员及村代表数百。这些成就，都是值得赞扬的，都是太岳全体妇女干部和妇救会员奋斗的结果。

当前的任务是艰巨的，妇女运动比其他群众运动更加艰苦，所以要使妇女运动更加发展，进一步的来开展妇女工作是非常必要的。

怎样进一步的来开展妇女工作呢？

第一，干部的大众的民主作风，坚决改变过去那种家长式的处罚、命令、不民主的作风，只有这样才能使工作真正深入。首先必须尊重会员及群众的人格，对她们处处要站在姐妹的地位，同她们互相商讨，听取她们的意见。对群众谈话时，多用群众的话来向群众说，少填名词，少谈理论，多说实际的事情。只有用群众自己的话来同群众谈，群众才能听得懂，也才相信你和她是一样人。只有用实际事情说，群众才感觉你说的是真事，才能领会。开会时要多用群众的会议方式，如用妇女们大家在一起一面做针线，一面讨论生活与工作上的实际问题的方法开小组会，这要比形式的小组会，实际的多。其他集会同样可以采用群众习惯的方法。

第二，干部必须与会员生活打成一片，使彼此血肉相关。干部要有一种事无巨细都要耐心的精神，来关心与帮助全员，如会怎样开，讨论一些什么，怎样当主席等具体的办法。或是会员日常生活上的小事，如婆媳不和，孩子有了病，家里穷困等，也都要细心的替他想些有效办法。

第三，要加强对会员日常生活的领导，过去干部都不知关心会员的生活，也不会关心，更不愿去关心。有时会员来向干部谈到一点生活上的事，干部就觉得这都是你们家里妇女的琐事，谁有时间来听，更不要想管她了！因此我们的工作，形成高高在上，不关心群众痛苦，脱离群众的空架子。要想工作深入，干部只有很好的去关心和领导会员们的生活，如文化娱乐及日常生活等。干部应当经常教她们唱唱歌，领导她们演演剧，讲讲抗日故事，从这些娱乐中来提高会员的工作兴趣，教育会员，并且经常讨论日常生活问题来加强对她们的教育。

第四，发展和巩固妇救组织。太岳区妇救虽然有了上百万自动自愿的会员，但离今天客观的□□还远的很。所以妇救会员还需要大大的发展。但发展组织，应当是经过各种工作，如组织生产小组、合作社、识字班等，应□□过斗争,来发展巩固组织。

第五,要深入的检查。检查可以说是深入工作的测验器,只布置不检查,就会养成上动下不动,就不能了解下面实际情形和工作执行中的困难,所以严格的定期检查是非常必要的。

(原载一九四〇年七月二十七日《太岳日报》第一版社论)

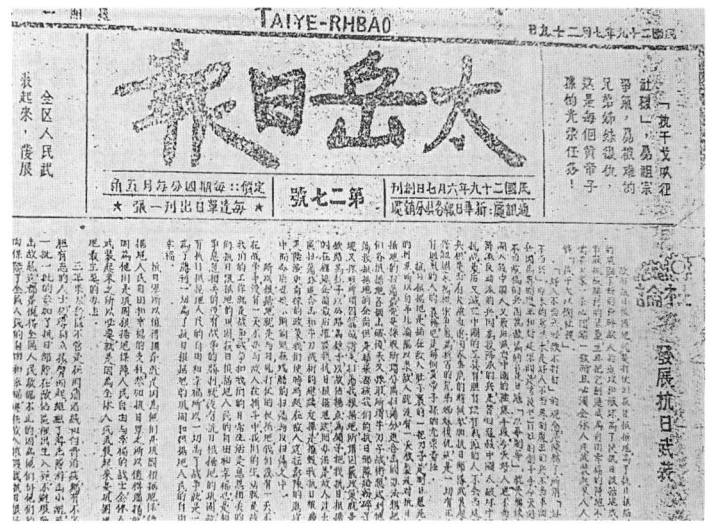

# 发展抗日武装

敌后抗日根据地，就是打仗的抗日根据地，为了抗日根据地的巩固，不断的粉碎敌人的进攻和破坏，为了使抗日根据地成为争取抗战胜利的堡垒，并且把它制造成为自由幸福的阵地，不但需要大家一条心团结一致，而且必须全体人民武装起来，人人能够"抗干戈以卫社稷"。

"好人不当兵，好铁不打钉"的观念，是陈腐了。所谓"好人不当兵"原来的意思，本是好人不当专制魔王的兵，不当军阀的兵，因为专制魔王和封建军阀是专杀老百姓的刽子手，今天好人不当敌伪的兵，因为敌伪的兵是日寇"以华制华"，就是驱使中国人杀中国人又最后灭亡中国的阴谋手段。今天好人也不当投降派反动派的兵，因为投降派的兵，是替日寇杀中国人，破坏中国抗战最后又灭亡中国的工具，有胆有识有气节的人，不会当这个兵。但是当着大敌当前，国家垂危的时候，参加抗日部队，武装起来保卫国家，为祖宗争气，为被害的兄弟姊妹复仇，这是一切有正义有血气的人的义务，也是每个黄帝子孙的光荣责任。

抗日根据地，是插在敌人肚子里的一把刀子，是制日寇死命的利刃，所以自华北沦陷以来，敌人就没有一天放松过对抗日根据地的"扫荡"，最先是采取所谓分区"扫荡"，分进合击的办法想把我们各根据地各个击破，后来又采取所谓牛刀子战术，想达到他"扫荡"我根据地的企图，但是结果都被我们的抗日部队给粉碎了。现在又采取所谓囚笼战术来"扫荡"我根据地，所谓囚笼政策就是以铁路为柱子，以公路为链子，以敌占据点为锁子，把我抗日根据地囚在里边，企图最后摧毁我抗日根据地。这个办法，是敌人过去分区"扫荡"分进合击和牛刀战术的继续发挥，是摧毁我抗日根据地更阴险更毒辣的政策，我们便时时处在敌人这种毒辣的进攻之中，而今后也是不断的处在残酷的"扫荡"与反"扫荡"之中。

所以根据地就是与日寇打仗的根据地，我们没有一天不是在战争中，没有一天不是与敌人在搏斗中，我们的生活就是战争，我们的工作就是战争，战争和我们的日常生活是息息相关的，我们抗日根据地的巩固，抗日根据地人民的自由和幸福，也是和战争息息相关的，没有战争的胜利，就没有抗日根据地的巩固，就没有抗日根据地人民的自由和幸福，所以一切为了战争，就是一切为了胜利，一切为了抗日根据地的巩固和根据地人民的自由和幸福。

抗日军所以值得拥护就是因为他们是巩固根据地，保障根据地人民自由和幸福的支柱，参加抗日军之所以值得赞扬，就是因为他们是巩固根据地保障人民自由与幸福的战士，全体人民武装起来之所以必要，就是因为全体人民武装起来是巩固根据地最主要的办法。

三年来，太岳区不管是在同蒲沿线和白晋沿线，都有不少有胆有志的人士，领导群众振臂而起，组织了游击队游击小组，或是一批一批的参加了抗日部队，在敌占区里出生入死，不避艰险打击敌寇，这都是值得全区人民敬佩不止的，因为他们用他们的血肉保障了全区人民的自由和幸福。现在敌人摧毁我抗日根据地的阴谋正有加兵已，我们再一度的号召全区人民武装起来，打破"好人不当兵，好铁不打钉"的观念，发展抗日的游击队，游击小组，参加抗日军，健全自卫队，统一指挥和行动，摧毁敌人囚笼的柱子，割断敌人囚笼的链子，打破囚笼的锁子，粉碎敌人囚笼政策，粉碎敌人今后更加频繁的"扫荡"，巩固根据地，保障根据地人民的自由和幸福。

（原载一九四〇年七月二十九日《太岳日报》第一版社论）

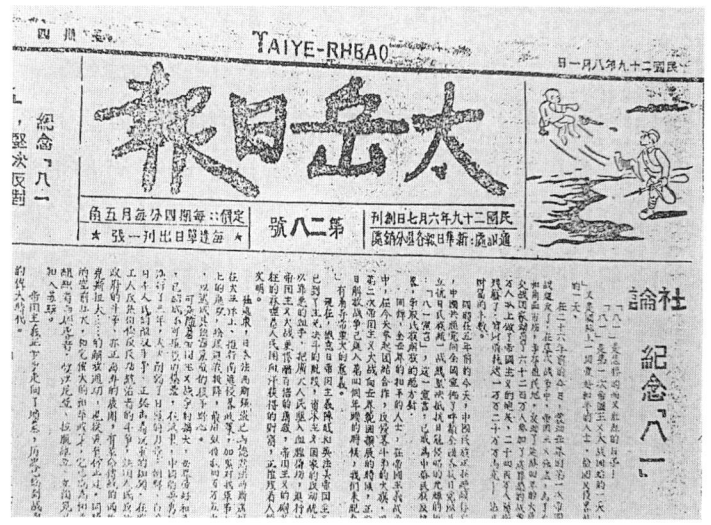

# 纪念"八一"

"八一"是悲惨的而又壮烈的日子!

"八一"是第一次帝国主义大战开始的一天,"八一"又是国际上一切爱好和平的人士,检阅反侵略战争力量的一天。

在二十六年前的今日,震动世界的第一次帝国主义大战爆发了,在这次战争中,帝国主义强盗,为了争夺原料和商品市场,争夺殖民地,发动了连续四年的大屠杀,各交战国家动用了六千二百万人参加了这罪恶的战争,一千万以上做了帝国主义的炮灰,二千四百万人负伤或□身残废了,资财消耗达一万万二千万万马克——□□□人民财富的半数。

同时在五年前的今天，中国民族正在继续存亡的关键，中国共产党向全国宣布了呼吁全国各抗日党派及人民建立抗日民族统一战线坚决抵抗日寇侵略的光辉的历史文献："八一宣言"，这一宣言，已成为中华民族反抗日寇侵略，争取民族解放的总方针。

同样，全世界的和平的人士，在帝国主义战争的威胁中，在今天举起团结合作，反侵略斗争的大旗。现在正当第二次帝国主义大战向世界范围扩展的时候，正当中国抗日解放战争已进入第四个年头的时候，我们来纪念"八一"有着异常重大的意义。

现在，德意日帝国主义阵线和英法美帝国主义阵线，已到了生死决斗的阶段，资本主义国家的反动统治者，正以罪恶的血手，把广大人民驱入血腥屠场，进行比第一次帝国主义大战更惨酷百倍的屠杀，帝国主义的炮火，正疯狂的吞噬着人民用血汗获得的财富，正摧残着人类的璀璨文明。

在远东，日本法西斯强盗已与德意法法西斯遥相呼应，在太平洋上，推行南进侵略政策，加紧对我军事上和政治上的进攻，阴谋迫我投降，最后奴役我四万万五千万人民，以达成其独霸东亚的狼子野心。

可是随着帝国主义战争的扩大，世界爱好和平的人民，已结成不可摧毁的堡垒，在远东，中国的英勇抗战，已进行了三年，大大削弱了日寇的力量；朝鲜、□湾……及日本人民的解放斗争，正□击着沉重的枷锁。在欧洲英国工人反□□□反反动统治者的斗争，法国人民反德反□当政府的斗争，并正澎湃的展开，有革命传统的西班牙、捷克斯拉夫……的解放运动，也从没有停止过。同时，苏联的空前壮大，和它伟大的和平政策，它已成为和平阵线的组织者与领导者，爱沙尼亚、拉脱维亚、立陶宛已将正式加入苏联。

帝国主义正步步走向了坟墓，历史已来到战争与革命的伟大时代。

今天来纪念"八一"，中华民族正处在空前危难的关头，我们应该在这个日子反省三年来的血的教训，我们要以坚决的态度，反对投降，加强团结，巩固抗日民族统一战线，坚持抗战到底，增进中苏的友谊，巩固世界和平力量的团结，把日本强盗赶出中国去。

（原载一九四〇年八月一日《太岳日报》第一版社论）

# 卫生问题

卫生问题是抗日根据地建设中的一个重要问题。

坚持抗战的主要因素是人,是健康的人。没有健康的人,一切事都谈不到。军队要没有健康的战斗员就不能打仗,政府和群众团体要没有健康的工作人员就不能工作,抗日根据地中要没有健康的群众,就不能起抗日根据地的作用,也就不成其为一个抗日根据地。

几千年来,群众一向是在封锁压迫下过着黑暗生活,他们积年累月的是在死亡线上挣扎。他们没有请求卫生的能力,也没有这样的条件。几千年演下来,群众就养成了一种不注意卫生的习惯。抗战以启,更由于敌人、汗奸有计划地制造疾病(散布病菌、毒药),与战争中大量的死亡,遂造成现在瘟疫流行的严重现象。

所以，卫生问题在今天已再不容我们忽视。但是究竟应该怎样解决这个问题呢？我们以为：

第一，需要建立全区的卫生指导机关或组织。负责指导全区的卫生工作，例如：卫生计划的决定（卫生教育防疫运动……），医务人才的组织、训练、与培养，医药的搜集与调节，以及医院的建立与健全等。各个县也需要有同样的组织。

第二，需要有计划地集中全区的医务人才，加以组织与训练。加强对医务人才的教育，提高他们的政治觉悟使他们认清自己的工作对国家民族所负的重要责任。改善对他们的待遇，使他们安心工作，给他们以足够的条件（设备上、经济上……）来进行医术的与医药的研究。在经过组织与训练之后，还应该把全区的医务人员，予以有计划的分配，以求作到全区卫生工作的平衡发展。同时，我们应该注意新的医务人才的培养，鼓励私人研究（政府给予必须的帮助），必要时还可以开办专门的训练班。

第三，需要设法解决药品的问题。应该有计划地蓄存一定数量的药品。应该奖励西药的入口，应该提倡土药的开采（政府给予一定的奖励），并研究把土药制成西药的代用品。应该鼓励已经停业的药铺开张，并给他们的营业上以各种便利。以前有人造谣说政府把药品统制起来了，所以老百姓买不到药吃，这种无稽谣言，必须加以揭破，各级政府应该耐心向群众解释，并且保护群众采药、制药、卖药。

第四，需要提倡卫生运动。文教机关与团体（文教科、文教、报纸、小学教员、民革室……），应该推行广泛的卫生宣传教育，教给群众日常必须的医药常识，防疫常识，以及饮食、衣、住的常识等。政府应该及时□提出各种卫生运动的号召（例如：捕蝇、防疫、清洁检查、禁止食用某些有害物品等等），进行公共卫生设备的建设（修雨所、水道……），群众团体对这些工作也应该给予有力的帮助。并且应该按照本身组织的特性，进行对自己会员特殊的卫生教育（例如：妇救就应该进行对妇女群众的卫生教育，青教就应该进行对青年群众的卫生教育……）。只有使卫生运动变成广泛的群众运动，才会收到真正的效果。

（原载一九四〇年八月三日《太岳日报》第一版社论）

# 展开粮食争夺战

粮食是群众的财富,也是群众的命。农民一年到头,流尽了自己的血汗,不是为别的,就是为了"五谷丰登"。因为有粮食,就能保证人民的衣食和幸福,没有粮食,就会流于饥饿,遭受贫困,无衣无食。在今天日寇加紧进攻的时候,粮食又是根据地的命。我们要粉碎日寇奴役我广大人民的阴谋,保卫根据地,使根据地不沦为日寇的殖民地,而是我们自由幸福的领土,便不能不有保卫根据地,支持抗战的抗日部队、抗日武装、主力军、游击队和自卫队。事实很明白,假设要没有坚持抗战的主力军和游击队自卫队,根据地的人民早就变成日寇的奴隶了,无数的田地,早就种上大烟了,无数的农民壮丁,早就被日寇拉去当炮灰去了。有些粮食也早就变日寇进攻中国、屠杀中国人民的军粮了。所以要根据地巩固，就必须有强大的抗日军，但是军队没有粮食吃就打不了仗，根据地就不会巩固，群众的幸福便没有保障。所以粮食，在巩固根据地，安定人民生活上，占有第一等重要的地位。

我们知道这个道理，所以从今年春天起，各军政机关，及群众团体，就热烈的进行春耕运动，夏收运动，灌溉下种运动等，没有一件不是为着粮食的生产。敌人也知道这个道理，所以也从今年春天起，利用奸商和高价收买粮食出口，在同蒲沿线抢劫麦子到处骚乱，破坏夏收等等，都是为了破坏我们根据地的粮食也就是破坏我们根据地的巩固。因此在今年夏收时，我各军政机关，曾号召各地军民向敌人展开粮食战。可惜这个道理还没有为人人所了解，尤其下级干部，所以虽然在不少地方取得不少成绩，但还没有成为群众运动。各区村的干部还没有发动起各村人民来一时不懈的进行这个工作。所以粮食还是不断的一批批的流入敌区，同蒲沿线敌人也不少次的在抢夺我们的食粮，这都是大问题。

粮食问题，就是关于粮食的生产，囤积，消费，和对敌斗争的问题。所以第一个问题就是粮食生产问题，现在夏收已经过了，秋粮的生产成了目前的主要问题。如锄草，施肥，救济旱灾，及时来的收割，各级政府机关及群众团体都应该积极来领导和参加这个工作。提高粮食生产，就是安定民生，就是巩固根据地。第二个问题便是囤积的问题，这里边包括着屯粮的征收、管理、收藏等问题，现在征粮的办法是已经公布过了并且正实行着。那么再应□注意的就是公粮的收藏和管理，去年因为收藏和管理的办法不好，所以出了很多流弊，不但征粮的手续不易消解，而且有很多浪费的地方，甚而有些弊病，这是值得严重注意的。第三就是粮食的消费问题，对于公粮政府要有切实的管理办法和积粮的制度，各军政机关及部队，应严格实行节约，以免除粮食的浪费；节省粮食的消耗，便是爱惜民力，爱护根据地。第四个问题，便是对敌斗争问题，便是保卫夏收秋收，反对敌人抢粮,和禁止粮食偷运问题。前者就要依靠地方武装与区村政府及群众团体,真正的发动群众领导群众,配合一致,保卫自己的粮食,并且打击敌人。后者就要一方面依靠群众的自觉来根绝粮食出口互相约束不卖给敌人,一方面各地政府机关与群众团体就要切实规定严密的禁运办法,以杜绝出口,保卫粮食就是保卫人民幸福,保卫根据地。粮食问题是根据地一个生死问题。

(原载一九四〇年八月五日《太岳日报》第一版社论)

# 节省物力

　　节省物力，就是节省民力，就是爱护根据地。我们必须认识，今后根据地的物质供给，必将日见困难。一者因为敌人的经济封锁和破坏，今后□日加凶狠和残酷，一者因农村经济尚未达到应有的繁荣，今年农业生产因为天旱，麦收已受影响，秋收也必要减少。所以此后物力的艰难，是可以预想到的。那么，物力的节省，也就更成为必须了。

　　所谓物力的节省，不仅是要在消极方面，反对一切浪费现象，并且要在积极方面，想象节省的办法，这就是要全打算。我们相信，今天不管军政民任何一方面，真正存心浪费的人并不多，但是因为种种原因，不会打算的人却不少。所以常常见到，有些地方粮食不够吃，但究其原因，不是粮食少，而是打算不够，经费不够用，不是经费不足，而是打算不够。所以节省物力的第一着，就是要会打算，把会打算运用到各军政机关部队及群众团体的行政上，便是要各有健全的供给制度来作保证。对于日常生的必需品，必须要有切实的计划，严密的保存供给办法，和严格的会计制度。尤其粮食的囤积和供给，政府一定要有严密的规定，各部份内部一定要有严格的供给制度以节省粮食的消耗。供给制度的不健全，这是浪费的来源。

第二在一切工作上，要反对铺张，反对靡费，反对虚饰。事事要在实际的效果上着想。譬如办刊物写文章印文件，一定要短小扼要而内容精悍，一定要顾及到这一份文件或这一份刊物，在工作中在群众中发生的实际作用，否则，只是为了写文章而写文章，为了办刊物而办刊物，但是实际效果则甚微，这是一种浪费。在领导上，不深入，不实际，只坐在家写长篇累牍的决议案，下连篇累牍的指示信，读起来洋洋万言，但对于工作的实况，则毫不着痛痒，这是一种浪费。所以节省物力，就必要真正发挥工作上实事求是的精神，和工作上的实际主义，一切消耗和设置，必须是工作上所必需，不必需的便不必要。一切必须要打算到工作上的实际效果，和工作上的实际作用，真正作到下一倍的本钱，收两倍的利息。这样才能真正算是物尽其用，也才能真真做到物力的节省。

第三要在群众中提倡节约，提倡储蓄，把节约和储蓄变成一个群众运动，变成一种风尚，譬如日常生活中，不必要的消耗品便应该提倡不用，少用，奢侈品便应该禁用，婚丧嫁娶便应该实行节约。要作到这一点，各机关及群众团体便应该以身作则，各群众团体，如农救、工救、妇救、青救、儿童团，便应该在各自系统里来提倡，使人人知道节约，家家知道节约，来节省物力的消耗，克服根据地物质上的困难。这是每个人的责任。

（原载一九四〇年八月七日《太岳日报》第一版社论）

# "合理负担"作得怎样了?

自七月初,专署颁布了"合理负担累进税实施条令"以来,到现在已有一个多月了,在这一个多月中,"合理负担"作得怎么样了呢?

我们想各级的政权工作同志,和群众工作同志,一定早已对这个工作注意起来,并且一定正在努力地作着,但是要想真正完成合理负担的调查工作,奠定合理负担累进办法的基础,没有艰苦的深入的工作是不可能的。所以,我们不惮□□地,再一次把这个工作中的几个问题提出来。

我们以为,首先应该提出来的问题,是领导上的问题。而在领导中,最中心的问题,又是检查,我们为什么爱提出检查问题来呢?因为:

第一，只有检查工作，才能使我们具体地切实地了解工作进行的程度。才不致使我们坐在屋子里，认为已经"万事大吉"，而实际上底下的工作却无声无息，才能使我们除了听听堂皇的报告言词之外，还能看到此实际工作。就合理负担来说，更是如此，因为这不是一件简单的轻而易举的工作，而是一件异常麻烦和复杂的任务。在进行当中，绝不会如我们想象的那样容易，而必然要碰到各种各样的困难，这一切，只有去深入地检查，才能发现出来。

第二，只有检查工作，才能使我们正确地深刻地了解干部，才不致使我们被自己的干部蒙蔽，认为那些干部充分忠实可靠，自己大可以"高枕无忧"。而实际上却有不少是"吊儿郎当""光说不作"的。才能使我们在实际工作中来考验，认识自己的干部。这对于我们太岳区来说，也是十分必要的。我们不能否认，本区大多数工作同志对自己的任务都异常积极负责，但同时确也有一些同志，对于工作采取一种"敷衍"、"应付"、"漠不关心"的态度，他们是一群实际工作中的机会主义者，只有深入检查，才能帮助我们认清他们的真正面目，也只有检查才能具体帮助他们的工作。

第三，只有检查工作，才能使我们认识自己的计划，认识这计划的优点缺点，认识这计划是不是合乎实际需要，这对于今天我们太岳区的合理负担工作来说，也是如此。固然我们采用的办法，已经过不少研究和不少改正，在目前已看不出什么缺点，但这并不是说，我们就不应更求进步，而只有在不断地研究与改正中才能使工作更进一步的提高。

其次我们以为应该提出来的问题，是实际去做的问题，而在实际工作中最起决定作用的环节，又是区与村。所以区村工作同志的努力与否，可以直接决定今年合理负担工作完成的程度，我们以为：

第一，区村工作同志必须真正深入到下层去作实际工作。所以，就必须反对过去那种"只作漂亮决议而不作艰苦工作"、"只布置工作而不切实领导"、"愿意出席十个八个大会，而不愿给群众解决一件小问题"的坏毛病，必须对自己的工作环境有具体的了解，去具体地领导这个工作，并给群众解决实际问题，必须真正认清合理负担工作对国家民族所具有的重大意义。

第二，必须不怕遇见困难，必须不□难苟安，而要积极地发现困难，克服困难，要耐心地研究发生困难的原因所在与解决困难的实际办法。如果自己真正解决不了，就应该大胆地向上级同志提出。

第三，必须充分代表群众利益，必须真正作到"大公无私"，要作到这一点，必须虚心倾听群众意见（不是某一派群众的意见，而是全体群众的意见），仔细考查比□对一件事情的各种各样的不同见解，从各种不同见解中，找到真正代表大多数群众利益的作法。

最后，我们以为，在这个工作开始的时候，先不必贪多。在八月份中，每个县与区，真正能在几个基点上作出成绩来，就应该满意。否则，"处处都作，而又处处不作"，看起来虽然热闹，实际上却没有什么好处。

（原载一九四〇年八月九日《太岳日报》第一版社论）

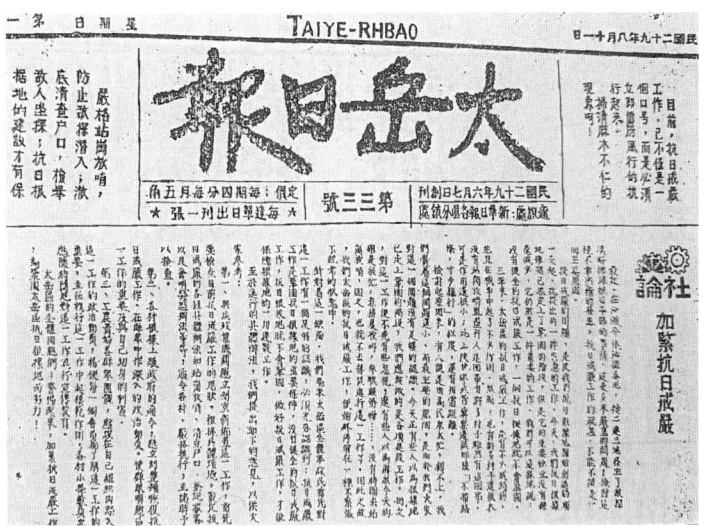

# 加紧抗日戒严

最近，在沁源、介休、沁县各地，接二连三地发生了敌探汉奸□□抗日干部的事情，这是多末严重的问题！检讨这种不幸事情的发生，抗日戒严工作的疏忽，不能不算是一个主要原因。

抗日戒严的问题，是从我们抗日根据地开始创造的头一天起，就提出的一件紧急的工作。今天，我们抗日根据地虽然已经走上了巩固的阶段，但是它的重要性并没有丝毫减少，它仍然是一件重要的工作。我们可以这样地说：没有健全的抗日戒严工作，一个抗日根据地就不会巩固。

三年来，太岳区的抗日戒严工作，是有不少成绩的，并且在战争中起了不少作用。然而，也有许多村子还根本没有站岗放哨监查行人这回事，有许多村子虽然有这回事，可是作用还很小；比上陕甘宁或晋冀察边区那种"不带路条，寸步难行"的程度，还有相当距离。

检讨起原因来，有人说是因为民众太忙，顾不上，我们觉着这个问题还小，而最主要的原因，是由于我们大家对这一个问题没有足够的认识。今天正有些人以为根据地已走上巩固的阶段，我们应该做的是各项建设工作，因之，对这一工作便不免有些忽视；还有些人以为群众今天的确是很忙，春耕复收呀，参战服务呀……，没有时间去站岗放哨，因之，也就不去督促进行这一工作了。因此之故，我们太岳区的抗日戒严工作，便始终停留在一种不紧张不经常的状态中。

针对着这一缺陷，我们要求太岳区全体军政民首先对这一工作有一个足够的认识，必须允分认识到：抗日戒严工作是巩固抗日根据地的重要条件，没有健全的抗日戒严工作，抗日根据地就不会巩固，做好抗日戒严工作，才能保障根据地的一切建设工作。

至于进行的具体办法，我们提出如下的意见，以供大家参考：

第一，县□政权机关应立刻重新布置这一工作，首先要检查目前抗日戒严工作的现状，根据具体环境，制定抗日戒严的各种具体办法如站岗放哨，清算户口，登记旅客以及会哨奖惩办法等等，通令各村，严格执行，并随时予以检查。

第二，各村根据上级政府的通令，应立刻整顿恢复抗日戒严工作。在群众中作深入的政治动员，使群众明了这一工作的重要及与自己切身的利害。

第三，工农青妇各群众团体，应该在自己组织内深入这一工作的政治动员，务使每一个会员都了解这一工作的重要，并在执行这一工作中起模范作用，各村小学教员亦应随时随地对这一工作进行宣传教育。

太岳区的全体同胞们！警惕起来，加紧抗日戒严工作，为巩固太岳区抗日根据地而努力！

（原载一九四〇年八月十一日《太岳日报》第一版社论）

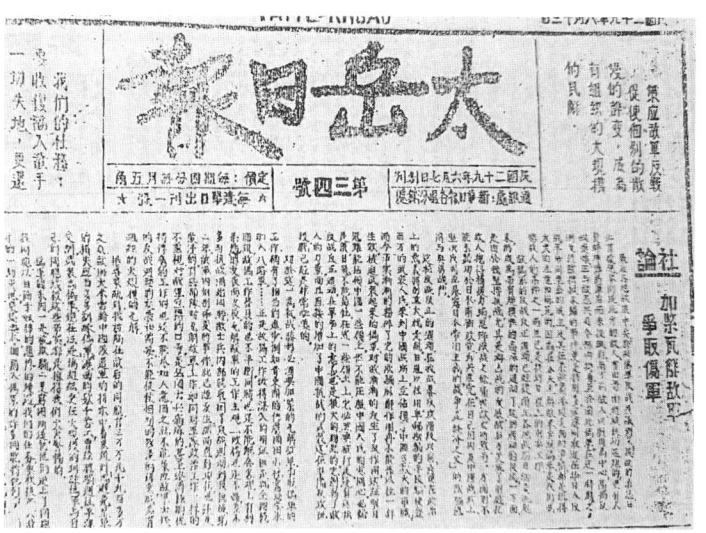

# 加紧瓦解敌军争取伪军

最近各地战场中，关于敌伪军反战投诚□□杀敌的消息日必有数□，举例说，北方的敌人有出晋南赵城机场逃跑的，更有人从蚌埠弹药库后面来投诚的，南方的敌人，以□州为中心，高揭反战旗帜，正与敌宪兵司令部肉搏着。至于南北伪军，在这一时期之倒戈杀敌携械来归的事件，更是特别多。这连同最近在华日人反战革命同盟会的成立，及其在某战区□设支部的事情，都是值得大大的注意和研究的。因为在今天，瓦解敌军争取伪军，是我们战胜敌人的条件之一。而且已是提到日程上的重要工作。

敌伪军的反战反正调动，已经从南北各地战场日渐蔓延起来，形成为带有规模性的高涨的运动了。这个运动的促成，一方面是由于我坚持抗战，尤其是将游击战的发展，敌后方变成了前线，把敌人拖得精疲力竭，思乡厌战之余，痛恨敌□□致。另一方面则不能不归功于日本前卫政党，即共产党，在自己国内及中国战场上，坚决反对并暴露日本帝国主义的战争是经济之父的欺骗□□与英勇战斗。

这种反战反正的运动，在我战略反攻阶段以前，表现在政治上的意义特别重大，就是说，日寇以往用卑鄙欺骗的手段，驱使整百万的武装人民，来到中国战场上并占领了中国多数大的市城，而今事实渐渐的粉碎了它的欺骗麻醉作用，再不能像以往一样生效，被迫武装起来的伪军，对敌渐渐的发生了反作用，这证明日寇虽能占领中国一些领土，但不能压服中国人民的爱国心，也就是说，日寇不能站住，在这一些领土上，它必然要被打走。还有这种反战反正运动，在军事上的意义也是很大的。□□的，它削弱了敌人的力量，而且直接的增加了中国抗战的武装，这在准备反攻阶段，就已经是非常必要的。

对于这一为抗战胜利必须要加紧的瓦解敌军，争取伪军的工作确有了相当的进步。例如晋东南的俘虏冈田小林□□要求加入八路军……正是敌伪工作做得深入的明证，但是就全国范围说，敌伪工作发展的也不平衡，同时也还不能配合客观上有利条件的发展而发展，瓦解敌军的工作，主观上做得也还不够，差不多与抗战开始同时，敌士兵内部就展开了反战运动，到我抗战第二年敌军内个别哗变的事件，就已经发生。然而直到现在，也还是散漫的，有些部队对瓦解敌军工作，如同对□□政治工作一样的不重视，对敌军宣传的口号，是无关士兵痛痒的。甚至连消极的优待俘虏的工作的也还不能尽如人意。因之就不能策应敌军士兵的反战运动的发展和需要，不能促使个别的敌□的哗变，成为有组织的大规模的瓦解。

据群众统计，我被陷在敌后的同胞，有三万万九千九百多万之众，敌因大本营给中国派遣军的指示中，□□说□，为避免皇军的损失，应当多多训练伪军，沪西的数千苦工，曾经被骗运往平津受训，武装为伪军。现在汪逆伪组织，更在大规模的训练伪军，与自己的同胞残杀，这些事实，都是值得我们大大警惕的。

伪军的来因，一是被欺骗，二是穷困所迫，把他们迫上了同胞杀同胞，以自偏于奴隶的悲惨的境遇，我们的任务，要收复广大敌军的一切失地，更还要□□陷入伪军的许多同胞，将他们争□□□□□□中来，然而这就须要做到两件事：一要加紧周围□□一切抗日□□的□□敌后同胞，□□敌人的反□□□□□□他们对抗日□□的信心。二要改善人民的生活，实现民主□□□同胞真正在实际上感受到抗战政府是他们唯一的□□，而不□为敌人欺骗。只有这样，才能够胜利的瓦解敌军和争取伪军。

（原载一九四○年八月十三日《太岳日报》第一版社论）

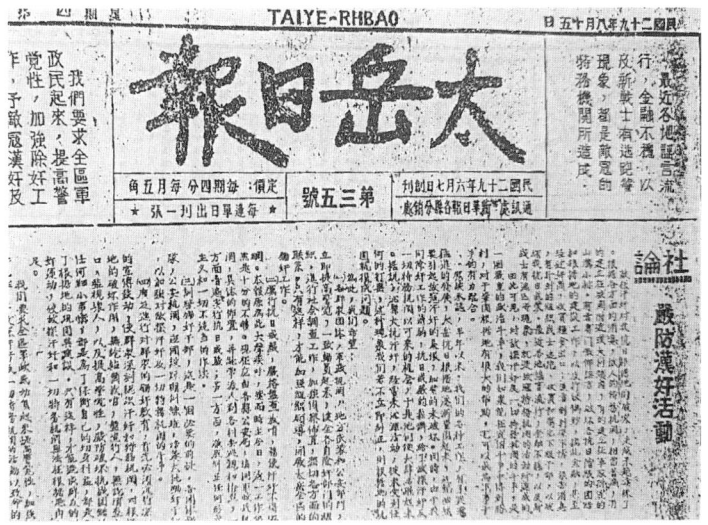

# 严防汉奸活动

敌探汗奸对我抗日根据地的破坏，是越来越毒辣了。根据各方面的消息，敌人的特务机关，相当普遍，有的建立在城关附近或大村镇内，有的建立在军队附近的山沟小村。前者专门散布谣言，破坏各抗日阶级的团结和根据地的建设工作，以及行使伪钞，捣乱金融，甚至经过奸商，收买粮食出口；后者则刺探军情，报告消息，有计划的组织战士逃跑，收买和腐化下级干部，以破坏我抗日武装，最近各地谣言流行，金融不稳，以及新战士有逃亡等现象，就是敌寇特务机关的活动所造成的。

由此可见，对敌探汗奸及一切特务机关的斗争，是一个严重的政治斗争，我们如果能在这个斗争中得到胜利，对于巩固根据地有很大的帮助，它可以成为军事斗争的有力配合。

应该承认，半年以来，我们的各种工作，有了突飞猛进的发展，太岳抗日根据地逐渐巩固起来，这就必然要引起敌寇汗奸的忌恨，加紧的来破坏。同时，由于我们除奸工作的薄弱，抗日戒严的松懈，给了敌探汗奸及一切特务机关以可乘的机会，于是他们便大肆活跃起来。据说，沁县大批汗奸，经常来沁源活动，从未受到任何的打击，这种现象我们若不立即纠正，则根据地的巩固就很成问题。

为此，我们希望：

（一）各群众团体，军政机关，地方武装和公安部门，立即提高警觉，一致动员起来，健全各自除奸部门的组织，进行社会调查工作，加强侦察布置，密切各方面的联系。只有这样，才能加强组织领导，开展太岳全区的锄奸工作。

（二）厉行抗日戒严，严格盘查放哨，务使汗奸不得漏网。本报原为此大声疾呼，然而时至今日，这一工作仍然是十分的不够。现在应由各县公安局，协同军政民机关，具体的布置，并经常派人到各村去巡视和检查，一方面普遍实行抗日戒严；另一方面，澈底纠正任何形式主义和一切不适当的作法。

（三）训练锄奸干部，这是一个必要的前提。各团体部队，公安机关应开设短期训练班，培养大批锄奸干部，以加强对敌探汗奸及一切特务机关的斗争。

（四）广泛进行对群众的锄奸教育，首先必须进行深入的宣传鼓动，使群众深刻认识汗奸和特务机关，对根据地的破坏作用，无论站岗放哨，盘查行人，无论清查户口，监视坏人，以及提高警觉性，严防破坏抗战团结的任何细小事情，都是为了保卫自己的切身利益，都是为了根据地的巩固与建设。只有这样，才能造成群众的锄奸运动，使敌探汗奸和一切特务机关无法在根据地内立足。

我们要求全区军政民动员起来提高警觉性,加强除奸工作,予敌探汉奸及一切特务机关的活动以致命的打击。

(原载一九四〇年八月十五日《太岳日报》第一版社论)

## 稳定金融

据息，最近数日来，各地物价飞涨，上党票狂跌，最早的是屯留，麦子每斗竟涨至十五六元，白布竟至几元一尺，猪肉每斤五元，因此各地的贸易都受到严重的摧残。

原因呢？根据各方面材料，不外以下三点：

第一，就是敌人对我的货币侵略；敌人为了破坏我根据地的金融，用种种方法破坏我上党票信用，上党票在同蒲线一带，□几乎无法行使，在同蒲沿线各县有些地方伪币充斥，有些地方的抗日人民——尤其是共通，为了不当亡国奴，拒绝敌伪币。已经完全变成了以物易物，因此上党票流通的范围便日益缩小。

第二，就是敌伪机关大量伪造上党票，在市场上以伪乱真；赵□这些伪上党票发现在屯留，现在这些伪上党票已经侵入到我根据地的各处了，这是敌伪破坏我上党票信用的毒辣手段之一，因此引起了各地商人对上党票的怀疑。

第三，就是敌伪的谣言；敌伪最近为了扰乱我根据地的社会秩序，清乱抗日群众的德闻，破坏上党票信用，使上党票塌台，到处散布无稽的谣言，譬如泌源一带便流行着一种谎言，说：决死队要开往其他战区作战了，薄专员要走了，太岳根据地，要由××军来接□了，……等等来破坏上党票信用，其实这完全是无稽的，这一块根据地是在薄一波先生领导，反全区抗日党派抗日人民艰苦奋斗之下创造起来的，不但今天要坚持，而且今后更要坚持，太岳根据地将成为永久的进步的民主的抗日根据地、决死队，不但今天要坚持太岳根据地，而且要永久坚持这一块根据地，这是谁都知道的，造谣的人也知道，但他偏偏要这样讲，这不是为别的，而是为了破坏根据地的金融，使根据地人民的经济遭受严重的破坏。

但是不管敌人任何破坏，大家都知道我们的根据地不是独立的，他是与各个抗日根据地，是密切联系，互相依傍的，今天我抗日政权已日见巩固，我抗日根据地的建设，已经树立下他牢不可拔的基础，所以不管那一方面袭来的困难，只要全体抗日人民能够团结一致，艰苦奋斗，是一定能够克服的。目前市场停滞，物价飞涨，我抗日军民已经蒙受了不少损失，若不赶快设法补救，是会遭道更大困难的，所以政府与全体抗日军民，必须立即展开稳定货币和安定物价的斗争：

第一，政府应立即设法与其他根据地最有威信的银行，取得联系，首先就是冀南银行，因为冀南银行不但与各根据地如晋西北，冀察晋等各抗日根据地的举行，有密切的联系，而且有足够的准备金，并且已流通晋冀予各地，政府应即与冀南银行接洽，规定冀南银行纸币法币和上党票的兑换价格，以稳定上党票。凡人民在一定兑换价格之下，愿将上党票，换成冀钞者，可以自由兑换。同时政府应宣布以粮银及税收担保，维持上党票信用，群众均可以上党票缴纳粮银。

第二，政府及全体抗日军民，应立即开展对敌的货币斗争，反对敌人破坏我本币的种种阴谋，揭破敌人的造谣挑拨，扩大我本币的流通范围。各地政府机关及抗日人民必须把货币斗争作为经常的工作，尤其是同蒲及白晋沿线，尤应研究种种对策，来反对敌人的货币侵略，这不是一件小事，绝不可忽视。

（原载一九四〇年八月十七日《太岳日报》第一版社论）

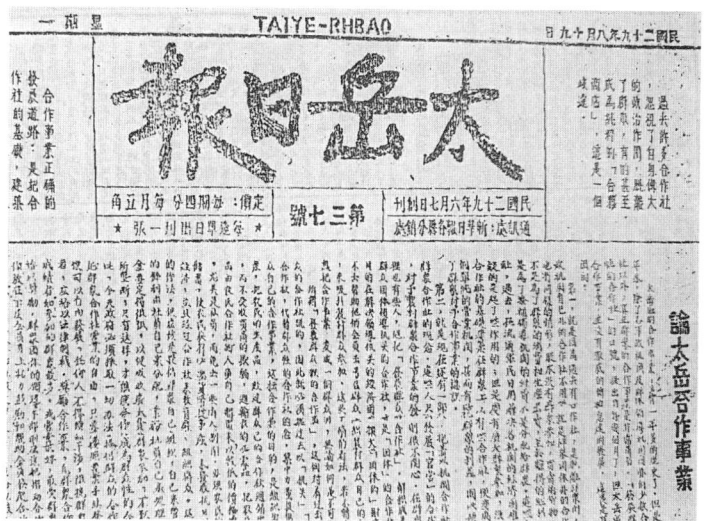

# 论太岳合作事业

太岳区的合作事业，有一年多的历史了。但是一年来，除了各军政机关及群体领导机关开办的少数合作社以外，真正群众的合作事业还是非常薄弱。"发展群众性的合作社"的口号，提出有好几个月了，但太岳区的合作事业，并没有澈底的转□和急速的发展，这里是有原因的：

第一，就是因为过去有合作社，是脱离群众的，军政机关自己办的合作社，不用说就是群众团体办的合作社也有同样的情形，股本没有群众参加，买卖的货物，也不是为了群众的消费和生产出卖，至于赚得的红利，则是为了弥补领导机关的经费不是分配给群众。这些合作社，过去，在流通军民日用解决各机关的经济困难上，无疑的是起了些作用的；但是因为没有广大群众参加，没有把合作社的基础建筑在群众上，所以有些合作社，便变成了一个单纯的营业机关，甚而有□群众的利益，因此便影响了群众对于合作事业的认识。

第二，就是现在还有一部分人，抱着以机关合作社代替群众合作社的观念，这些人只为发展"官营"的合作事业，对于农村群众合作事业的发展则很不关心。在群众团体里也有些人，他把"发展群众合作社"，解释成为发展群众团体领导机关的合作社，也是"团体"的合作社，其目的在解决领导机关的经济团，扩大"团体的"财富，而不去帮助他的会员去号召群众组织农村群众自己的合作社，来吸引农村群众参加。这些不正确的看法，若不转变，要想把合作事业变成一个群众□，无论如何是不可能的。

所谓"发展群众性的合作事业"，这个对着过去脱离群众的合作社说的，因此就必须摆脱过去以"机关""团体"合作社，代替群众性的合作社的念头。集中力量提倡农村群众自己的合作事业，这种合作事业的目的，是组织农民的生产，把农民的生产品，经过群众自己的合作社运销出去出卖，而不受收买商的欺骗，运输农民的必需品，把农民的必需品由农民合作社的人员自己购买来，以较低的价格卖给群众，尤其是社员，而免去一些商人剥削，办理农民的借贷和储蓄，使农民获得必要货币从事生产，组织群众。这种合作社的作法，便应该是提倡群众自己组织，自己来管理，营业的余利由社员自己来分配，业务社员自己来处理，每股股金要定得很低，以便吸收广大贫苦群众参加，不致为少数人所垄断，只有这样，才能使合作成为群众性的合作社，为此，今天政府必须采取一切办法，提倡群众的合作事业，保证群众合作社营业的自由，只要按照营业手续登记以后，便可以自由发展，任何人不得横加干涉，阻挠群众合作事业者，应给以法律制裁，奖励合作事业，凡群众合作社办理有成绩者如参加的群众最多，或营业最好，最受群众爱戴者，应给以奖励。群众团体的领导干部则应该把推动合作事业的工作放在下层会员身上，极力鼓励和帮助会员发起合作社，组织合作社，凡会员组织合作社吸收群众□多者，应给以鼓励，至合作社资金问题则应由政府与群众团体协商以较低利借贷借给群众来发展合作事业。现在，合作事业上种种不正确的现象应被立即纠正。对原有合作社应力加整顿，对群众合作事业横加干涉的现象必须停止。只有这样才能使太岳区合作运动往前进一大步。

（原载一九四〇年八月十九日《太岳日报》第一版社论）

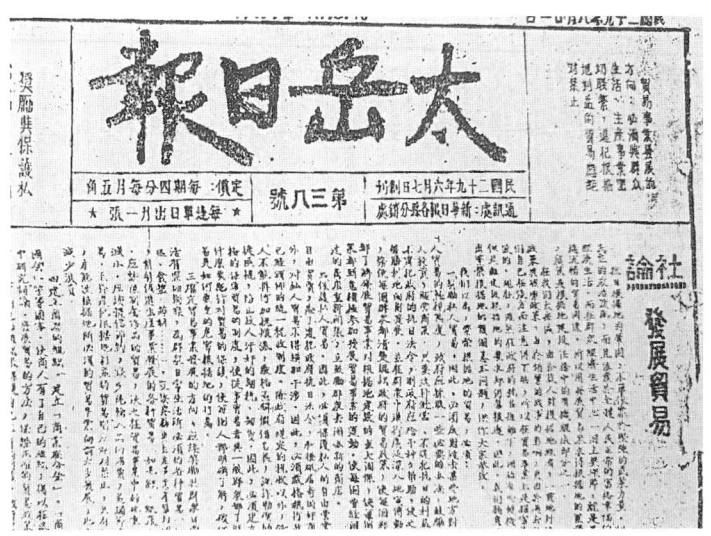

# 发展贸易

抗日根据地的巩固，不单依靠于坚强的武装力量，和民主的政治设施，而且依靠于全体人民正常的富裕幸福的经济生活，而在群众经济生活中心一个主要环节，就是平稳流畅的贸易关系，所以用发展贸易来求得根据地的繁荣，应该是根据地建设任务中的有机组成部分之一。

在我们太岳区，由于敌人对根据地经济，一贯地封锁政策与破坏政策，由于频繁的战事的影响，更由于过去我们自己在这方面注意得不够，所以在贸易事业上是相当落后的。现在，虽然在政府的号召推动下，开始有些转机，但是离建设根据地的要求却仍旧很远。因此，我们愿意提出繁荣根据地的几个基本问题，供作大家参考。

我们以为，繁荣根据地的贸易，必须：

一、奖励私人贸易。因此，必须反对过去某些地方对私人贸易的轻视态度，政府应采取一些必要的办法，鼓励私人投资，经营商业，只要这种经营，不违犯抗日的利益，不违犯政府的抗日法令，则政府应给予种种帮助，使之能够胜利地向前进展，并在群众中进行广泛深入地宣传动员，务使每个群众都清楚认识政府的贸易政策，使每个群众都了解发展贸易事业对根据地建设的重大关系，使每个群众都愿意积极参加发展贸易事业的运动。使每个曾经开办过的商店重新开张，并鼓励群众去开办新的商店。

二、保护私人贸易。因此，必须保护私人的自由营业和自由买卖，除了违犯政府抗日法令，和操纵居奇的奸商以外，对私人贸易不得横加干涉。因此，必须严格执行政府已经颁布的统一税收制度，除政府规定的税收以外，任何人不能再行加税摊派，严格查办假借名义，讹诈勒索的奸徒匪棍，防止敌人汗奸的劫税、劫货。因此，必须建立严格的保护贸易的制度，使从事贸易者与一般群众都了解为什么要施行对贸易的保护，使每个人都明确了解，破坏贸易是如何严重的危害根据地的行为。

三、确定贸易事业发展的方向，应该奖励与群众日常生活有密切关系，为群众日常生活所必须的各种贸易（如布匹、食盐、药材……），应该奖励与生产事业有密切关联，能够促进生产事业发展的各种贸易（如毛线，纸张……），应该限制奢侈品的贸易，使之在贸易事业中的比重日趋减小。应该提倡节约，减少纯输入品的消费，并调节其贸易，至于违犯根据地利益的贸易则应绝对禁止，只有如此，才能使根据地所必须的贸易事业向前大步发展，也才能减少浪费。

四、建立商界的组织，建立"商业联合会"、"商人救国会"等等团体，使商人有了自己的组织，得以在这组织中研究讨论，发展贸易的方法，保证正确的贸易政策的执行，并可用这个组织来保护自己本身的利益。政府可以通过这个组织加强与商界之间的联系，了解他们的困难，给他们以帮助，最后，还可以通过这个组织来提高商界同胞的政治认识，使他们更进一步了解自己的事业与国家民族的关系，使从事贸易者的目的，不只是为了谋利，而且是为了给国家民族服务。

（原载一九四〇年八月二十一日《太岳日报》第一版社论）

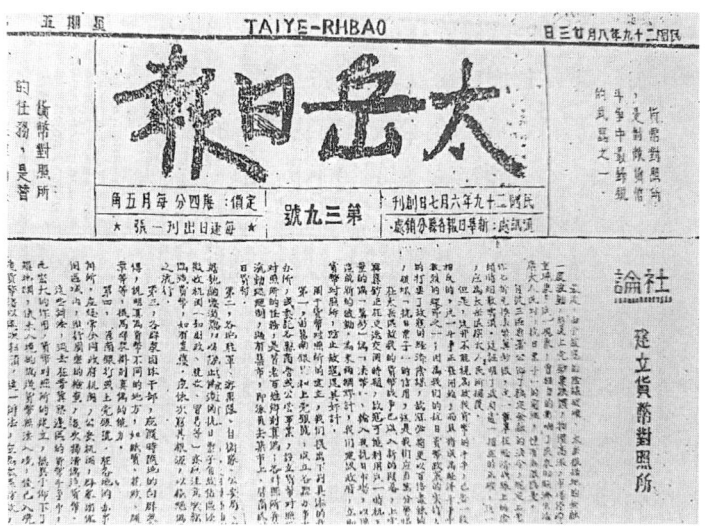

# 建立货币对照所

最近，由于敌寇的阴谋破坏，太岳根据地的金融，曾一度波动，形成上党钞票跌价，物价高涨，市场停滞等严重现象；这一现象，曾相当的影响了民众的经济生活，使广大人民对"抗日票子"的前途，怀有无限隐忧。

自从三区专署公布了稳定金融的法令，规定上党钞票作七折兑换法币冀钞后，这一笼罩在经济战线上的阴霾，顿时烟散云消，这证明了政府这一措施的正确，这一措施，应为太岳区广大人民所拥护。

但是，这并不能视为敌我货币的斗争，已告一段落，相反的，这一斗争正在开始，而且将成为经济斗争中，最激烈的环节之一；因为我们的抗日货币政策的实行，严重的打击了敌寇的经济阴谋，敌寇必将更以百倍毒辣的手段，破坏"抗日票子"的信用，这是我们应当万分警惕的。

在太岳区敌我的化身战争已进入新的段落，上党钞票与冀钞正在更迭交关时期，敌寇可能利用这一时机，把大量的伪"冀钞"伪"法币"，输入我抗日市场，以伪乱真造成新的波动，为未雨绸缪计，我们建议政府，立即成立货币对照所，防止敌寇逞其奸计。

关于货币对照所的建立，我们提出下列具体的意见：

第一，由冀南银行和上党银号，成立各县办事处或代办所，或委托各县商会或公营事业，设立货币对照所，这对照所的任务，是替老百姓辨别真伪；各对照所并应建立流动巡回制，遇有集市，即派员去集市上，替商民对照抗日货币。

第二，各地驻军、游击队、自卫队、公安局，应在根据地的要道路口□□□□□□□□□□□□□的地方，□□□□注意，以防止伪造的抗日票子自敌占区侵入。各征收机关（如财政、税收、贸易等）亦应注意缴款人行使伪造货币，如有查获，应依次穷其根源，以根绝伪造货币之流行。

第三，各群众团体干部，应随时随地的向群众进行宣传，说明真伪货币不同的地方，如纸质、花纹、颜色、印章等等，提高群众辨别真伪的能力。

第四，冀南银行或上党银号，在各地的办事处或代办所，应经常会同政府机关，公安机关，群众团体，在各个区域内，进行周密的检查，逐次扫清伪造货币。

这些办法，过去在晋冀察边区的货币斗争中，起了无比宏大的作用，货币对照所的建立，无异于布下了一个天罗地网，使未入境的伪造货币无法入境，使已入境的伪造货币得以逐次扫清，这一办法，应为本区仿效，成为对敌货币斗争中最锋利的武器之一。

（原载一九四〇年八月二十三日《太岳日报》第一版社论）

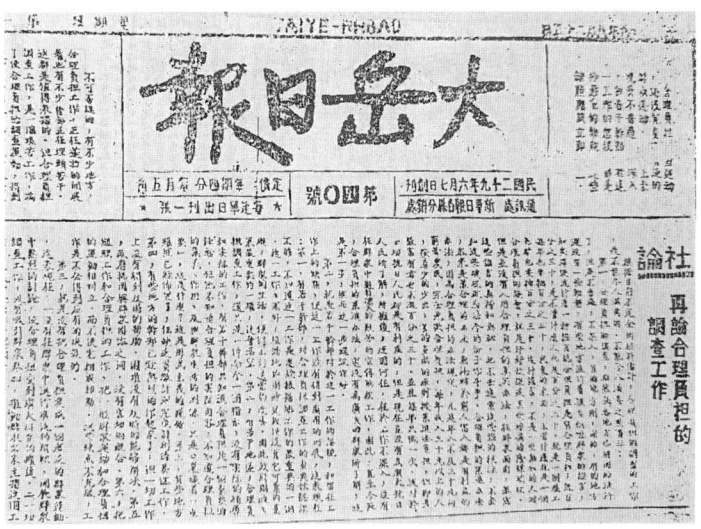

# 再论合理负担的调查工作

根据目前不完全的材料估计，合理负担的调查的工作，是不能令人满意的。不能令人满意之点有三：

第一，合理负担的调查，虽然在各地方已经开始进行了，但是不普遍，不深入，有的地方刚刚开始，有的地方还没有一些动静，有些地方流行着很多恫吓群众的谣言，如安泽便流行着一种谣言说：合理负担是□合理负担；说百分之三十，是不管什么人也是百分之三十，就是一个雇工每年也要抽百分之三十，这里的东西，不管什么就是一个毛驴也要抽百分之三十。这种谣言，不是一些无知的人对合理负担的误会，就是汗奸敌探或某些坏蛋的阴谋破坏。但是并没有人用合理负担的真实办法，在群众面前，暴露这些谣言的无稽和无耻，也不去追索这些谁的根源，不去和这些破坏政府法令的份子作斗争。合理负担的累进办法，本来是最合理的办法，无论对于穷人富人都是有利益的办法，因为合理负担的办法规定，凡是年入不及三十元的穷苦农民，完全免征合理负担，每年收入三十元以上的人，按着少的少出，多的多出的原则按累进法负担，但即是最富有者也不过百分之三十。并且每年只征一次，这对于一切抗日人民都是有利益的，但是现在并没有为广大抗日人民所了解，所拥护，原因何在，在于工作不深入，没有在群众中进行深入的艰苦的宣传解释工作。因此，直至今天，合理负担的累进办法，还没有为广大的群众所了解，这是第一步，然而这一步还没作好。

第二，就是若干干部对于这一工作的忽视，和留在工作上的缺点，使这一工作没有得到应有的开展，这表现在：第一，有若干干部，对合理负担调查工作的重要性认识不够，不知道这一工作是建设根据地工作的最重要的一个。这一工作作不好，根据地的两政建设便没有它可靠的基础，群众的生活，便得不到适当的改善。因此政府财政政策最重要的一环，便会落空。第二，有若干地区，合理负担调查工作，还只是一件命令一个指示，没有实际的领导和实际的工作，有若干干部只知道合理负担是一个重要的任务，但他不知道合理负担的实际内容，不知道合理负担的意义、作用、及与群众生活的关系，只是口里喊着"重要"，这是什么？这是形式主义的残余。第三，有些地方虽然已经布置了，但缺乏贯澈计划完成计划的具体工作。第四，有些地方的干部已经热烈的作起来了，但一切工作上没有得到及时的帮助，困难没有及时的能够解决。第五，政府机关与群众团体之间，没有密切的配合。第六，把组织工作和合理负担的工作，把一般群众运动和合理负担的运动相对立，而不使它相成相助，这些缺点不克服，工作是不会得到应有的成效的。

第三，就是没有把合理负担变成一个广泛的群众运动，这表现在：一、没有在群众中进行广泛的解释，开展群众中热烈的讨论，使合理负担受到广大群众的拥护。二、一切调查工作，没有吸引群众参加，推动群众出来主持这个工作，只是一些青年"埋头"去作。三、没有把全村群众组织在合理负担工作的周围来讨论，检查，评读，达成全村村民的热烈的运动。因此有些地方，干部虽然跑尽了腿，但群众还漠不关心，这就叫作"事倍而功半"。

合理负担□□运动，□还没有变□□泛的群众运动，□□上□□□不普遍，□深入□□若干干部□，于这一工作的忽视将是极严重的缺点，这些缺点应该立即□□。

不可否认的，有不少地方，合理负担工作，正在蓬勃的开展着，也有不少干部正在埋头苦干，这都是值得表扬的。但合理负担调查工作，是一个艰苦工作，为了使合理负担的调查运动，得到进一步的开展，再一次的来检查我们工作上的缺点，并且纠正这些缺点，是非常必要的。

（原载一九四〇年八月二十五日《太岳日报》第一版社论）

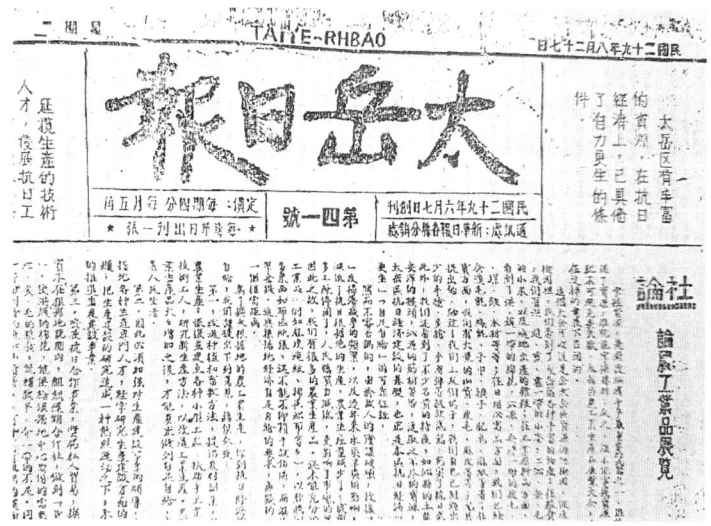

# 论农工业品展览

掌握资源，是对敌经济斗争最重要的武器之一，谁能掌握了资源，谁就能掌握胜利；反之，谁不能掌握资源，谁就不可避免要失败，太岳区农工业生产品展览大会，正是在这样的意义下召开的。

这个大会可以说是全太岳区资源的总检阅，从这次总检阅里，我们看到了太岳区各种丰富的物产：在粮食方面，我们有洪、赵、灵、霍一带的小麦；二沁、安、屯一带的小米，以及遍地出产的杂粮；在工业原料品方面，我们看到了洪、赵一带的棉花，沁源、安泽一带的皮毛、麻皮、煤、铁、木材等等；在日用必需品方面，我们已经自己会造毛毡、线毡、手巾、袜子、肥皂、麻纸等等；在出口货方面，我们有大量的山货、皮毛、麻皮等等；尤其须得提出的，经过了我们工友的手，我们自己已经造出了不少的手枪、步枪、手榴弹等杀敌武器，充实了抗日武装。此外，我们还看到了不少名贵的特产，如沁县的土龙骨，安泽的猴头，沁源的药材等等，这取之不尽的资源，正是太岳区抗日经济建设的基础，也正是本区抗日经济"自力更生""自足自给"的可靠保证。

然而不容否认的，由于敌人的阴谋破坏，敌后"扫荡"反"扫荡"战争的频繁，以及连年来水灾旱灾的影响，大大减低了抗日根据地的生产，农业生产量减少了，战前的许多工厂停闭了，人民购买力减低，更影响了市场的繁荣，因此之故，我们有很多的农业生产品，还未能充分的造成工业品（例如麻皮造纸、棉花织布等等），以致我们有许多东西如布匹纸张，还不能不仰赖于敌占区，向滋生一大笔金钱。这与根据地经济自足自给的要求，无疑的，还有一个相当距离。

为了扩大根据地的农工业生产，作到抗日经济的自足自给，我们谨提出下列意见，藉候参考：

第一，改进种植和畜牧方法，提倡农村副业，以扩大农业生产；恢复并建立各种小型工厂，扶助手工业，吸收技术工人，研究新生产方法，以改进工业生产，只有农工业生产品大大增加之后，才能真正做到自足自给，才能改善人民生活。

第二，因此必须加强对生产建设事业的领导，延聘根据地各种生产专门人才，经常研究生产建设方面的各种问题；把生产建设的研究造成一种热烈运动之下，来有计划的推进生产建设事业。

第三，发展抗日合作事业，奖励私人贸易，扩大群众资本，在根据地范围内，组织经销合作社，做到"货畅其流"。使洪赵的棉花，能供给根据地中心县份的需要，使二沁、安、屯的粮食，能补救平、介一带的不足。同时并把一部份剩余物产如山货等等，有计划有组织的运输出去，换取一部份抗日军民的日用必需品。

坚决完成上述任务，做到人尽其才，物尽其用，地尽其利，货畅其流；粉碎敌人经济开发与经济封锁的阴谋。

（原载一九四〇年八月二十七日《太岳日报》第一版社论）

# 庆祝"百团大战"在正太路上序战大捷

为保卫西北,为粉碎敌寇进犯西北之企图,我八路军决死队等各抗日军队,经长期周密的准备后,最近在正太、平汉、同蒲、津浦、北宁、平绥、以及其他各路沿线,向敌寇进行了空前的华北交通总攻击战。这是百团兵力的大会战。是抗战以来,华北战场上空前未有的主动积极向敌进攻的大会战。根据前方战报,大会战已于二十日晚开始了,并已在正太路上取得序战的伟大的战果,已经创造了许多辉煌的战绩:正太路沿线各重要车站及据点,如乏驴岭、北峪、南峪、地都、卢家庄、马首、上湖、和尚足等地,均被我军占领,沿线铁桥隧道大部被我破坏;在正太路的东段,井陉煤矿的东王舍新矿,已完全入我军的掌握之中;

在正太路的西段，榆次郭村的大铁桥，已被炸毁；而晋冀交界的天险娘子关已为我攻占，娘子关之门户磨河滩已为我克复。整个正太路周围，飘扬着青天白日满地红的国旗！属于我中华民族的正太路，以及正太路沿线的广大民众，是怒吼起来了！惶怒万状的敌寇，又一次的尝试到我英勇善战的八路军决死队的铁拳打击！又一次领略了我中华民族伟大的战斗力量！

在这伟大的胜利前面，我们谨向英明的领导者十八集团军朱彭总副司令致热烈的敬礼，我们谨向勇敢作战的前线全体将士致热烈的敬礼，我们谨向正太路沿线参加作战的广大同胞热烈的敬礼！

这一次的大捷，恰恰处在我国抗战的空前投降危机与空前困难时期，恰恰处在我国抗战军民对投降危机与空前困难坚决奋斗时期，因此在全国抗战中有极其重大的意义：第一，这一次胜利严厉打击了敌寇的进攻，使敌寇调兵遣将，进犯我国正面，窥伺我西北的企图遭受了重大的挫折；第二，这一次胜利，有力的迎击了敌寇在华北的所谓"建设作战"计划，切断了敌寇平汉路与同蒲路之间、河北与山西之间的联系，使敌寇陷于首尾不相呼应的困难之下，使敌人的"以华制华"、"以战养战"阴谋难能实现；第三，这一次胜利，证明我国力量的增长与敌寇力量的削弱，证明我国有着优良条件足以克服当前的危险与困难，悲观失望的亡国论者是毫无根据的；第四，八路军这一次胜利，也像过去无数次的胜利一样，以实际的战斗，拆穿了那些"反共"投降份子的造谣诬蔑！事实证明，八路军不管自己处在怎样困难的物质条件之下，始终坚持着华北的抗日战争，从最复杂严重之战局中组织空前未有之巨大战役——"百团大战"，从战争中，从战争的胜利中不断削弱敌人与壮大自己，不断的建树着巨大的功绩。

由此可见，这次大捷的重要意义，就在于给了我们民族的一切敌人以重大打击，使日本帝国主义者近卫、东条、阿部，以及汪精卫等卖国贼，更加显露了他们诱降政策的卑鄙与"灭亡中国"的困难；同时，这一胜利大大提高了我国广大同胞的战斗情绪与胜利信心，以便团结力量去克服当前的困难与危险。这一次正太路上的空前大捷，就正是我们民族与投降危险作斗争，与困难作斗争，与民族叛逆作斗争，与暴敌作斗争的最光辉的榜样。

"百团大战"在正太路上的这一次大捷，还只是序战的战果，大战正在继续进展之中，而我们也深切相信，由于朱彭总副司令的英明指导，由于前线将士的勇敢作战，由于广大民众的积极参加，我们一定可以在这个序战胜利的基础上去取得更大更新的胜利。

这个胜利是我们全华北乃至全中国人民的胜利，我们华北人民，应该迅速动员起来，配合这一胜利来开展各方面的工作。尤其是敌占区域的工作，必须百倍加紧！我们要使已经获得的胜利，巩固而且扩大起来；扩大我之根据地，缩小敌之占领面积，对敌人的点与线进行严密有力的包围，把敌寇困死在点线上面。同时积极加紧参战工作，各地的游击队，游击小组，必须加紧行动，政府机关与民众，都应该活跃起来，把这一胜利的战斗，发展为广泛的群众斗争，使正太路上空前伟大的胜利，扩大成为千百万群众的共同的战斗，在华北战场上创造出更光荣的史迹！

（原载一九四〇年九月一日《太岳日报》第一版社论）

# 再祝百团大战的大胜利

## ——论华北交通总攻击战

华北交通总攻战——百团大战，轰轰烈烈的打开了华北抗战的新的局面，几日来捷报频传，鼓舞了全华北人民的参战热情，引起了全国同胞的兴奋和关切！使敌伪惊惶，寇奸丧胆。不仅在华北抗战史上是最光辉的一页，并且在全国的战略意义上也有其不可磨灭的贡献。

半年以来，日寇对华北是日益在加重其压力，最近更花样翻新，叫嚣其所谓"建设作战"，这一险恶计划的全部内容，就是：企图以铁路为柱，公路为链，据点为锁，构成所谓"囚笼"，来困死我抗日根据地，逐步消灭我抗日主力军；同时，妄想依靠其线的纵横，来扩大面的占领，加紧政治的建设，扩大汉奸政权，扩大伪军；加紧经济的掠夺——普遍设立"国营公司"，抢劫资源物资。因之敌人用着巨大兵力，进行着全面的修路工作：修筑沧石路的"新计划"，白晋铁路的日夜赶工，塘（沽）大（同）的建设拟议，石德线的动工……等等，而对任何一个抗日根据地，都曾设计着无数个四通八达的公路网计划。倘使这一毒计真能实现，那末，华北抗战将增添难以形容的困难。

然而有共产党领导的英勇善战的八路军存在，有华北一万万广大人民的坚决斗争，敌寇的"漂亮计划"，均将立时变成不能想像的幻梦。当三四月间，在华北广大军民之前，就提出了一个具有战略意义的响亮号召：展开交通战，粉碎囚笼政策！这一号召，很快地得到全华北广大军民的有力响应。数月来，在全体军民连续不断的、有计划有组织的行动下，已使交通战真正的成为群众性的战斗，创建下惊人的伟绩，数字是这样明确的告诉了我们：一月到三月之间，华北较大的破击战争，总共进行了一百九十一次，破坏公路一千七百余里，铁路三百十四里，收回电线三万一千余斤。至四月以后，动员军民更益广泛，直到七月间，在短短的百余天内，就进行了一千多次破击战，计破坏公路九千六百九十五里，铁路一千零十三里，收回电线十二万斤。每月破击战斗的次数与成绩，顿时增长了二倍至四倍，获得了惊人的发展，这一伟大的力量，使敌人喧腾数月的塘大铁路烟消云散，重筑沧石路的计划不得不再度放弃，白晋路遭到惨重打击，石德线从动员第一天起，就成为尺寸维艰。敌寇是陷在苦恼与困顿之中了！而华北军民，却在不断的胜利中，空前提高了战斗热情，获得了宝贵的经验，更清楚地认识了交通战的重大意义和自己力量的伟大。——这许多业绩，乃为今日"百团大战"的伟大行动，准备好了胜利基础。

"百团大战"，的确是华北抗战中一个伟大的大战，它的规模已不再是一个地区，一条线上的破击，而是全华北军民密切配合的一个总破击战；

它的目标已经不再是限于阻碍敌人修筑新路，打断敌人囚笼锁链，而是百万军民一致向正太、平汉、津浦、北宁、同蒲、平绥、石德、白晋、全华北各主要干线进击，切断敌人控制华北的命脉，粉碎敌寇囚笼的支柱和铁框。因之，它的意义已不仅仅是打击敌寇"囚笼政策"，不仅仅是保卫各个抗日根据地；而是积极的以百团精锐，主动出击，直接打击敌寇正面进攻西北的部署，保卫大西北，保卫整个华北；是华北军民抗战到底的坚强意志和伟大力量的表现，是华北军民英勇地克服投降危险与空前困难的有效行动，它以辉耀的模范壮举，鼓舞全国同胞，愈益坚定抗战必胜建国必成的信念！

"百团大战"，还正在继续不断的扩大其胜利，今天还不能立时统计其全部战果，但我们相信，这次战役的伟大成绩，将会使散布在华北各地的敌寇，陷入支离混乱的状态，而将更益加深日军反战的斗争，更益激起伪军的反正浪潮；它将震惊平津，摇撼太原，使敌占区同胞欢欣鼓舞，振臂欲起；给予我们瓦解敌军，争取伪军，开展敌占区工作以极顺利的条件，我们要在这方面不抓紧这一良机，努力争取敌伪，积极开展敌占区工作，那便是不可饶恕的罪过！

但是，我们也决不能因胜利而自满，我们应该警惕到我们空前的胜利，将会激起敌寇死命的挣扎，我们应该时刻提防着敌寇随时向各根据地的进攻！因而，加紧一切战斗准备，加紧各方面的抗战工作，广泛地深入的动员民众，动员各个民众武装，为扩大胜利，为谨防敌寇进攻而一致协助军队参加战斗——这便是目前迫切的任务！

（原载一九四〇年九月三日《太岳日报》第一版社论）

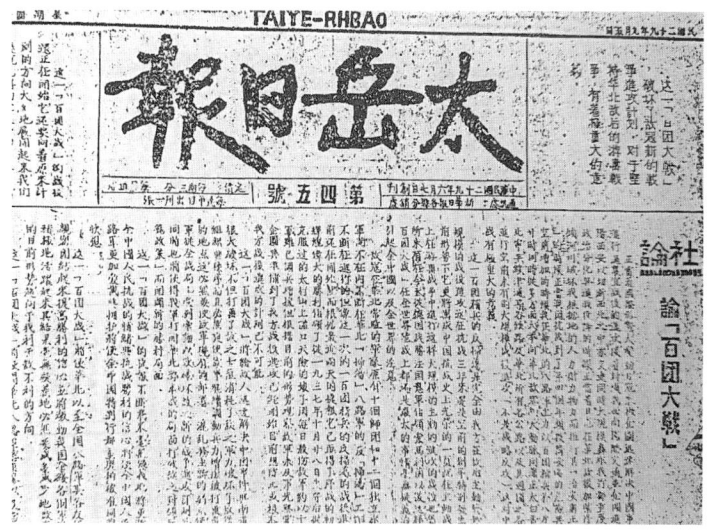

# 论"百团大战"

正当有国际形势大变动，日寇乘机企图迅速解决中国事件，先进行过襄宜战役的进攻，接着封锁我西南□□交通并企图进攻洛阳西安，以切断西北之中苏交通。同时大规模轰炸我行都重庆，加紧政治分化与逼我投降的时候；正当着日寇在华北敌后加紧修路封镇河川、破坏我根据地的人力财力物力而推行其"治安肃正计划"的时候；正当我国抗战到了第四个年头，投降妥协的危险与困难空前增加的时候，我在华北的八路军主力，以百团精兵于八月廿日廿时，同时从多方面大举向华北敌寇的大动脉同蒲正太白晋平汉北宁平绥津浦等各铁路及华北所有各公路以及其周围之各据点，进行空前未有的大规模战役进攻（不是战略反攻），这对中国抗战有极重大的意义。

这一百团精兵的反"扫荡"是完全由我方在敌后主动发起的大规模的战役进攻，这在抗战三年来还是空前的创举，特别发生于目前形势下，它更将写成中国抗战史上光荣的一页，就在主动战争史上，在游击战争中进行这样大规模的主动的进攻的战役，也属空前所未有。在今天从德国战胜法国，意军占领索马利兰以后，这样的"百团大战"，在全世界陆战上都还是□大的事情，毫无疑义的，它将引起全中国以及全世界的注意。

敌寇在华北常驻的军队，原有十个师团和十二个独立旅团（伪军尚不在内），不断在华北"扫荡"，八路军的反"扫荡"工作也是不断在进行的，但像这一次的一百团精兵的反"扫荡"的战役进攻，目前还在开始□。而根据最近两天的捷报，它已取得了序战的初步的辉煌伟大的胜利，占领了从一九三七年十月廿八日失守后从未曾克服过的太行山上隘口天险的娘子关，每日杀伤敌军约以千计，敌军虽已调兵增援，但根据目前的形势观察，敌军未及事先察觉我之企图与准备到了我方战役，进攻已经开始，目前想防止或根本破坏我方战役进攻的计划已不可能。

这一"百团大战"，将给敌人迅速解决中国事件与南进政策很大破坏，不但打击了敌之士气消耗了敌之军力，破坏了敌后方的组织与秩序，而且必能迫使敌军继续调动兵力增援被打击最严重的地点，这必然要使敌军现有的部署混乱□出新的特点，使得敌军从全战局上受到牵动，以致破坏敌寇新的战争进攻计划与准备，同时也将使得我军打开华北游击战的局面，打破敌之封锁与"囚笼政策"而开辟新的胜利局面。

这一"百团大战"的捷报不断飞来，毫无疑义的，将更激发着全中国人民抗战的情绪与抗战胜利的信心，将使全中国人民对八路军更加爱戴与拥护，将使全中国特别行都重庆的被难同胞得到快慰。

这一"百团大战"将使华北以至全国八路军与各友军更加亲密团结起来，提高胜利的信心，并将激动我国全线各个军队更加积极地活跃起来，其结果毫无疑义地必然要或多或少地改变抗战的目前形势，趋向于我利于敌不利的方向。

这一"百团大战"，将使得华北八路军、游击队以及当地参战的人民得到最好的锻炼，使八路军游击队的战斗力提高，使得华北人民抗战的力量与组织加强，这对于坚持华北敌后的游击战争有着极重大的意义。

最后这一"百团大战"，将给全世界以良好影响，一新国际对我国抗战的观感，这对我国争取外援上与联络东方殖民地的被压迫民族的民族解放运动上，也有其重大的作用。

这一"百团大战"的战役还正在开始，它还要向着原来计划的方向大大地展开起来，我们庆祝已得的伟大的初步胜利，我们盼望着全国的将士们积极动作起来，配合这战役的进行，争取各战线上战役战斗胜利粉碎日寇新进攻的企图。

这一"百团大战"，破坏了敌寇新的战争进攻计划，对于坚持华北敌后的游击战争，有着极重大的意义。

（原载一九四〇年九月五日《太岳日报》第一版社论）

# 庆祝"联办"成立

为密切连接晋东南和冀南的行政工作，统一并加强各行政区的领导，粉碎敌寇分割我抗日根据地的阴谋起见，由□□行政主任公署与山西第三五两行政区各自公署共同组□的冀南太行太岳行政联合办事处，在华北抗日人民的热烈仰望下，已于八月一日正式成立了！

这一胜举，不仅获得晋东南与冀南千百万抗日人民的拥护，并且引起了全华北同胞的关切和兴奋，我们谨向"联办"的英明领导者杨秀峰、薄一波、戎子和诸先生致以热烈的□礼！

由于敌后抗战形势的发展与需要，并根据三年来抗战中行政工作的经验教训，在目前敌后建立这样一个坚强抗战的行政堡垒，实有其严重的政治意义。根据杨秀峰先生对新华日报及胜利报等记者的谈话（见八月十一日华北版新华日报），"联办"成立的意义有：

第一，"为了对抗敌人割裂各个抗日根据地的企图"；

第二，"要对抗敌人孤立山地和平原，并实行经济封锁——所以，我们需要山地和平原更密切的配合，建立自力更生的经济"；

第三，"在敌后抗日根据地的形势来讲，太行太岳区的□东南北处在核心地带，而冀南平原是冀晋豫平原的心脏，所以今天巩固晋东南和冀南是巩固华北整个抗日根据地的最要紧的一环"；

第四，"可以把数个区域的工作经验很好的交流"。

我们认为"联办"的成立是华北抗日人民所迫切要求的件大事，杨秀峰先生的意见也正是华北抗日人民的意见。

抗战已进入第四年，我们正处在空前的投降危机与空前困难的时期，在抗日高于一切的原则下，我们必须面向敌人加强实行一切有利抗日的改造和设施，方能克服困难，最后战胜敌寇，如果单纯的斤斤于旧日秩序，抱残守缺，不以抗日为前提，则难为民族国家之福！抗战前许多行政系统的划分，事实上已绝不适于今日敌寇抗战的需要，如果不加以必要的修改，而仍拘□于抗战前旧行政范围，实际就是违背抗战的利益，便利于敌人的分割统治，这又是如何不应有的现象！

因之"联办"的成立，正是政权达□因利制宜的办法，它完全符合华北人民抗日利益的要求，而严重地打击着敌□的阴谋。

"联办"的成立，同时又积极在华北抗日民主政治的巩固与深入，以面向敌人为出发点，一切为了打击敌人，它本身就是敌我力量消长的一个具体说明，其任务则在于巩固扩大统一战线，执行其三民主义与抗战□同纲领，执行中共中央"七七宣言"所指出的办法。它严格的遵守着抗日民主的原则，在顾及到各抗日阶级的利益的原则下，适当的改善人民生活，它还要努力于这几个区域的文化教育工作，一句话，像这样一个抗日民主政府的成立，那能不为我们所庆幸所兴奋。

我们号召全太岳区抗日人民一致拥护"联办"，一致庆祝"联办"的成立，一致接受"联办"的领导，我们要拿实际工作中的成绩，来响应"联办"的一切号召。

（原载一九四〇年九月七日《太岳日报》第一版社论）

# 一点一滴的节约

"吃苦耐劳"是敌后抗日根据地一个光荣作风,也是我们从惨酷的经济封锁中战胜敌人的有力条件,但是,有少数人还没有真正做到节约,而且有些地方还存在着严重的浪费现象,却也是不容否认的事实,例如还有个别地方,还没有亲自执行□员的编制,有些地方,对于经费和粮食的预决算制度,并没有认真去执行,这不但是物力的浪费,而且也是人力和财力的浪费,这与我们所要求的节约运动,是背道而驰的,例如,有些奢侈品,在我们根据地里,还没有完全绝迹,有些地方,在日常生活方面,还存在着不少的浪费现象……凡此种种,都是我们在实行节约运动中一些严重的缺点。

由于敌寇的经济封锁与掠夺，物质的困难已在我们的日常生活中，是大家都已亲身感受到了，我们相信有足够的力量克服这一困难，但是必须于扩大生产之外，展开节约运动。因此，不但要求我们克服一切□□的现象，而且要求我们更进一步的实行节约运动，更大的发挥我们"吃苦耐劳"的优良传统。

关于实行节约的具体办法，本报在六月廿六日社论中已提供数点，现再就目前的具体情况再提出几点意见：

一、不用奢侈品——一般说来，在我们根据地里，奢侈品已是很少了，但是由于敌后物质条件的困难，有些东西过去本来是必需品的，今天也不得不以奢侈品视之了，例如牙膏，烟卷，肥皂，茶叶，手电灯等，这些东西，在我们根据地暂时不能自造或能自造而尚供不应求的时候，我们应有放弃不用的决心。

二、制造代用品——我们根据地资源丰富，可供我们制造许多代用品，比如皂角可代肥皂，火石可代洋火，□叶可代烟卷，茶叶我们也可以自己采制，有些中药的效用，并不减于西药的效用，……只要我们细心研究，是可以造出许多代用品，减少我们一部份物质困难的。

三、"废物利用"——这本是我们民间数千年来一种良好风尚，常见老百姓把绳头、杂麻、破鞋、头发、破铜烂铁、破糊窗纸等，都保存起来，以备向叫卖贩，换取日用品。在八路军里边，破衣服打草鞋，这些今天必须大大发扬，我们大家想想：假若我们太岳区的军队，政权和民运工作人员，把去年穿过的棉衣，也能像老百姓一样存放起来，今年拆洗一下，再穿一冬，则可以省多大一笔款子？所以我们今后在吃的穿的以及日常生活所用的一切东西方面，都要学会"废物利用"。

四、"省吃俭用，刻苦奉公"——老百姓一套衣服穿好几年，昨日的剩饭今天还可以吃一餐，冬天大家围炉聚谈，向不点灯，洋火虽是小东西，也是省下一根是一根……这样"省吃俭用"的精神，也是值得大大发扬的。

我们今天，必须从"一餐一饮一针一线"上实行节约，不要觉着我们一个人一个笔能所省无几，要知道集少可以成多，以我们根据地之大，人口之多，只要一个人每天省一两米，那数目就很可观了。

至于□□人员编制，厉行预决算制度、检查制度，开展群众反浪费运动等等，仍旧是实行节约的基本办法，以本报上次已有所论列，盖不赘述。

（原载一九四〇年九月九日《太岳日报》第一版社论）

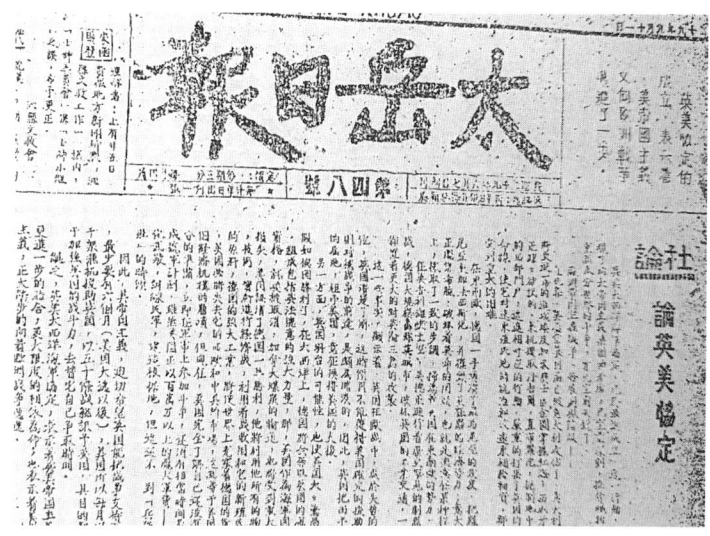

# 论英美协定

英美大西洋海军协议,已于最近成立,这一行动,表现了广大帝国主义集团的矛盾,已空前深刻,掠夺赃物,重新瓜分世界的斗争,亦已空前尖锐了。

回溯帝国主义战争,发展到现阶段——

在北菲、英属索莫利尔已被意大利攻占了,意大利且将更进一步的进攻埃及和苏尼士区,企图掌握红海,西班牙也正跃跃欲试的,乘机攫取丹吉尔,直布罗陀,扼制地中海的西部门户,这遥相呼应的行动,严重的打击了英国的生命线,使它对远东殖民地的统治和从远东补给物资,都遭受到重大的困难。

在东南欧,德国一手导演了罗马尼亚的政变,把罗马尼亚更加法西斯化，并摧毁了英在罗的经济势力；意大利正图谋希腊，破坏着英希的□□，也就是德意在某种程度上，采取了一致的步调，"扫荡"着英国在东南欧的势力。

在英吉利海峡上空，英德正进行着历史罕见的剧烈空战，德国大规模轰炸英城市，破坏英国的工业交通，一面布置着更大的对英伦三岛的攻袭。

这一些事实，显示着，英国在欧战中，处于失势的地位，英国清楚了解，这时候再不能获得美国确定的援助，则对德战争的前途，是颇为暗淡的，因此，英国把西半球的属地，租予美国，意在换得美国的支持。

另一方面，英国坍台的可能性，也使美国大大惊恐，假如德国胜利了，在大西洋上，德国将会夺取英国的海军，组成包括英法德意的强大力量，那，美国作为海军国的资格，就要被取消，加拿大煤炭的运输，也将受到重大的损失，美国认清了德国一旦胜利，他将利用他所有的物资、技巧、资产进行经济战，利用着战败国和它的新殖民地的原料，德国的强大工业，将使世界上充塞着德国的货物，美国必将失去它的亚欧和中美的市场，这就等于美国整个经济机构的崩溃，但现在，美国完全了解自己还没有充分的准备，立即在军事上参加斗争，还须有相当时间来完成扩军计划，虽然美国正以百万万以上的庞大军费——强化武装，训练民军，建造根据地，但这还不到"兵强马壮"的时候。

因此，美帝国主义，迫切希望英国能把战争支持下去，最少要有六个月（美国大选以后），美国所以每月以三千架飞机援助英国，以五十条战舰让予英国，其目的都在于加强英国的战斗力，去替它自己争取时间。

总之，英美大西洋海军协议，表示着英美帝国主义，更进一步的结合，更大限度的相依为命；也表示着美帝国主义，正大踏步的向着欧洲战争迈进。

（原载一九四〇年九月十一日《太岳日报》第一版社论）